EDIÇÕES BESTBOLSO

Este lado do paraíso

F. Scott Fitzgerald (1896-1940) nasceu nos Estados Unidos. O escritor ingressou na Universidade de Princeton, mas interrompeu os estudos para se alistar como voluntário durante a Primeira Guerra Mundial. Em 1920, iniciou sua carreira literária com a publicação de *Este lado do paraíso*, romance que lhe abriu espaço em periódicos de grande prestígio. No mesmo ano, casou-se com Zelda Sayre, que teve grande influência na sua obra, embora vivessem uma relação bastante conturbada.

F. SCOTT FITZGERALD

Este lado do paraíso

Tradução de
BRENNO SILVEIRA

Prefácio de
DANIEL PIZA

RIO DE JANEIRO – 2011

CIP-BRASIL. CATALOGAÇÃO-NA-FONTE
SINDICATO NACIONAL DOS EDITORES DE LIVROS, RJ

F581e
Fitzgerald, F. Scott (Francis Scott), 1896-1940
Este lado do paraíso / F. Scott Fitzgerald; tradução de Brenno Silveira; prefácio de Daniel Piza. – Rio de Janeiro: BestBolso, 2011.
12 × 18cm

Tradução de: This Side of Paradise
ISBN 978-85-7799-301-7

1. Guerra Mundial, 1914-1918 – Ficção. 2. Estudantes universitários – Ficção. 3. Romance norte-americano. I. Silveira, Brenno, 1911- II. Título.

11-3016

CDD: 813
CDU: 821.111(73)-3

Este lado do paraíso, de autoria de F. Scott Fitzgerald.
Título número 252 das Edições BestBolso.
Primeira edição impressa em junho de 2011.
Texto revisado conforme o Acordo Ortográfico da Língua Portuguesa.

Título original norte-americano:
THIS SIDE OF PARADISE

Copyright da tradução © by Distribuidora Record de Serviços de Imprensa S.A. Direitos de reprodução da tradução cedidos para Edições BestBolso, um selo da Editora Best Seller Ltda. Distribuidora Record de Serviços de Imprensa S. A. e Editora Best Seller Ltda são empresas do Grupo Editorial Record.

www.edicoesbestbolso.com.br

Nota do editor: Texto do prefácio publicado mediante autorização de Daniel Piza. Publicado originalmente pela Editora Abril (*Este lado do paraíso*, São Paulo, 2004, coleção Super Clássicos).

Design de capa: Carolina Vaz

Todos os direitos desta edição reservados a Edições BestBolso um selo da Editora Best Seller Ltda.
Rua Argentina 171 – 20921-380 Rio de Janeiro, RJ – Tel.: 2585-2000.

Impresso no Brasil

ISBN 978-85-7799-301-7

Justificativa do autor

Não quero falar de mim, pois reconheço que já o fiz suficientemente neste livro. Na verdade, escrevê-lo custou-me três meses; concebê-lo, três minutos; reunir os dados nele utilizados, toda a minha vida. A ideia de empreendê-lo chegou-me no primeiro dia do último mês de julho: foi um modo alternativo de dissipação.

Toda a minha teoria em relação à escrita posso resumir em uma frase: um autor deveria escrever para a juventude de sua geração, para os críticos da próxima e para os professores de todo o sempre.

Portanto, senhores, considerem todos os drinques mencionados neste livro como um brinde à Associação Americana de Livreiros.

Sinceramente,
Francis Scott Fitzgerald
Maio de 1920

Prefácio
O último romântico

Francis Scott Fitzgerald (1896-1940) captou como ninguém o que era ser jovem numa América ainda jovem. E o conseguiu fazendo o que para muitos escritores é conveniência, mas em seu caso era coragem: levando sua vida para sua arte de forma inédita. Seus personagens vivem histórias de amor, desilusão e esperança num país que despontava para o centro do palco mundial e, ao mesmo tempo, ainda carecia de maturidade e estabilidade. São intensos e instáveis. E assim era Fitzgerald, cuja vida e obra marcariam para sempre aquelas primeiras décadas do que seria chamado de século americano.

Este lado do paraíso, seu primeiro romance, não poderia deixar isso mais claro. Fitzgerald começou a escrevê-lo quando ainda era um estudante universitário, na prestigiosa Princeton, e tinha 24 anos quando o romance foi, enfim, publicado. Se o livro tem alguns dos defeitos característicos da juventude, como a dificuldade de organizar tudo que o autor sente, que tem a dizer para o mundo, ele extrai sua força desses mesmos traços. Com sua escrita ao mesmo tempo ágil e sensível, Fitzgerald dá à trama a devida temperatura, o fervor que cercava aquelas formas de comportamento.

A geração de Fitzgerald marcou a ascensão moderna da figura do jovem inconformista, inquieto, que quer escapar dos preconceitos dos mais velhos e não sabe muito bem o que pôr no lugar. Aquilo que a contracultura elevaria a fator central da sociedade moderna, e que seria representado por Elvis Presley, John Lennon, Kurt Cobain e tantos outros ídolos da música pop, nasceu no período que Fitzgerald viveu e retratou: a angústia e o glamour de uma juventude que busca nova forma de existência, distante da caretice e carolice dos coroas, mas não chega a realizá-la, pelo menos não no teor desejado.

Em *Este lado do paraíso* há diversas passagens em que Fitzgerald destila ironia contra a "profunda formação cristã" que uma escola como Princeton, destinada aos estudos dos filhos da classe dirigente, representava por excelência. Ao mesmo tempo, Princeton também exercia fascínio por supostamente aglutinar aquela porção mais aristocrática e boêmia da juventude dourada – um pessoal *bon-vivant* e bonito, devotado ao lazer e aos romances, sem muito compromisso com seu futuro profissional e o futuro nacional. Esse tipo de ambiente ambíguo seduziu o escritor a vida inteira.

Quem o seduziu também nos tempos de faculdade foi Zelda Sayre, uma aparentemente típica representante dessa nova geração juvenil, uma garota ao mesmo tempo excêntrica e encantadora, uma bem-nascida libertária por quem Fitzgerald logo se apaixonou. Nascido em St. Paul, no estado nortista do Minnesota, de um pai problemático e uma mãe de origem irlandesa cuja herança sustentava a casa, Fitzgerald era o rapaz do interior ambicioso por um estilo de vida mais aventureiro e chique; Zelda, a promessa de tudo isso. Ela era filha de um juiz da Suprema Corte do Alabama, estado sulista, e a involuntária representante da classe alta americana, interessada mais em aproveitar a vida irresponsavelmente. Bonita e anticonvencional, ela o conheceu quando Fitzgerald estava em licença da universidade para cumprir o serviço militar e logo ela o teve aos pés, a tal ponto que ele dizia preferir ver Zelda morta a vê-la com outro homem.

Zelda via nele o moço sensível, talentoso e charmoso que ele era, mas havia um grave obstáculo: ela tinha problemas mentais. O diagnóstico era esquizofrenia, um mal que se manifesta quando falta sintonia entre os dois hemisférios cerebrais e isso leva a pessoa a ter alucinações, a se descolar da realidade. Em um dos seus melhores livros, *Suave é a noite* (tradução brasileira para *Tender is the Night*, que não se sabe por que não adotou o adjetivo "terna"), a mulher do protagonista, Nicole, é também esquizofrênica, e a narrativa atribui o mal ao fato de ela ter sido violada pelo pai quando adolescente. Não existe informação de que essa tenha sido a causa da esquizofrenia de Zelda. O fato é que esse era um item fundamental na aproximação de Fitzgerald, e diversos amigos da época – como os grandes críticos e incentivadores H. L. Mencken e Edmund Wilson – testemunharam que ele sempre hesitou em se separar dela por causa da doença.

Curiosamente, *Este lado do paraíso* serviu para casar Fitzgerald e Zelda. A família dela não via com bons olhos aquele pretendente com poucos recursos financeiros e vastos sonhos literários. Fitzgerald, por sinal, não se fazia de rogado quanto ao segundo aspecto: dizia a todos em Princeton que seria o maior escritor da América. As duas primeiras versões do romance, em 1918, foram recusadas pela editora Scribners, que sugeriu ao pretendente a escritor que desse mais objetividade descritiva à obra. Livre do expediente militar (a guerra terminou naquele ano e ele não precisou embarcar), Fitzgerald decidiu partir para Nova York para ganhar a vida como publicitário. Em junho de 1919, no entanto, Zelda rompeu o noivado. Fitzgerald voltou para o Minnesota e mergulhou na revisão do romance durante três meses. Dessa vez a Scribners aprovou: em março de 1920, o livro estava nas prateleiras. E, para espanto de todos – do autor, da editora e da família de Zelda –, logo se tornou um best-seller, tendo vendido cerca de

50 mil exemplares em menos de dois anos, e foi aplaudido pela crítica. Com fama e fortuna, a nova investida de Fitzgerald em Zelda deu resultado imediato e, em 1921, eles se casaram na igreja.

O que provavelmente admirou os leitores de *Este lado do paraíso* é o que ainda continua a admirar: o romance descreve os jovens com sutis contornos físicos, psíquicos e sociais e mostra como passaram a contestar o sistema de hierarquias e moralismos que dominava a vida universitária, pedindo por mais democracia e menos religião, por mais namoro e menos machismo, por mais cultura e menos mesquinharia. Também o conteúdo das aulas é contestado: há muita história antiga, muita fórmula para decorar, muita literatura retórica. (Bastante familiar, não?) E o escape dos personagens é à noite, quando se dedicam a beber muito e a ouvir canções, e sob os efeitos dos martínis e do jazz se entregam a paixões, a romances embebidos em poesia.

Não é preciso muito para ver que Amory e Beatrice, o casal principal do livro, são "alter egos" de Scott e Zelda. Amory é vaidoso e egoísta, mas altamente sedutor e inteligente. Tem casos com moças muito atraentes, Isabelle, Clara e Eleanor, que já não são como as "caçadoras de marido" que anteriormente as filhinhas de papai eram criadas para ser; mas sua Beatrice é como a de Dante, uma promessa de paraíso terreno, de felicidade sublime, como Zelda para Fitzgerald. Não pense, porém, que o autor seja um romântico tradicional: seus personagens leem poetas como Baudelaire e Browning, mas vivem numa época em que a guerra rondava como um espectro acima de suas ilusões e, por isso mesmo, preferem os prazeres fugazes da noite a delirar com a ideia de uma Xanadu, de um lugar perfeito onde todo dia seja paradisíaco.

"Sou romântico", diz Amory a certa altura. "Uma pessoa sentimental acha que as coisas irão durar. Uma pessoa romântica não tem esperanças, acha que não durarão. O sentimento é emotivo." Mas Amory não é Fitzgerald, que logo em seguida põe na boca de Rosalind uma réplica desconfiada: "Você provavelmente se lisonjeia, acreditando que sua atitude é superior". Dito e feito: Amory termina se entregando ao idealismo, à utopia, substituindo a religião pela política; sabe, no entanto, que a desilusão é certa, deixando apenas um senso de responsabilidade e apego à vida. Fitzgerald era ciente como poucos de que sem a ternura da noite a existência não tem graça, mas não via na paixão uma redenção. Como sugere a epígrafe do romance, o juízo pode até ser útil, mas traz pouco consolo para nossas aflições.

Esse tema seria retomado em todos os seus romances posteriores, para não falar dos *Contos da era do jazz* (1922). A "geração perdida", como ficou conhecido o grupo de escritores americanos que iam e vinham da Europa e não sabiam o que queriam (embora soubessem o que não queriam), encontrou em Fitzgerald sua tradução mais completa. O título de seu romance seguinte, *Os belos e malditos*, também de 1922, diz tudo. Pessoas glamourosas e aflitas se buscam e se perdem, e o mundo é rodeado de lirismo e melancolia.

Nos dois romances seguintes, *O grande Gatsby* (1925) e *Suave é a noite* (1934), Fitzgerald atingiria seu auge como cronista dessas pessoas e desse tempo tão contraditório. O amor como brisa no meio das trevas, que promete mais do que cumpre numa sociedade tão corrompida por dinheiro e poder, é sempre o motivo. Nesses dois livros, o desenvolvimento é digno de um poema sinfônico, com personagens mais complexos e trama mais elaborada. Aqui o conteúdo autobiográfico não é apenas derramado para o papel, mas retrabalhado em pontos de vista diversos, o que dá aos personagens vida própria, autônoma, sem lhes tirar o *élan* particular.

Como grande escritor, Fitzgerald sabia enxertar subtemas. E um dos mais importantes, ainda que esquecido pela crítica, é exatamente o da ambição de seu próprio país por um futuro que pudesse combinar a energia tipicamente americana, sua força construtiva e prática, com a tradição, a densidade, a riqueza histórica da Europa. Como seus contemporâneos Ernest Hemingway, T. S. Eliot, Ezra Pound ou Gertrude Stein, Fitzgerald enxergava a vulgaridade americana, mas também sabia aonde os rigores das nações europeias haviam levado o Velho Continente. Esse é um assunto frequente num escritor americano fundamental para Fitzgerald, Henry James, de *Daisy Miller*, *O vaso de ouro* e outros grandes livros.

Mas depois de *Suave é a noite*, com 38 anos, Fitzgerald já não tinha a mesma crença na conciliação do espontâneo com o sofisticado, do libertário com o digno, e o romance deixa isso claro quando seu protagonista, Dick Diver (o belo intelectual americano de cabelos castanho-avermelhados que logo todos viram como mais uma encarnação de Fitzgerald), seguidor do lema paterno "honra, cortesia e coragem", vê seu mundo sucumbir no pós-guerra europeu, em que esses valores foram vencidos pelos novos e cínicos tempos.

O casamento de Fitzgerald com Zelda já não tinha nem mesmo a diversão louca dos primórdios – quando eram capazes de transar num carro sobre a linha do trem – e tinha virado uma rotina de agressão e depressão. Zelda era periodicamente internada em sanatórios. Fitzgerald, que tentava escrever roteiros para Hollywood sem sucesso, começou a beber mais que nunca, não raro sendo desagradável e patético nas reuniões de amigos, e teve dois colapsos nervosos nos anos 1930. O relato dessas crises, *The Crack-Up* (transformado em livro em 1945), publicado em primeira versão em 1936 pela revista *Esquire*, é um texto primoroso, mas irritou colegas como Hemingway por parecer autopiedoso. Fitzgerald se defendeu dizendo que Hemingway estava "tão cansado" quanto ele, mas escondia o fato em poses de macho. Na verdade Hemingway nunca engoliu a predileção de Fitzgerald pelos personagens ricos e desvirtuados.

Separado de Zelda, ele se casou com Sheilah Graham, uma colunista social, e foi na casa dela, na Califórnia, que morreu em dezembro de 1940, aos 44 anos, de enfarte. Zelda morreria oito anos mais tarde, num incêndio no sanatório em que estava. No ano seguinte, com edição de Edmund Wilson, foi publicado o romance inacabado de Fitzgerald, *O último magnata* (1941), que para muitos seria sua grande obra-prima.

Mesmo tendo sofrido muito e morrido cedo, Fitzgerald marcou sua época e a transcendeu, deixando cinco romances e dois volumes de contos que brindam o leitor com uma escrita ao mesmo tempo precisa e sensível, de descrições muitas vezes poéticas, diálogos hábeis e cenas que sintetizam o sentimento de uma geração. Quando o pai de Dick Diver morre, por exemplo, ele diz: "Adeus, meu pai. Adeus, todos os meus pais". E o leitor logo sabe do que ele está falando. Ao mesmo tempo, a própria obra de Fitzgerald é uma plataforma de entusiasmo, um convite para o leitor gozar a vida sem transferir seus grandes sonhos para o futuro ou o passado, uma defesa eloquente da diversão inteligente como forma de enriquecer a existência.

Sua ficção continua a inspirar os jovens nas mais diversas partes do mundo e também a servir aos mais velhos como recordação do que é ter uma vida pela frente e não querer que ela se burocratize e banalize. Sua esperança de que o ser humano consiga encarar a vida com responsabilidade mas com humor, com prazer mas com consciência, estará sempre viva. E, como tal, sua literatura pode não ser um consolo, mas será certamente um estímulo.

Daniel Piza
Jornalista e escritor

Para Sigourney Fay

...Este lado do paraíso!
Pouco consolo nos dá quem tem juízo.

Rupert Brooke

Experiência é o nome que muita gente
dá a seus erros.

Oscar Wilde

Livro I
O egocêntrico romântico

1
Amory, filho de Beatrice

Amory Blaine herdou da mãe todos os traços, exceto alguns poucos inexprimíveis e fortuitos, que o tornavam digno de apreço. O pai, homem calado, ineficiente, admirador de Byron, que tinha o hábito de manusear sonolentamente a *Enciclopédia Britânica*, enriquecera aos 30 anos devido à morte de dois irmãos mais velhos, corretores bem-sucedidos de Chicago, e no primeiro impulso causado pela sensação de que o mundo era seu, dirigira-se a Bar Harbor e lá conhecera Beatrice O'Hara. Em consequência disso, Stephen Blaine legou à posteridade a sua altura, de quase 1,85 metro, e a sua tendência à vacilação em momentos críticos, abstrações essas que se faziam notar no filho Amory. Durante muitos anos pairou no segundo plano da vida familiar – uma figura passiva, de rosto meio obliterado por cabelos sedosos mas sem vida, continuamente ocupado em "cuidar" da esposa, continuamente preocupado com a ideia de que não a compreendia nem podia compreendê-la.

Mas Beatrice Blaine... Oh, eis uma mulher! Antigas fotografias dela, tiradas na propriedade rural de seu pai, em Lake Geneva, Wisconsin, ou em Roma, no Convento do Sagrado Coração – uma extravagância educacional que no tempo de sua juventude se destinava apenas a moças excepcionalmente ricas –, mostravam a primorosa delicadeza de suas feições, a consumada arte e a simplicidade de suas roupas. Teve uma educação brilhante: viveu a juventude em meio a um esplendor renascentista, era versada nos últimos mexericos das velhas famílias romanas; conhecida pelo cardeal Vittori como uma jovem americana fabulosamente rica, assim como pela rainha Margarida e por outras celebridades, que exigem certa cultura para que delas se tenha ouvido falar. Aprendeu na Inglaterra a preferir o uísque com soda ao vinho, e sua conversação trivial expandiu-se em dois sentidos durante um inverno passado em Viena. Beatrice O'Hara absorveu, em suma, uma espécie de educação que ninguém jamais poderá assimilar de novo; uma instrução medida pelo número de coisas e de pessoas diante das quais alguém podia mostrar-se desdenhoso ou encantador; uma cultura rica em todas as artes e tradições, vazia de todas as ideias, nos últimos daqueles dias em que os grandes jardineiros podavam as rosas inferiores a fim de produzir um buquê perfeito.

Num de seus momentos menos importantes, voltou à América, conheceu Stephen Blaine e casou-se com ele – isso quase inteiramente porque estava um pouco cansada, um pouco triste. O único filho, ela o carregou no ventre durante uma estação enfadonha, e trouxe-o ao mundo num dia de primavera em 1896.

Aos 5 anos, Amory já era um companheiro encantador para ela. Tinha cabelos castanho-avermelhados, olhos grandes e belos, que o tempo ajustaria ao tamanho do rosto, espírito fácil e imaginativo e gosto por roupas extravagantes. Dos 4 aos 10 anos, percorreu o país em companhia da mãe no automóvel do pai, indo desde Coronado, onde a mãe ficou tão entediada que teve uma crise de depressão num hotel elegante, até a Cidade do México, onde ela contraiu uma ligeira, quase epidêmica, tuberculose. Agradou-lhe essa enfermidade e mais tarde ela a converteria em parte intrínseca de sua "atmosfera" – principalmente depois de ingerir várias doses de bebidas bastante estimulantes.

Assim, enquanto meninos mais ou menos afortunados desafiavam suas governantas na praia, em Newport, levavam palmadas, eram disciplinados ou liam desde *Do and Dare* até *Frank on the Mississippi*, Amory mordia os condescendentes moços de recado do Waldorf, ia vencendo sua aversão natural pela música sinfônica e de câmara e recebia da mãe uma educação altamente especializada.

– Amory.
– Sim, Beatrice. – Maneira esquisita de um filho se dirigir à mãe, mas ela o incentivava.
– Querido, não pense em sair da cama já. Sempre desconfiei que levantar cedo deixa as pessoas nervosas. A Clotilde está providenciando para que você tome o café da manhã na cama.
– Muito bem.
– Estou me sentindo muito velha hoje, Amory – suspirava, o rosto um raro camafeu de ternura, a voz delicadamente modulada, as mãos tão ágeis como as de Sarah Bernhardt. – Os meus nervos estão a ponto de explodir... Precisamos deixar este lugar medonho amanhã, em busca de sol.

Os olhos verdes e penetrantes de Amory fitavam-na através dos cabelos emaranhados. Mesmo naquela idade, não alimentava ilusões a seu respeito.

– Amory.
– Oh, *sim*.
– Quero que você tome um banho bem quente... Tão quente quanto conseguir suportar. E que relaxe os nervos. Pode ler na banheira se quiser.

Alimentava-o com trechos das *Fêtes Galantes*, mesmo antes de ele completar 10 anos; aos 11, já falava com fluência, embora de maneira um tanto reminiscente, de Brahms, Mozart e Beethoven. Certa tarde em que ficou sozinho no hotel, em Hot Springs, Amory provou o licor de damasco da mãe e, como o agradasse, ficou bastante tonto. Durante algum tempo, foi divertido, mas como em sua exaltação experimentou fumar um cigarro, sucumbiu a uma reação vulgar, plebeia. Embora esse incidente tenha horrorizado Beatrice, não deixou secretamente de diverti-la, tornando-se parte daquilo que uma geração mais tarde ficou conhecido como sua "frase".

– Esse meu filho – Amory a ouviu dizer certo dia numa sala cheia de senhoras admiradas e tomadas de respeitoso temor. – É inteiramente sofisticado e encantador... mas delicado... Nós todos somos delicados; *aqui*, vocês sabem. – Indicou, radiante, com um gesto de mão, o seu belo busto, e, baixando a voz até convertê-la num sussurro, contou-lhes o caso do licor de damasco. As senhoras se deleitaram, pois Beatrice era admirável *raconteuse*, mas naquela noite muitos foram os olhares furtivos trocados entre as damas, indicando o possível abandono do pequeno Bobby ou Barbara...

Essas peregrinações domésticas se realizavam invariavelmente em grande estilo: duas criadas, o automóvel particular, o próprio Sr. Blaine, quando disponível e, não raro, um médico. Quando Amory teve coqueluche, quatro especialistas entediados trocaram olhares ferozes, aglomerados em torno de seu leito; quando teve escarlatina, o número de criados, incluindo médicos e enfermeiras, subiu para quatorze. Contudo, como seu sangue era mais espesso que os caldos que tomava, ficou fora de perigo.

Os Blaine não estavam ligados a nenhuma cidade. Eram os Blaine de Lake Geneva; tinham um número bastante grande de parentes, que serviam de amigos, e uma situação invejável desde Pasadena até Cape Cod. Mas Beatrice mostrava-se cada vez mais inclinada a fazer novas amizades, pois havia certas histórias – tal como a história de sua constituição física e de suas muitas emendas, memórias do tempo que passara no estrangeiro – que ela achava necessário repetir de tempos em tempos. Como os sonhos freudianos, precisavam ser elaboradas, pois do contrário arremeteriam contra ela e sitiariam seus nervos. Beatrice, porém, via com olhos críticos as mulheres americanas, principalmente as que pertenciam à ex-população de colonizadores do Oeste.

– Falam com sotaque, meu querido – dizia ela a Amory. – Não com sotaque do Sul ou de Boston, que possamos ligar a certa localidade, mas apenas com sotaque diferente – acrescentava com ar sonhador. – Adotam velhos sotaques londrinos comidos por traças, com que deparam por acaso e que têm de ser usados por alguém. Falam como um mordomo inglês depois de passar vários anos numa companhia de ópera de Chicago. – Fez uma pausa e tornou-se quase incoerente. – Suponhamos que a certa altura da vida cada mulher do Oeste ache que seu marido já é bastante próspero para que ela possa dar-se ao luxo de ter... um sotaque. Procuram, então, impressionar-me, meu querido...

Embora considerasse o próprio corpo uma massa de fragilidade, achava que tinha a alma igualmente doente e, por conseguinte, que esta última era algo importante em sua vida. Fora católica, mas ao descobrir que os padres eram infinitamente mais atenciosos quando ela estava a ponto de perder ou reconquistar a fé na Madre Igreja, mantinha uma atitude encantadoramente vacilante. Deplorava, com frequência, a qualidade burguesa do clero católico americano, inteiramente convencida de que se tivesse vivido à sombra das grandes catedrais europeias sua alma seria ainda uma débil chama no poderoso altar de Roma. Contudo, depois dos médicos, os sacerdotes constituíam o seu passatempo predileto.

– Ah, bispo Wiston – declarava ela –, não *desejo* falar de mim. Posso imaginar a torrente de mulheres histéricas que batem à sua porta, suplicando que o senhor lhes seja simpático... – E após uma pausa, preenchida por algumas expressões do clérigo: – Mas o meu estado de espírito... é inteiramente diverso.

Somente a bispos e a autoridades eclesiásticas superiores ela narrava seu romance clerical. A primeira vez que voltara a sua terra, conhecera, em Asheville, um pagão, um jovem que fazia o estilo Swinburne, cujos beijos apaixonados e cujas conversas nada sentimentais exerciam sobre ela decidida atração... Discutiam todos os prós e contras daquele romance – e isso de um modo inteiramente destituído de romantismo piegas. Finalmente, ela decidira casar-se, por motivos práticos, e o jovem pagão de Asheville teve uma crise espiritual, entrou para a Igreja Católica Romana e era, agora... monsenhor Darcy.

– Na verdade, Sra. Blaine, ele ainda é uma companhia encantadora... o braço direito do cardeal.

– Amory irá até ele algum dia, eu sei. – A bela senhora suspirou. – E monsenhor Darcy vai compreendê-lo como compreendeu a mim.

Amory completou 13 anos. Era um rapazinho bastante alto e esguio, tendendo mais do que nunca para o lado celta da mãe. Tinha preceptores ocasionalmente, pois em cada lugar devia "retomar sua educação no ponto em que a havia interrompido"; mas como nenhum preceptor jamais conseguira descobrir qual era esse ponto, sua mente ainda estava em condições bastante boas. O que mais alguns anos dessa vida teriam feito dele é problemático. Contudo, quatro horas depois de zarpar rumo à Itália em companhia de Beatrice, seu apêndice estourou, provavelmente devido a demasiadas refeições na cama, e após uma série de frenéticos telegramas para a Europa e a América, o grande navio, para surpresa dos passageiros, virou lentamente e retornou a Nova York, a fim de deixar Amory no cais. Devemos admitir que, se não se tratasse de um caso de vida ou morte, isso seria magnífico.

Depois da operação, Beatrice sofreu uma crise nervosa que tinha toda a aparência de um acesso de *delirium tremens*, e

Amory foi deixado em Minneapolis, onde deveria passar os dois anos seguintes na casa dos tios. Lá, o ar cru e vulgar da civilização do Oeste pela primeira vez o apanhou... em roupas íntimas, por assim dizer.

Um beijo para Amory

Seus lábios se contraíram ao ler:

> Vou dar uma pequena festa na quinta-feira, dia 17 de dezembro, às cinco horas, e gostaria muito que você viesse.
>
> Sua, sinceramente,
> Myra St. Claire
> R. S. V. P.

Ele já estava havia dois meses em Minneapolis, e sua principal dificuldade consistia em ocultar "dos outros camaradas da escola" quanto se sentia superior. Essa sua convicção, no entanto, estava alicerçada em areias movediças. Ele se exibira certo dia na aula de francês (frequentava o curso de francês avançado), causando grande confusão ao Sr. Reardon (cuja pronúncia ele encarava com desdém) e enorme satisfação à classe. O Sr. Reardon, que dez anos antes passara várias semanas em Paris, vingava-se dele nos verbos sempre que tinha o livro aberto diante de si. Em outra ocasião, porém, Amory tornou a se exibir na aula de história, mas com resultados desastrosos, pois que seus colegas eram de sua mesma idade e durante o restante da semana disseram uns para os outros, com ar de zombaria, imitando o sotaque inglês de Amory:

– Oh... creio, sem dúvida, que a Revolução Americana foi, em grande parte, um assunto das classes médias.

Ou então:

– Washington provinha de boa linhagem... oh, bastante boa... creio eu.

Amory, engenhosamente, procurava desforrar-se cometendo erros de propósito. Dois anos antes, começara a escrever uma história dos Estados Unidos que, embora só tivesse chegado até as Guerras Coloniais, fora considerada encantadora pela mãe.

Sua principal desvantagem era nas competições atléticas, mas logo que ele descobriu que isso representava a pedra de toque da popularidade na escola começou a fazer esforços frenéticos e persistentes no sentido de sobressair-se nos esportes de inverno e, com os tornozelos doendo e as pernas curvando-se apesar de seus esforços, patinava valentemente, todas as tardes, no rinque Lorelie, perguntando a si mesmo quanto tempo ainda deveria decorrer antes que conseguisse carregar um taco de hóquei sem que este, inexplicavelmente, se emaranhasse em seus patins.

O convite para a festa da Srta. Myra St. Claire passou a manhã no bolso de seu paletó, misturado com restos quebradiços e empoeirados de amendoim. Durante a tarde, trouxe-o à luz com um suspiro e, depois de alguma reflexão e de um rascunho preliminar na contracapa do volume *Latim para o primeiro ano*, compôs uma resposta:

Minha cara Srta. St. Claire:
O seu convite verdadeiramente encantador para a reunião na quinta-feira à tarde causou-me deleite esta manhã. Deveras encantado, terei o prazer de apresentar-lhe os meus cumprimentos na quinta-feira.

Sinceramente,

Amory Blaine

Na quinta-feira, por conseguinte, seguiu pensativo pelas calçadas escorregadias, das quais a neve acabara de ser removida, e chegou à casa de Myra às cinco e meia, com um atraso que, pensou, mereceria a aprovação da mãe. Deteve-se um momento à porta, com os olhos displicentemente semicerrados, e planejou sua entrada com precisão. Atravessaria o vestíbulo não muito apressado, em direção à Sra. St. Claire, e diria, com a voz corretamente modulada:

– Minha *cara* Sra. St. Claire, lamento *terrivelmente* ter chegado atrasado, mas a minha criada... – Fez então uma pausa, percebendo que isso pareceria uma citação. – ...mas o meu tio e eu tivemos de ver uma pessoa... Sim, conheci a sua encantadora filha numa escola de dança.

Cumprimentaria então os presentes, usando com todas as jovenzinhas engomadas sua ligeira curvatura, meio estrangeira, e fazendo apenas um aceno de cabeça a todos os rapazes que estivessem em torno, paralisados, para proteção mútua, em grupos empertigados.

Um mordomo (um dos três existentes em Minneapolis) abriu a porta. Amory entrou e tirou o boné e o sobretudo. Sentia-se um tanto surpreso por não ouvir, vindo da sala contígua, o som estridente da conversação – e decidiu que a reunião deveria ser bem formal. Aquilo o agradava, bem como o mordomo.

– Srta. Myra – disse.

Para sua surpresa, o mordomo sorriu horrorosamente.

– Oh, sim. Ela está aqui.

O mordomo não percebia que o seu malogro em mostrar-se *cockney* lhe arruinava a reputação. Amory examinou-o com frieza.

– Mas – continuou o mordomo, elevando desnecessariamente a voz – ela é a única que *está* aqui. Os outros se foram.

Tomado de súbito horror, Amory ficou perplexo:

– Como?
– Está à espera de Amory Blaine. É o senhor, não é? A mãe dela disse que se o senhor aparecesse até as cinco e meia deveriam ir ao Packard, ao encontro dos outros.

O desespero de Amory cristalizou-se quando a própria Myra apareceu, metida até as orelhas num casaco de polo, a fisionomia visivelmente amuada, a voz a muito custo agradável.

– Olá, Amory.
– Olá, Myra.

Esse breve cumprimento demonstrava o seu estado de espírito.

– Bem... *Seja como for*, você está aqui.
– Bem... vou lhe dizer o que houve. Suponho que você não tenha ouvido falar no acidente de automóvel – romanceou ele.

Myra arregalou os olhos:

– Acidente com quem?
– Bem... – prosseguiu Amory, desesperadamente. – Com o meu tio, a minha tia e comigo!
– Algum *morto*?

Amory fez uma pausa, seguida de um aceno de cabeça afirmativo.

– O seu tio? – indagou ela, alarmada.
– Oh, não! Apenas um cavalo... um cavalo cinzento.

A essa altura, Erse, o mordomo, deu um sorriso zombeteiro:

– Provavelmente, morreu apenas o motor.

Amory teria posto o mordomo na rua sem o menor escrúpulo.

– Então vamos – disse Myra friamente. – A reunião foi marcada para as cinco e a essa hora todos já estavam aqui, de modo que não podíamos esperar...
– Bem, eu não podia fazer nada, não acha?
– Mamãe disse que eu o esperasse até às cinco e meia. Nós os alcançaremos antes que cheguem ao Minnehaha Club, Amory.

30

A atitude insegura de Amory o abandonou. Imaginou o grupo feliz caminhando pelas ruas cobertas de neve, o aparecimento da limusine, o momento constrangedor em que ele e Myra desceriam diante de sessenta olhos recriminadores e as desculpas que daria – dessa vez verdadeiras. Suspirou alto.

– O que houve? – indagou Myra.

– Nada. Estava apenas bocejando. Será mesmo que os alcançaremos antes que cheguem lá?

Alimentava a tênue esperança de que pudessem entrar despercebidos no Minnehaha Club e encontrá-los lá, de que pudesse ser visto sentado calmamente ao pé da lareira depois de ter reconquistado por completo sua segurança perdida.

– Não há dúvida de que os alcançaremos. Vamos depressa!

Sentiu o estômago se contrair. Ao entrarem no automóvel, lançou mão de toda a sua leve camada de diplomacia para pôr em prática o plano um tanto vulgar que acabara de conceber. O plano baseava-se em alguns comentários que ouvira na escola de dança, segundo os quais, além de "muito bem-apessoado, ele tinha algo de *inglês*".

– Myra – disse, baixando a voz e escolhendo cuidadosamente as palavras –, peço-lhe mil perdões. Será que um dia você vai conseguir me perdoar?

Ela olhou para ele com ar grave, fitando-lhe os olhos verdes e intensos, a boca, o colarinho impecável, tudo aquilo que, para os seus 13 anos, constituía a quintessência do romance. Sim, Myra podia perdoá-lo com facilidade.

– Oh... claro... certamente.

Amory tornou a olhá-la, depois baixou os olhos de cílios longos.

– Sou horrível – disse ele, tristemente. – Sou diferente. Não sei por que faço coisas que não devo. Porque pouco me importa, acho. – E após uma pausa, temerário: – Tenho fumado muito. O fumo afetou o meu coração.

Myra imaginou-o entregue a uma noite inteira de orgias tabagísticas, pálido e cambaleante devido ao efeito da nicotina em seus pulmões. Ficou um pouco boquiaberta.

– Oh, *Amory*, não fume. Prejudica o seu *desenvolvimento*!

– Pouco me importa – continuou ele, sombrio. – Preciso fumar. Já estou viciado. Tenho feito coisas que, se a minha família soubesse... – Hesitou um momento, dando à imaginação de Myra tempo para visualizar os mais sombrios horrores. – Na semana passada, fui ao teatro de revista.

Myra ficou totalmente perplexa. Amory voltou de novo para ela seus olhos verdes:

– Você é a única garota da cidade de quem gosto – exclamou, num ímpeto sentimental. – Você é simpática.

Myra não estava muito segura de que o fosse, mas aquela palavra soava elegante, embora vagamente imprópria.

Lá fora, um crepúsculo espesso já havia descido, e quando a limusine fez uma curva súbita, ela foi jogada contra ele, e suas mãos se tocaram.

– Você não deveria fumar, Amory – sussurrou. – Então não sabe?

Ele balançou a cabeça.

– Ninguém se importa.

Myra hesitou.

– *Eu* me importo.

Alguma coisa se agitou dentro dele.

– Oh, pois sim! Você tem uma queda por Froggy Parker. Acho que todos sabem disso.

– Não, não tenho – respondeu ela muito lentamente.

Houve um silêncio enquanto Amory vibrava de emoção. Havia algo fascinante em Myra ali, no aconchego do automóvel, protegida do ar frio e opaco de fora. Myra, um pequeno monte de roupas, fios encaracolados de cabelo louro saindo do gorro de patinação.

– Eu também tenho uma queda...

Fez uma pausa, pois ouviu, a distância, o som de risos juvenis, e espiando através do vidro embaçado de neve a rua iluminada divisou vagamente o grupo de patinadores. Precisava agir rápido. Como se fosse sacudido por um solavanco, inclinou-se para a frente e tomou a mão de Myra – ou, para sermos mais exatos, seu polegar.

– Diga-lhe para seguir diretamente para o Minnehaha – sussurrou. – Quero falar com você... *preciso* falar com você.

Myra vislumbrou o grupo logo à frente, teve uma visão instantânea de sua mãe, mas – adeus convenções! – virou o rosto para os olhos que tinha a seu lado.

– Vire nessa primeira rua, Richard, e vá direto para o Minnehaha Club! – gritou através do tubo acústico.

Com um suspiro de alívio, Amory voltou a recostar-se nas almofadas.

"Posso beijá-la", pensou. "Aposto que posso. *Aposto* que posso!"

No alto, o céu estava meio cristalino, meio enevoado, e a noite em torno era gelada e vibrava de tensão. Das escadas do Country Club os caminhos estendiam-se para longe, como escuras fendas num alvo lençol; enormes montes de neve erguiam-se dos lados, semelhantes a rastros de toupeiras gigantescas. Ficaram um momento parados nos degraus, observando a branca lua cheia.

– As luas pálidas como essa – comentou Amory com um gesto vago – tornam as pessoas misteriosas. Você parece uma jovem feiticeira, sem o gorro e com os cabelos um pouco emaranhados.

Myra levou as mãos aos cabelos.

– Oh, deixe-os assim – interveio Amory. – Estão *lindos*.

Subiram a escada, e Myra o conduziu ao pequeno refúgio dos sonhos de Amory, onde uma lareira acolhedora ardia diante de um grande sofá. Alguns anos depois aquele seria um grande cenário para Amory, um berço para muitas crises emocionais. Naquele momento, porém, falaram por algum tempo sobre a patinação em grupo.

– Há sempre um monte de rapazes tímidos – comentou ele – que ficam no fim do grupo, como que escondidos, resmungando e empurrando uns aos outros para fora. E há sempre, ainda, uma garota estrábica – e ele a imitou de maneira aterrorizadora – que fica falando alto com a sua acompanhante.

– Você é tão engraçado – brincou Myra.

– Como assim? – Amory prestou atenção imediatamente.

– Ah, você está sempre falando de coisas malucas. Por que não vem esquiar com a Marylyn e comigo amanhã?

– Não gosto de garotas durante o dia – respondeu, lacônico. Mas como isso lhe parecesse no mesmo instante um tanto abrupto, acrescentou: – Mas gosto de você. – Pigarreou. – Gosto de você em primeiro, em segundo e em terceiro lugar.

Os olhos de Myra tornaram-se sonhadores. Que história não daria aquilo para contar a Marylyn! Ela ali no sofá, na companhia daquele rapaz *maravilhoso*... a pequena lareira... a sensação de que estavam sozinhos no grande edifício...

Myra capitulou. O ambiente era por demais apropriado.

– E eu gosto de você até o vigésimo quinto lugar – confessou ela, a voz trêmula. – E de Froggy Parker no vigésimo sexto.

No espaço de uma hora, Froggy descera vinte e cinco lugares. Até então, ele não o havia sequer notado.

Amory, porém, estando ali presente, inclinou-se rapidamente na direção dela e beijou-lhe o rosto. Jamais havia beijado uma garota antes, e passou a língua pelos lábios para ver que gosto tinha aquilo, como se tivesse provado uma fruta desconhecida. Depois, os lábios de ambos se roçaram, como jovens flores silvestres batidas pelo vento.

– Somos terríveis – rejubilou-se baixinho Myra.

E deslizou a mão para a de Amory, ao mesmo tempo em que pousava a cabeça no ombro dele. Súbito, Amory experimentou uma reação violenta: desagrado, aversão por tudo aquilo. Desejou freneticamente estar longe, jamais tornar a ver Myra, jamais tornar a beijar quem quer que fosse; ficou consciente de seu próprio rosto e do dela, das mãos que se apertavam, e teve vontade de sair de seu próprio corpo e esconder-se em algum lugar seguro, onde ninguém pudesse vê-lo... no âmago de sua própria mente.

– Beije-me de novo. – A voz de Myra parecia vir de um grande vazio.

– Não quero – ele ouviu sua voz dizer. Houve outra pausa.

– Não quero! – repetiu com ardor.

Myra pôs-se de pé de um salto, o rosto afogueado pelo orgulho ferido, o grande laço que lhe prendia os cabelos tremia solidário com ela.

– Eu o odeio! – gritou. – Não se atreva nunca mais a falar comigo!

– Como? – balbuciou Amory.

– Vou dizer à minha mãe que você me beijou! Juro que vou! Juro que vou! E ela não vai me deixar brincar com você nunca mais!

Amory levantou-se e fitou-a, desorientado, como se ela fosse um animal desconhecido cuja presença na Terra lhe tivesse passado despercebida até então.

A porta abriu-se subitamente e a mãe de Myra surgiu diante deles, brincando com os óculos.

– Bem – começou ela, ajustando-os com ar bondoso –, o homem do balcão me disse que vocês dois estavam aqui... Como tem passado, Amory?

Amory observou Myra e ficou à espera do barulho... mas nada ocorreu. O beicinho amuado desapareceu, o afogueamento dissipou-se e a voz de Myra era plácida como um lago no verão ao responder à mãe:

35

– Oh, saímos tão tarde, mamãe, julguei que talvez pudéssemos...

Amory ouviu, vindos lá de baixo, risos estridentes, e enquanto as seguia em silêncio escada abaixo, mãe e filha, sentiu o cheiro insípido de chocolate quente e bolos. Ao som de um gramofone misturavam-se as vozes de muitas garotas, que cantarolavam a melodia, e uma ligeira animação se apoderou dele:

Casey Jones – subiu na diligência
Casey Jones – tem as ordens na mão
Casey Jones – subiu na diligência
Iniciou a viagem de despedida em direção à terra prometida.

Instantâneos do jovem egocêntrico

Amory passou quase dois anos em Minneapolis. No primeiro inverno, usou mocassins originariamente amarelos, mas que após muitas aplicações de óleo e sujeira adquiriram sua cor plena – um marrom sujo, esverdeado. Usou também um casaco xadrez cinza e um gorro vermelho, desses que a gente usa quando anda de tobogã. Seu cão, Conde Del Monte, comeu o gorro vermelho, de modo que seu tio lhe deu um outro, cinza, que descia pelo rosto. O que havia de ruim com esse outro era que, quando se respirava nele, a respiração se congelava; um dia, o maldito paralisou seu rosto. Ele esfregou neve na cara, mas foi em vão: a mancha escura, azulada, continuou como antes.

CERTA VEZ, Conde Del Monte comeu uma caixa de anil, mas nada aconteceu a ele. Mais tarde, porém, enlouqueceu e disparou furiosamente pela rua, indo de encontro a cercas, rolando nas sarjetas e seguindo seu curso excêntrico até desaparecer da vida de Amory, que chorou na cama.

– Meu pequeno e pobre Conde... Oh, meu *pobre* Conde!

Decorridos vários meses, desconfiou de que Conde desempenhara um belo papel emocional.

AMORY E FROGGY PARKER eram de opinião de que a maior fala da literatura ocorria no Terceiro Ato de *Arsène Lupin*.

Nas matinês das quartas-feiras e dos sábados sentavam-se na primeira fila. A fala era:

"Quando não se pode ser um grande artista ou um grande soldado, a melhor coisa que se tem a fazer é ser um grande criminoso."

AMORY VOLTOU A SE APAIXONAR e escreveu um poema Ei-lo:

> Marylyn e Sall,
> São as garotas para mim.
> Marylyn está acima de Sall,
> Por ela bate o meu coração.

A essa altura ele estava interessado em saber se McGovern, de Minnesota, iria para a primeira ou segunda rodada nacional de beisebol, em como fazer truques com cartas de baralho e com moedas, em gravatas-borboletas, em como nasciam as crianças e em saber se Brown, o "Três-Dedos", era realmente um arremessador melhor do que Christie Mathewson.

LIA, ENTRE OUTRAS coisas: *For the Honor of the School* (Para a honra da escola); *Mulherzinhas* (duas vezes); *The Common Law* (O direito consuetudinário); *Sapho*; *The Dangerous Dan McGrew* (O perigoso Dan McGrew); *The Broad Highway* (A estrada larga [três vezes]); *A queda da casa de Usher*; *Three Weeks* (Três semanas); *Mary Ware, the Little Colonel's Chum*

(Mary Ware, a camarada do coronelzinho); *Gunga Dhin; A Gazeta Policial* e *Jim-Jam Jems*.

Em história, tinha todos os preconceitos de Henty* e apreciava particularmente as alegres histórias de assassinatos de Mary Roberts Rineheart.

A ESCOLA ARRUINOU seu francês e despertou-lhe aversão por autores clássicos. Seus professores o consideravam preguiçoso, pouco digno de confiança e superficialmente inteligente.

COLECIONAVA MECHAS DE CABELO de muitas garotas. Usava anéis pertencentes a várias delas. Finalmente, não pôde mais tomar anéis emprestados, devido ao hábito de mordê-los nervosamente, deformando-os. Isso, ao que parecia, costumava despertar a ciumenta desconfiança da emprestadora seguinte

DURANTE TODOS OS MESES de verão, Amory e Frog Parker iam todas as semanas à Sociedade Anônima da qual eram acionistas. Depois, voltavam a pé para casa, em meio ao ar balsâmico da noite de agosto, seguindo, sonhadores, com a multidão, pelas avenidas Hennepin e Nicollet. Amory perguntava a si próprio como as pessoas podiam deixar de notar que ele era um jovem destinado à glória, e quando as faces da multidão se voltavam para ele e olhos ambíguos fitavam os seus, adotava a mais romântica das expressões e caminhava sobre as almofadas de ar que se estendem sobre o asfalto aos 14 anos.

Quando estava na cama, sempre havia vozes – indefinidas, encantadoras, que se desvaneciam gradualmente – do lado de fora da janela, e antes de adormecer entregava-se a um de seus

---

*George Alfred Henty (1832-1902), escritor inglês, autor de novelas e histórias juvenis. (*N. do T.*)

devaneios prediletos, tornar-se um grande *half-back*, ou aquele sobre a invasão japonesa, quando era condecorado por ser o mais jovem general do mundo. Sonhava sempre em "tornar-se" alguma coisa, nunca em "ser". Isso também era bastante característico de Amory.

O código do jovem egocêntrico

Antes de ser chamado de volta a Lake Geneva, Amory aparecera, acanhado mas intimamente radiante, em suas primeiras calças compridas, acompanhadas de uma gravata-borboleta roxa, colarinho "Belmont" de pontas impecavelmente unidas, meias roxas e um lenço com a barra arroxeada saindo do bolso do paletó. Mas, mais do que isso, havia formulado sua primeira filosofia, um código de conduta que, tanto quanto se pode dizer, era uma espécie de egoísmo aristocrático.

Percebera que os seus melhores interesses estavam ligados aos de certa pessoa variável, mutável, cujo rótulo – a fim de que o seu passado pudesse estar sempre identificado com ele – era Amory Blaine. Amory considerava-se um jovem afortunado, capaz de infinita expansão tanto no sentido do mal como no do bem. Não se julgava um "caráter forte", mas confiava em sua habilidade (aprender as coisas depressa) e em sua mentalidade superior (lia muitos livros profundos). Orgulhava-se de jamais poder converter-se num gênio mecânico ou científico. De nenhuma outra culminância estava ele excluído.

Fisicamente – Amory considerava-se extraordinariamente bem-apessoado. Era. Imaginava-se um atleta de possibilidades e bailarino ágil.

Socialmente – Aqui sua situação era, talvez, extremamente perigosa. Reconhecia em sua pessoa personalidade, charme, magnetismo, elegância, poder de dominar todos os seus contemporâneos e o dom de fascinar todas as mulheres.

Mentalmente – Completa, inquestionável superioridade.

Ora, aqui é necessário fazer uma confissão. Amory possuía uma consciência um tanto puritana. Não que ele cedesse a ela; chegou mesmo, mais tarde, quase a extingui-la por completo... Mas aos 15 anos essa consciência fazia com que ele se considerasse muito pior do que os outros rapazes... Falta de escrúpulo... Desejo de influenciar pessoas de qualquer modo, mesmo para o mal... Uma certa frieza e falta de afeto que chegava às vezes à crueldade... um senso de honra variável... um egoísmo incrível... um interesse furtivo, perturbador, por tudo o que se referia ao sexo.

Havia, além disso, um curioso traço de fraqueza que atravessava sua formação: uma frase áspera saída dos lábios de um rapaz mais velho (os rapazes mais velhos, em geral, o detestavam) era capaz de abalar seu equilíbrio, levando-o a uma soturna suscetibilidade, ou a uma tímida estupidez... Era um escravo de seus próprios estados de espírito e sentia que, embora fosse capaz de temeridade e audácia, não tinha coragem, perseverança nem respeito por si próprio.

Vaidade, contrabalançada senão pelo autoconhecimento, por uma certa desconfiança em relação a sua pessoa; a impressão de que as outras pessoas eram autômatos movidos pelos cordéis de sua vontade; um desejo de "ultrapassar" o maior número possível de rapazes e chegar a um vago topo do mundo... eis aí o *background* com que Amory chegou à adolescência.

Preliminares da grande aventura

O trem foi parando lentamente em Lake Geneva, com um langor de começo de verão, e Amory avistou a mãe esperando-o em seu automóvel elétrico, estacionado no pátio de cascalho da estação. Era um velho automóvel elétrico, um dos primeiros exemplares, pintado de cinza. Ver a mãe sentada ali, esguiamente ereta, e seu rosto, uma combinação de beleza e dignidade, fundindo-se num sorriso sonhador e nostálgico, encheu-o de súbito orgulho. Depois de se beijarem friamente, ao subir no carro Amory sentiu de repente um receio de haver perdido o charme necessário para estar à altura dela.

– Meu querido menino... você está *tão* alto... Olhe para trás e veja se não vem nada...

Ela olhou para a esquerda e para a direita, e passou cautelosamente para uma velocidade de 3 quilômetros por hora, pedindo a Amory que agisse como sentinela. Num cruzamento perigoso, fez com que ele saltasse do carro e se pusesse à frente do veículo a fim de fazer-lhe sinal, como um guarda de trânsito. Beatrice era o que se poderia considerar uma motorista cuidadosa.

– Você *está* alto... mas continua muito bonito. Já passou da idade ingrata... Ou será que essa idade ingrata é aos 16 anos? Talvez seja aos 14, ou aos 15... Nunca consigo lembrar; mas você já a deixou para trás.

– Não me deixe envergonhado – murmurou Amory.

– Mas, meu querido menino, que roupas esquisitas! Parecem um figurino, não acha? A sua roupa íntima também é roxa?

Amory resmungou de forma indelicada.

– Você precisa ir à loja Brooks e comprar umas roupas realmente bonitas. Oh, teremos uma conversa esta noite ou talvez amanhã à noite. Quero falar com você a respeito do seu coração... Você talvez não tenha cuidado do seu coração... e *não faz ideia*.

Amory pensou em quão superficiais eram as recentes ideias de sua geração. À parte um ligeiro acanhamento, os velhos laços de cinismo que o uniam à mãe estavam inteiramente intactos. Não obstante, durante os primeiros dias vagou pelos jardins e ao longo da praia num estado de supersolidão, encontrando uma satisfação letárgica em fumar cigarros Bull na garagem, em companhia de um dos choferes.

Os 60 acres da propriedade eram pontilhados de antigas e novas casas de verão, e de muitas fontes e bancos brancos, que apareciam subitamente à vista em meio a refúgios cobertos de folhagem; havia uma grande e crescente família de gatos brancos que palmilhavam os canteiros floridos e cujas silhuetas surgiam de repente, à noite, tendo por fundo o negro arvoredo. Foi num desses caminhos escuros que Beatrice finalmente encontrou Amory, depois que o Sr. Blaine, como sempre, se recolheu à biblioteca. Depois de censurá-lo por ele estar, ao que parecia, evitando-a, ela teve uma longa conversa cara a cara com o filho ao luar. Amory não conseguia se conformar com a beleza da mãe, matriz de sua própria beleza, com o pescoço e os ombros delicados, e a graça de mulher afortunada de 30 e poucos anos.

– Amory, meu querido – murmurou ela. – Depois que você se foi, passei por um período estranho, fantástico.

– Passou, Beatrice?

– Quando tive o meu último colapso nervoso – acrescentou, como se falasse de um grande e galante feito –, os médicos me disseram – sua voz melodiosa adquiriu um tom confidencial – que qualquer pessoa que houvesse bebido de forma tão consistente quanto eu *destruiria* por completo sua saúde e já estaria enterrada há muito tempo.

Amory estremeceu e perguntou a si mesmo como aquilo soaria aos ouvidos de Froggy Parker.

– Sim – continuou Beatrice, tragicamente –, eu tinha sonhos... visões maravilhosas. – Comprimiu os olhos com a palma das mãos. – Eu via rios de bronze correndo entre margens de mármore e grandes pássaros que pairavam nas alturas... pássaros multicoloridos, de plumagem iridescente. Ouvia uma estranha música e o som de trombetas bárbaras... O que foi?

Amory dera um risinho abafado.
- Que é que há, Amory?
- Eu disse apenas para você continuar, Beatrice.
- Isso foi tudo... só se repetia, repetia... Jardins que ostentavam cores belíssimas e comparados aos quais este seria completamente insípido; luas que giravam e oscilavam no alto, mais pálidas do que as luas de inverno, mais douradas que as luas de fim de outono...
- E agora você está perfeitamente bem, Beatrice?
- Perfeitamente bem... não poderia estar melhor. Eu não sou compreendida, Amory. Sei que não posso explicar isso a você, Amory, mas... eu não sou compreendida.

Amory ficou muito comovido. Passou o braço em volta da mãe, esfregando levemente a cabeça contra o ombro dela.
- Pobre Beatrice... pobre Beatrice.
- Fale-me sobre *você*, Amory. Esses últimos anos foram *terríveis*?

Amory pensou em mentir, mas depois resolveu não fazê-lo.
- Não, Beatrice. Eu me diverti. Eu me adaptei à burguesia. Tornei-me banal.

Ele próprio se surpreendeu ao dizer isso e imaginou o quanto Froggy teria ficado boquiaberto se o ouvisse.
- Beatrice – disse subitamente após uma pausa –, quero ir para uma escola preparatória. Todo mundo em Minneapolis vai para a escola preparatória.

Beatrice mostrou-se um tanto alarmada.
- Mas você só tem 15 anos!
- Sim, mas todos vão para a escola preparatória aos 15 anos... E eu *quero* ir, Beatrice.

Por sugestão de Beatrice, o assunto foi deixado de lado até o fim do passeio, mas uma semana depois ela o alegrou muitíssimo ao dizer-lhe:
- Amory, resolvi deixar que você decida o que quer fazer. Se ainda quiser, pode ir para a escola preparatória.

– Verdade?
– Para o colégio St. Regis, em Connecticut.
Amory sentiu uma rápida animação.
– Tudo já está sendo arranjado – prosseguiu Beatrice. – É melhor que você se vá. Eu preferiria que fosse para Eton e depois para Christ Church, em Oxford, mas agora isso parece impraticável... e, por ora, deixaremos de lado a questão da universidade.
– E o que você vai fazer, Beatrice?
– Só Deus sabe. Parece ser o meu destino morrer de enfado neste país. Não que eu lamente, por um segundo sequer, ser americana... Na verdade, acho que essa é uma queixa típica de gente vulgar, pois estou convencida de que somos a maior nação que o mundo *irá* conhecer... – Suspirou. – Sinto que a minha vida deveria ter transcorrido sonolenta próximo a uma civilização mais antiga e alegre, uma terra de verdes paisagens e marrons outonais...
Amory nada respondeu. A mãe continuou:
– Lamento que você não tenha sido educado no exterior, mas, por outro lado, como você é homem, é melhor que tenha crescido sob as asas da águia rosnadora... É essa a expressão?
Amory concordou, dizendo que era. Ela jamais gostara da invasão japonesa.
– E quando vou para a escola preparatória?
– No mês que vem. Você vai ter que ir para o Leste um pouco mais cedo, a fim de fazer os exames. Depois disso, vai ter uma semana livre, de modo que poderá subir o Hudson e fazer uma visita.
– A quem?
– Ao monsenhor Darcy, Amory. Ele quer conhecê-lo. Foi para Harrow e depois Yale... Tornou-se católico. Quero que ele converse com você; sinto que monsenhor Darcy poderá ajudá-lo muito. – Passou a mão suavemente pelos cabelos castanho-avermelhados do filho. – Meu querido Amory, meu querido Amory...
– Minha querida Beatrice...

Assim, no início de setembro, munido de "seis pares de roupas íntimas de verão, seis pares de roupas íntimas de inverno, um suéter de lã, um sobretudo, um casaco de inverno etc.", Amory seguiu para a Nova Inglaterra, a terra das escolas preparatórias.

Lá ficavam Andover e Exeter, com suas lembranças dos mortos na Nova Inglaterra – grandes democracias, semelhantes a faculdades; St. Mark's, Groton, St. Regis – com seus alunos recrutados em Boston e nas famílias Knickerbocker* de Nova York; St. Paul, com seus grandes rinques de patinação; Pomfret e St. George's, prósperos e bem-vestidos; Taft e Hotchkiss, que preparavam os ricos do Meio-Oeste para o êxito social em Yale; Pawling, Westminster, Choate, Kent e centenas de outras – todas produzindo, ano após ano, seus tipos bem-ajustados, convencionais e impressionantes; dando o seu estímulo mental para os exames de admissão nas universidades; expondo os seus vagos propósitos em centenas de circulares sobre "Como ministrar uma completa educação mental, moral e física adequada a um cavalheiro cristão, *preparando-o para enfrentar os problemas de sua época e de sua geração* e dando-lhe sólida base em artes e ciências".

Amory permaneceu três dias em St. Regis, prestando seus exames com desdenhosa confiança em si mesmo, depois partiu para Nova York, a fim de visitar seu tutor. A metrópole, vista de relance, causou-lhe pequena impressão, salvo quanto à ideia de limpeza que lhe deram os altos edifícios brancos, observados às primeiras horas da manhã a bordo de um barco a vapor que subia o Hudson. Na verdade, seu espírito estava tão tomado de sonhos de proezas atléticas na escola que ele encarou aquela visita apenas como um interlúdio um tanto enfadonho para sua grande aventura. Isso, porém, não se provou verdadeiro.

---

*Descendentes dos primeiros colonizadores holandeses de Nova York. (*N. do T.*)

A casa de monsenhor Darcy era uma construção antiga, irregular, em uma colina que dava para o rio, e lá vivia seu proprietário, entre suas viagens a todas as partes do mundo católico romano, como uma espécie de rei Stuart à espera do chamado para governar suas terras. Monsenhor Darcy tinha, então, 40 anos e era um homem cheio de vitalidade, um pouco corpulento demais para ser elegante, com cabelos cor de ouro velho e uma personalidade brilhante, envolvente. Quando entrava numa sala, metido dos pés à cabeça em suas vestes roxas, assemelhava-se a um crepúsculo de Turner e despertava não só admiração como atenção. Escrevera dois romances – um deles, pouco antes de sua conversão, violentamente anticatólico, e o outro, cinco anos depois, em que tentara converter todas as suas observações inteligentes contra os católicos em indiretas mais inteligentes ainda contra os membros da Igreja Anglicana. Era intensamente ritualístico, surpreendentemente dramático, amava a ideia de Deus o suficiente para ser celibatário e gostava bastante de seu próximo.

As crianças o adoravam, porque ele parecia uma criança; os jovens se deleitavam em sua companhia, porque ainda parecia um jovem, e nada o escandalizava. Na terra e no século adequados, poderia ter sido um Richelieu; em seu tempo, era um clérigo muito probo, muito religioso (embora não fosse muito devoto), que fazia um grande mistério acerca de coisas já antiquadas e aproveitava a vida ao máximo, embora não a desfrutasse inteiramente.

Ele e Amory simpatizaram um com o outro logo à primeira vista – o prelado jovial, imponente, que podia deslumbrar um baile de embaixada, e o jovem de olhos verdes, ardentes, usando suas primeiras calças compridas, aceitaram em seu espírito, após meia hora de conversa, uma relação como a de pai e filho.

– Meu caro rapaz, há anos que esperava conhecê-lo. Puxe uma cadeira e vamos conversar.

— Acabo de vir da escola... de St. Regis.
— Foi o que sua mãe me disse... Uma mulher extraordinária. Aceite um cigarro... tenho certeza de que fuma. Bem, se você for como eu, vai detestar todas as ciências e matemáticas...

Amory concordou com veemente aceno de cabeça.

— Detesto. Mas gosto de inglês e história.
— Claro. Durante algum tempo vai detestar também a escola, mas eu me alegro em saber que vai para St. Regis.
— Por quê?
— Porque é uma escola para cavalheiros, e a democracia não vai alcançá-lo tão cedo. Vai ter bastante disso quando chegar à universidade.
— Quero ir para Princeton — disse Amory. — Não sei por quê, mas acho que todos os homens de Harvard são um tanto efeminados, como eu costumava ser, e todos os homens de Yale usam grandes suéteres azuis e fumam cachimbo.

Monsenhor Darcy esboçou um sorriso.

— Eu sou um deles, como você sabe.
— Ah, o senhor é diferente! Imagino que os estudantes de Princeton sejam preguiçosos, bonitos e aristocráticos... como um dia de primavera.
— E Yale é novembro, vivo e enérgico — concluiu monsenhor Darcy.
— Exatamente.

Passaram vivamente a uma intimidade da qual jamais iam se afastar.

— Eu era a favor do bom príncipe Charlie — anunciou Amory.
— Claro que era... E de Aníbal...
— Sim. E da Confederação Sulista...

Era um tanto cético quanto a ser um patriota irlandês, pois desconfiava de que ser irlandês era um tanto vulgar... Mas monsenhor Darcy assegurou-lhe que a Irlanda era uma romântica causa perdida, que os irlandeses eram um povo encantador e que isso deveria ser, sem a menor dúvida, uma de suas principais inclinações.

Após uma hora completa, que incluiu vários outros cigarros e durante a qual monsenhor Darcy ficou sabendo, senão com horror, pelo menos com surpresa, que Amory não fora criado como católico, o prelado anunciou que tinha outro hóspede. O hóspede era ninguém mais ninguém menos que o ilustre magistrado Thornton Hancock, de Boston, ex-ministro em Haia, autor de uma erudita história da Idade Média e último descendente de uma família notável, patriota e brilhante.

– Ele vem aqui à procura de repouso – disse monsenhor Darcy confidencialmente, tratando Amory como seu contemporâneo. – Eu funciono como uma espécie de refúgio ante o cansaço do agnosticismo e acho que sou o único homem que sabe quando a sua sóbria e velha mente está a ponto de soçobrar, ansiando por um vigoroso mastro, como a Igreja, ao qual se agarrar.

Seu primeiro almoço na casa de monsenhor Darcy foi um dos acontecimentos memoráveis da adolescência de Amory. Estava radiante, revelando grande vivacidade e encanto. Por meio de perguntas e insinuações, monsenhor Darcy conseguiu obter de seu jovem hóspede mais do que esperava, e Amory, com bastante brilho e agudeza intelectual, falou-lhe de seus mil impulsos e aspirações, de suas aversões, de suas crenças e de seus temores. Ele e o prelado ocuparam o centro do palco, enquanto o velho, com sua mentalidade menos receptiva, menos aquiescente, mas de modo algum menos viva, parecia contente em ouvir e se aquecer aos suaves raios de sol que brincavam entre os dois. Para muita gente monsenhor Darcy dava a impressão de irradiar uma claridade solar; Amory produzia essa mesma impressão por sua juventude, e muitos anos mais tarde por outros motivos, mas nunca, como então, ela fora tão mutuamente espontânea.

"É um rapaz brilhante", pensou Thornton Hancock, que conhecera o esplendor de dois continentes e conversara com Parnell, Gladstone e Bismarck; e depois acrescentou, dirigindo-se ao monsenhor Darcy:

– Mas a educação dele não deveria ser confiada a uma escola preparatória ou uma faculdade.

Entretanto, durante os quatro anos seguintes o intelecto de Amory concentrou-se em questões de popularidade, nas complexidades de um sistema social universitário e de uma Sociedade Americana representada pelos chás do Biltmore Hotel e por rinques de patinação em Hot Springs.

Aquela foi, em suma, uma semana maravilhosa, em que a mente de Amory se viu virada pelo avesso, durante a qual ele viu centenas de suas ideias confirmadas, e sua alegria de viver se cristalizou em milhares de ambições. Não que a conversação fosse escolástica... cruz-credo! Amory tinha apenas uma vaga ideia acerca de quem era Bernard Shaw... mas monsenhor Darcy obteve o máximo do *The Beloved Vagabond* (O amado vagabundo) e de *Sir Nigel*, tendo todo o cuidado para que Amory jamais se sentisse desnorteado.

Já soavam, porém, as trombetas, anunciando os atritos de Amory com sua própria geração.

– Claro que você não lamenta partir – disse-lhe o prelado.
– Para criaturas como nós, o lar está sempre onde não estamos.
– Mas eu lamento...
– Não, não lamenta. Você e eu não temos necessidade de ninguém no mundo.
– Bem...
– Adeus.

A pubescência do egocêntrico

Os dois anos que Amory passou em St. Regis, embora tenham sido alternadamente penosos e triunfantes, tiveram tão pouca importância real em sua vida quanto as escolas preparatórias americanas, esmagadas como estão sob os calcanhares das universidades, têm para a vida americana em geral. Não temos uma Eton que nos dê a autoconsciência de uma classe governante; temos, em vez disso, escolas preparatórias limpas, fracas e inócuas.

Amory saiu-se, a princípio, muito mal: era considerado por todos não só presunçoso e arrogante, sendo unanimemente detestado. Jogava rúgbi ardorosamente, revelando ora temerário brilho, ora uma tendência para pôr-se a salvo de situações perigosas, tanto quanto a decência permitia. Completamente apavorado, e sob o escárnio geral, fugiu de uma briga com um rapaz do seu tamanho e, uma semana depois, desesperado, topou uma briga com outro rapaz muito maior do que ele, da qual saiu completamente derrotado, mas, de certo modo, orgulhoso de si mesmo.

Mostrava-se ressentido com todos os que tinham autoridade sobre ele, e isso, aliado a uma preguiçosa indiferença em relação a seu trabalho, exasperava todos os professores da escola. Sentia-se cada vez mais desencorajado e julgava-se um pária; deu para andar soturno pelos cantos e para ler depois que as luzes eram apagadas. Temendo a solidão, ligou-se a uns poucos amigos, mas como não pertenciam à elite da escola ele os usava apenas como espelhos de si próprio, um público diante do qual pudesse adotar a atitude de superioridade que lhe era absolutamente essencial. Vivia insuportavelmente solitário, desesperadamente infeliz.

De vez em quando, porém, encontrava algum consolo. Sempre que Amory afundava em suas depressões, sua vaidade era a última a submergir, de modo que ainda pôde desfrutar de certa satisfação quando "Wookey-wookey", a governante surda da escola, lhe disse que ele era o rapaz mais bem-apessoado que já conhecera. Agradava-lhe ser o rapaz mais jovem e mais leve do primeiro esquadrão de rúgbi; ficou satisfeito quando o Dr. Dougall, após acalorada entrevista, lhe disse que ele podia, se quisesse, obter as melhores notas da escola. Mas o Dr. Dougall estava errado. Era impetuosamente impossível para Amory obter as melhores notas da escola.

Infeliz, confinado a limites estreitos, impopular tanto entre os professores como entre os alunos – eis como transcorreu o primeiro período de Amory em St. Regis. Mas no Natal ele voltou a Minneapolis, calado e estranhamente jubiloso.

– Oh, mostrei-me, a princípio, um tanto arrogante – disse com ar de superioridade a Froggy Parker –, mas me saí muito bem... Sou o rapaz mais leve do esquadrão de rúgbi. Você deveria ir para uma escola preparatória, Froggy. É ótimo.

O incidente com o professor bem-intencionado

Na última noite do primeiro período do ano letivo o Sr. Margotson, decano dos professores, mandou um recado para que Amory o procurasse às nove horas em sua sala. Amory desconfiou de que o mestre queria dar-lhe conselhos, mas resolveu ser cortês, pois o Sr. Margotson sempre se mostrara afável com ele.

O professor recebeu-o com ar grave, indicando-lhe uma cadeira. Pigarreou várias vezes e, com meticulosa afabilidade, como quem sabe que está pisando em terreno delicado, começou:

– Mandei chamá-lo para tratar de um assunto pessoal.

– Sim, senhor.

– Observei-o durante o ano e... gostei de você. Acho que possui todas as qualidades para ser um... um homem muito bom.

– Sim, senhor.

Detestava que as pessoas lhe falassem como se ele fosse um reconhecido fracasso.

– Mas notei – prosseguiu, às cegas, o velho – que você não é muito popular entre os rapazes.

– Realmente, professor – admitiu Amory, passando a língua pelos lábios.

– Ah... julguei que você talvez não compreendesse exatamente a razão dessa... dessa sua impopularidade. Vou dizê-la, pois acredito... ah... que quando um rapaz conhece a causa de suas dificuldades está em melhor situação para resolvê-las... para agir como os outros esperam que ele o faça. – Tornou a pigarrear e, após delicada reticência, prosseguiu: – Eles parecem pensar que você é... ah... um tanto arrogante...

Amory não conseguiu mais se conter. Levantou-se da cadeira, mal conseguindo dominar a voz:

– Eu sei... *Não pense* o senhor que eu não sei! – Gritou. – Eu sei o que eles pensam; e o senhor acha que precisa *me dizer*! – Fez uma pausa. – Eu... eu preciso ir... Espero não estar sendo indelicado...

Deixou apressadamente a sala. No ar frio do lado de fora, ao dirigir-se aos seus aposentos, exultou por ter se recusado a permitir que o ajudassem.

– Aquele *maldito* velho idiota! – exclamou, furioso. – Como se eu não *soubesse*!

Resolveu, porém, que aquela era uma boa desculpa para não voltar ao salão de leitura aquela noite, de modo que, confortavelmente instalado em seu próprio quarto, terminou, solitário, a leitura de *A companhia branca*.

O incidente da garota maravilhosa

Havia uma nova e brilhante estrela em fevereiro. Nova York irrompeu sobre ele no dia em que se comemorava o nascimento de Washington com o fulgor de um acontecimento havia muito esperado. O vislumbre que teve da cidade, como algo intensamente alvo tendo por fundo um céu de um azul intenso, deixara em sua mente uma imagem esplendorosa, que rivalizava com as cidades de sonho das Mil e Uma Noites; mas dessa vez ele a viu à luz das lâmpadas elétricas, e romance brilhava no anúncio luminoso da Broadway, no qual se via uma corrida de bigas romanas, e nos olhos das mulheres do Astor, onde ele e o jovem Paskert, de St. Regis, haviam jantado. Ao entrarem no saguão do teatro, saudados pelo som agudo e penetrante de violinos nervosos e dissonantes e pela pesada fragrância de pintura e pó de arroz, Amory penetrou numa esfera de epicúreo deleite. Tudo o encantava. A peça era *The Little Millionaire*, com George M. Cohan, e havia uma jovem e atordoante morena que o fez ficar sentado com os olhos transbordando de admiração diante do êxtase que lhe produzia sua dança.

> Oh, você, linda garota,
> Como você é linda...

cantava o tenor, e Amory concordava em silêncio, mas apaixonadamente.

> Todas as suas belas palavras
> Fazem-me estremecer...

Os violinos distendiam-se e tremiam nas últimas notas, a jovem caiu no palco como uma borboleta esmagada, e uma explosão de aplausos encheu o teatro. Oh, apaixonar-se assim, ao som da mágica e langorosa melodia de uma canção como aquela!

A última cena se passava no jardim do terraço de um prédio, e os violoncelos suspiravam para a lua musical, enquanto a ligeira aventura, aquela comédia leve como espuma, esvoaçava sob a luz de cálcio. Amory desejava ardentemente tornar-se *habitué* de jardins em terraços, encontrar uma jovem como aquela... melhor ainda, aquela jovem... cujos cabelos fossem inundados pela dourada claridade do luar enquanto a seu lado um garçom ininteligível servisse um vinho cintilante... Quando a cortina desceu pela última vez, deu um suspiro tão longo que as pessoas que estavam à sua frente se voltaram para ele, e alguém disse suficientemente alto para que ele o ouvisse:

– Que rapaz *extraordinariamente* bem-apessoado!

Isso desviou a atenção dele da peça, e Amory perguntou a si mesmo se a população de Nova York realmente o acharia belo.

Paskert e ele voltaram em silêncio para o hotel. Paskert foi o primeiro a falar. Sua voz incerta, de rapaz de 15 anos, penetrou num fluxo melancólico nas meditações de Amory:

– Eu me casaria esta noite com aquela garota.

Não havia necessidade de perguntar a que garota ele se referia.

– Teria orgulho em levá-la para casa e apresentá-la aos meus pais – continuou Paskert.

Amory ficou bastante impressionado. Queria tê-lo dito em vez de Paskert. Parecia tão maduro.

– Por falar em atrizes, será que todas não prestam?

– Oh, não senhor! De modo algum! – respondeu com ênfase o jovem mundano. – Sei que aquela moça vale ouro. Garanto que vale.

Continuaram caminhando, misturando-se à multidão da Broadway, sonhando ao som da música que vinha dos cafés. Novos rostos surgiam e desapareciam como miríades de luzes, rostos pálidos ou maquiados, fatigados, mas, não obstante, mantidos alertas por uma cansada animação. Amory planejava o que ia ser a sua vida. Moraria em Nova York e seria conhecido em todos os cafés e restaurantes; vestir-se-ia a rigor desde o anoitecer até as primeiras horas da manhã seguinte, e dormiria durante as insípidas horas da tarde.

– Sim, *senhor*, eu me casaria esta noite com aquela garota!

Heroico em tom geral

O mês de outubro de seu segundo ano de estada em St. Regis constituiu um ponto alto nas recordações de Amory. O jogo com Groton começou às três horas de uma tarde animada, estimulante, e estendeu-se até as últimas horas de um revigorante crepúsculo outonal, Amory ocupando o posto de zagueiro, exortando os companheiros com brados desesperados, realizando *tackles** inacreditáveis, gritando sinais numa voz já reduzida a um sussurro rouco e furioso, mas ainda encontrando tempo para rejubilar-se com a atadura manchada de sangue que lhe envolvia a cabeça e com o esforçado, glorioso heroísmo de arremeter com a bola para a frente, esmagando corpos e membros doloridos. Naqueles minutos, a coragem fluiu como vinho do lusco-fusco de novembro, e ele foi o herói eterno, que se identificava com o pirata na proa de uma galera escandinava, com Rolando e Horácio, com Sir Nigel e Ted Coy, ferido mas pronto para o combate, para vencer a maré, ouvindo ao longe o ressoar dos aplausos... e, finalmente, contundido e fatigado, mas ainda assim esquivo, descreveu círculos, diminuiu e aumentou a velocidade, empurrou os adversários... e caiu atrás da meta de Groton com dois homens agarrados às suas pernas, fazendo o único *touchdown*** do jogo.

---

*No rúgbi, ato de agarrar ou segurar o adversário. (*N. do T.*)
**Ponto marcado pelo jogador que transpõe a linha de meta adversária com a bola em seu poder. (*N. do T.*)

A filosofia do engomadinho

Do alto da desdenhosa superioridade do sexto ano e de seu êxito, Amory recordava com cínica perplexidade sua situação no ano anterior. Estava tão completamente mudado quanto Amory Blaine poderia ficar. Amory + Beatrice + dois anos em Minneapolis – eis seus ingredientes ao ingressar em St. Regis. Mas os anos de Minneapolis não eram uma camada tão espessa que pudesse ocultar o "Amory + Beatrice" dos olhos perscrutadores de um internato, de modo que St. Regis havia arrancado penosamente Beatrice dele e começado a armar uma estrutura nova e mais convencional em torno do Amory fundamental. Mas tanto St. Regis quanto Amory desconheciam o fato de que esse Amory fundamental não havia mudado. Aquelas qualidades que o tinham feito sofrer – sua melancolia, sua tendência para adotar certas atitudes, sua preguiça e seu prazer em fazer papel de tolo – eram, agora, aceitas como algo natural, excentricidades reconhecidas de um grande zagueiro de rúgbi, ator inteligente e editor do *St. Regis Tattler*: causava-lhe perplexidade ver os rapazinhos impressionáveis imitando as mesmas vaidades que, pouco tempo antes, tinham sido consideradas fraquezas desprezíveis de sua parte.

Depois de terminada a temporada de rúgbi, Amory mergulhou em sonhadora alegria. Na noite do baile que precedia as férias, afastou-se furtivamente e foi cedo para a cama, para gozar do prazer de ouvir a música dos violinos atravessar o gramado e chegar até à janela de seu quarto. Passava muitas noites lá, sonhando acordado com cafés secretos em Montmartre, onde mulheres de marfim se envolviam em mistérios românticos com diplomatas e soldados da fortuna, enquanto orquestras tocavam valsas húngaras e o ambiente era denso e exótico, cheio de intrigas, luar e aventura. Na primavera leu, porque foi pedido, *L'Allegro* e sentiu-se inspirado a escrever composições líricas sobre a Arcádia e as flautas de Pã. Mudou a cama de lugar para que o sol o despertasse pela manhã e ele pudesse dirigir-se ao balanço arcaico que pendia de uma macieira junto ao edifício do sexto ano. Balançando-se cada vez mais alto, tinha a sensação de que pairava em pleno ar, numa terra encantada de sátiros flautistas e ninfas que tinham os rostos das moças louras pelas quais ele passava nas ruas de Eastchester. Quando o balanço atingia o ponto mais alto, a Arcádia ficava realmente pouco além do topo de certa colina, onde, num ponto dourado, desaparecia a estrada pardacenta.

Amory lera muito durante toda a primavera no começo de seu décimo oitavo ano de vida: *The Gentleman from Indiana* (O cavaleiro de Indiana), *As mil e uma noites*, *The Morals of Marcus Ordeyne* (A ética de Marcus Ordeyne), *O homem que era Quinta-Feira*, do qual gostou sem entender; *Stover em Yale*, que se converteu numa espécie de compêndio; *Dombey e filho*, porque achava que realmente devia ler coisas melhores; Robert Chambers, David Graham Phillips, a obra completa de E. Phillips Oppenheim e coisas avulsas de Tennyson e Kipling. Das obras recomendadas pelos professores, somente *L'Allegro* e alguma coisa de geometria sólida, que possuía inflexível clareza, despertaram o seu indolente interesse.

À medida que junho se aproximava, Amory sentia necessidade de conversar com alguém a fim de formular suas próprias ideias, e para sua surpresa encontrou um cofilósofo em seu colega Rahill, presidente da agremiação de alunos do sexto ano. No decorrer de muitas conversas, caminhando pela estrada ou deitados de barriga para baixo à beira do campo de rúgbi, ou ainda tarde da noite, com os cigarros a brilhar na escuridão, abordavam questões relativas à escola, criando, numa dessas ocasiões, o termo engomadinho.

– Você tem cigarros? – sussurrou Rahill certa noite, cinco minutos depois de as luzes terem sido apagadas, enfiando a cabeça pela porta.

– Claro.
– Então vou entrar.
– Pegue dois travesseiros e deite-se ali no assento junto da janela.

Amory sentou-se na cama e acendeu um cigarro, enquanto Rahill se acomodava no lugar indicado. O assunto predileto de Rahill era o futuro dos alunos do sexto ano, e Amory jamais se cansava de falar-lhe a respeito.

– Ted Converse? É fácil. Vai levar bomba nos exames, vai ter um preceptor durante todo o verão em Harstrum, entrará para a Sheff, dependendo de quatro matérias, e vai abandonar a escola no meio do primeiro ano. Depois vai voltar para o Oeste e durante um ou dois anos vai pintar o sete; finalmente, o pai vai fazer com que ele entre para o negócio de tintas. Vai se casar e ter quatro filhos, todos estúpidos. Vai pensar sempre que a St. Regis o estragou, e vai mandar os filhos para um colégio externo em Portland. Vai morrer de ataxia locomotora aos 41 anos, e a esposa vai dar uma pia batismal, ou qualquer que seja o nome que se dá a isso, à Igreja Presbiteriana...

– Um momento, Amory! Isso é demasiado sombrio. E quanto a você, o que me diz?

– Pertenço a uma classe superior. Você também. Somos filósofos.

– Eu não.

– Claro que é. Você tem uma mente privilegiada.

Mas Amory sabia que nada abstrato, nenhuma teoria ou generalidade jamais conseguia impressionar Rahill até que ele enveredasse pelas minúcias concretas do caso.

– Não tenho – insistiu Rahill. – Deixo que os outros se aproveitem de mim e não ganho nada com isso. Sou uma vítima dos amigos: faço as lições deles, tiro-os de dificuldades, visito-os, estupidamente, durante o verão, e sempre tomo conta de suas irmãzinhas; contenho-me quando eles se mostram

egoístas, e *depois* eles pensam que retribuem as minhas gentilezas votando em mim e dizendo que sou o "grande sujeito" de St. Regis. Quero fazer como todo mundo faz e mandá-los para o inferno quando me der vontade. Estou cansado de ser bonzinho com todos os pobres-diabos da escola.
– Você não é um engomadinho – disse de repente Amory.
– Um o quê?
– Um engomadinho.
– O que diabos é isso?
– Bem, é algo que... que... bem, há uma porção deles por aí. Mas você não é um, assim como eu também não sou, embora eu seja mais do que você.
– E o que é? O que é que faz a gente ser um espertalhão?
Amory refletiu.
– Bem... acho que o *sinal* disso é quando um sujeito alisa o cabelo para trás com água.
– Como Carstairs?
– É... exatamente. Ele é um espertalhão.
Passaram duas noites tentando chegar a uma definição exata. O espertalhão era bem-apessoado ou tinha aspecto asseado; tinha um cérebro – cérebro para as coisas sociais, bem entendido – e usava todos os meios no amplo caminho da honestidade para progredir, ser popular, admirado e não se meter jamais em encrenca. Vestia-se bem, tinha uma aparência particularmente elegante e seu apodo vinha do fato de usar os cabelos inevitavelmente curtos, empapados em água ou loção, repartidos no meio e alisados para trás, como a moda corrente então ditava. Os engomadinhos daquele ano tinham adotado óculos de aros de tartaruga como emblema de sua condição de engomadinho, e isso tornava tão fácil reconhecê-los que nenhum deles jamais passava despercebido a Amory ou Rahill. Pareciam espalhados por toda a escola, sempre um pouco mais sagazes e espertos do que os companheiros, formando um ou outro grupo e procurando sempre ocultar cuidadosamente sua esperteza.

Para Amory, a classificação engomada pareceu, até o seu primeiro ano na faculdade, extremamente valiosa, quando os traços se tornaram tão vagos e imprecisos que a classificação teve de ser subdividida várias vezes, convertendo-se apenas numa qualidade. O ideal secreto de Amory tinha todas as qualificações do engomadinho, mas, além disso, coragem, grande inteligência e talento; Amory também atribuía a esse ideal uma veia bizarra inteiramente irreconciliável com a condição de engomada.

Essa foi a primeira ruptura real com a hipocrisia da tradição escolar. O engomadinho era, definitivamente, um elemento de êxito, que diferia intrinsecamente do "grande sujeito" da escola preparatória.

"O engomadinho"	*"O grande sujeito"*
1. Senso sagaz dos valores sociais.	1. Inclinado à estupidez e inconsciente dos valores sociais.
2. Veste-se bem. Finge acreditar que a roupa é algo superficial – mas sabe que não é.	2. Acha a roupa superficial e tem inclinação a ser descuidado nesse sentido.
3. Participa apenas das atividades em que pode brilhar.	3. Participa de tudo por um senso de dever.
4. Entra para a faculdade e é, num sentido mundano, bem-sucedido.	4. Entra para a faculdade e tem um futuro problemático. Sente-se perdido em seu círculo e diz sempre que o seu tempo de ginásio era, afinal de contas, mais feliz. Volta para o ginásio e faz palestras sobre o que estão fazendo os rapazes em St. Regis.
5. Cabelo alisado e lustroso.	5. Cabelo não alisado e lustroso.

Amory decidiu-se definitivamente a favor de Princeton, embora fosse o único rapaz de St. Regis que ia para lá aquele ano. Em Yale havia feitiço e romance devido às histórias de Minneapolis e aos homens da St. Regis que tinham entrado para a sociedade secreta Skull and Bones, mas Princeton o atraía ainda mais com seu ambiente de cores vivas e sua reputação de possuir o mais agradável clube de campo da América. Passados para segundo plano devido aos ameaçadores exames de admissão à universidade, os dias de escola de Amory foram ficando no passado. Anos mais tarde, ao voltar a St. Regis, parecia ter esquecido os êxitos do sexto ano, conseguindo ver-se apenas como o jovem desajustado caminhando apressado pelos corredores, alvo do escárnio de seus fanáticos contemporâneos enlouquecidos pelo senso comum.

2
Cúspides e gárgulas

A princípio, Amory notou apenas a riqueza dos raios de sol movendo-se lentamente pelos extensos gramados verdes, dançando nos vitrais das janelas, inundando o topo das cúspides, das torres e dos muros ameados. Aos poucos, percebeu que estava caminhando de verdade pela University Place, demasiado preocupado com sua mala, adquirindo o novo hábito de olhar bem para a frente quando passava por alguém. Podia ter jurado que várias vezes os rapazes se voltavam para examiná-lo com olhos críticos. Perguntou a si próprio, vagamente, se não haveria algo de errado em sua indumentária, e lamentou não se ter barbeado aquela manhã no trem. Sentia-se desnecessariamente formal e desajeitado entre aqueles jovens de calças de flanela branca, cabeças nuas, que deviam ser alunos do penúltimo ou do último ano, a julgar pela segurança com que caminhavam.

Verificou que o nº 12 da University Place era uma grande mansão arruinada, no momento aparentemente desabitada, embora ele soubesse que lá costumava viver uma dúzia de calouros. Depois de uma rápida discussão com a senhoria, Amory saiu para explorar o local, mas mal tinha percorrido um quarteirão quando percebeu, com horror, que talvez fosse o único homem na cidade que usava chapéu. Voltou apressadamente para casa, tirou o chapéu e, saindo de cabeça descoberta, desceu sem destino pela rua Nassau, detendo-se junto de uma vitrine para examinar algumas fotografias de atletas, entre as quais uma, grande, de Allenby, o capitão do esquadrão de rúgbi, sendo, logo depois, atraído pela vitrine de uma confeitaria, onde se lia: Jigger Shop. Aquilo lhe pareceu familiar, de modo que entrou e se sentou num banco alto.

– Um sundae de chocolate – disse a um garçom de cor.

– Um *jigger* de chocolate duplo? Mais alguma coisa?

– Bem... sim.

– Um pãozinho com bacon?

– Bem... sim.

Comeu quatro pãezinhos com bacon, achando-os saborosos, e antes de se sentir de novo tranquilo consumiu outro sundae duplo de chocolate. Depois de um exame superficial das fronhas, das flâmulas de couro e dos retratos das Gibson Girls que cobriam as paredes, saiu da confeitaria e continuou seu passeio pela rua Nassau com as mãos enfiadas nos bolsos. Aos poucos, foi aprendendo a distinguir entre os veteranos e os calouros, embora os bonés dos últimos só começassem a aparecer na segunda-feira seguinte. Os que se mostravam à vontade de forma demasiado óbvia e tensa eram calouros, pois à medida que cada trem trazia novos contingentes deles, eram imediatamente absorvidos por aquela multidão de gente sem chapéu, de calças brancas de flanela, carregada de livros, cuja função parecia ser subir e descer sem cessar a rua, lançando grandes baforadas de fumo de seus cachimbos novos em folha. Ao entardecer, Amory notou que os recém-chegados já o tomavam por veterano, de forma que procurou, conscientemente, adotar um ar que fosse ao mesmo tempo agradavelmente *blasé* e casualmente crítico, que era o que constituía, tanto quanto lhe era dado observar, a expressão facial predominante.

Às cinco horas sentiu necessidade de ouvir a própria voz, de modo que se retirou para sua casa a fim de ver se alguém mais havia chegado. Depois de subir as desconjuntadas escadas, perscrutou seu quarto com resignação, concluindo que era inútil procurar qualquer decoração mais inspirada do que flâmulas estudantis e fotografias de tigres. No momento em que procedia a tal exame, alguém bateu à porta.

– Entre!

Um rosto magro, de olhos cinzentos e sorriso cômico, surgiu à soleira:

– Tem um martelo?

– Não... sinto muito. Talvez a Sra. Doze, ou como quer que ela se chame, tenha.

O desconhecido entrou no quarto.

– Você mora neste asilo?

Amory fez um sinal afirmativo com a cabeça.

– Pelo que pagamos, isto é um estábulo horrível.

Amory teve de concordar que era.

– Pensei em dar uma volta pelo *campus* – disse o outro –, mas me disseram que há tantos calouros por aí que a gente se sente perdido. Tive de ficar por aqui e inventar alguma coisa para fazer.

Depois disso, o jovem de olhos cinzentos resolveu apresentar-se:

– O meu nome é Holiday.
– E o meu é Blaine.
Trocaram um aperto de mão com a ligeira e elegante curvatura então em moda.
– Onde fez os seus estudos preparatórios?
– Andover... E você?
– St. Regis.
– Oh, sim? Tenho um primo que estudou lá.

Discutiram o tal primo pormenorizadamente, após o que Holiday anunciou que tinha de encontrar o irmão às seis horas, para jantarem juntos.

– Venha comer alguma coisa conosco.
– Está bem.

No Kenilworth, Amory conheceu Burne Holiday (o dos olhos cinzentos chamava-se Kerry), e durante uma transparente refeição de sopa rala e verduras anêmicas obsevaram os outros calouros, sentados muito constrangidos em pequenos grupos, ou, então, em grandes grupos, parecendo muito à vontade.

– Ouvi dizer que o refeitório comum é muito ruim – disse Amory.
– É o que dizem. Mas vamos ter de comer lá... ou, de qualquer modo, pagar.
– Isso é um crime!
– Uma imposição!
– Oh, em Princeton temos que engolir tudo durante o primeiro ano. É como uma maldita escola secundária.

Amory concordou.

– Mas isso aqui é muito estimulante – insistiu. – Nem por um milhão eu iria para Yale.
– Nem eu.
– Você pretende fazer alguma coisa de especial? – indagou Amory, dirigindo-se ao irmão mais velho.

– Eu, não. Mas o meu irmão aqui pretende colaborar para o Prince... o *Daily Princetonian*.

– É, eu sei.

– E você, tem alguma coisa em vista?

– Bem... tenho. Pretendo entrar para o time de rúgbi dos calouros.

– Você jogava em St. Regis?

– Jogava um pouco – admitiu modestamente Amory –, mas estou perdendo muito peso.

– Você não está magro.

– Mas era muito mais corpulento no outono passado.

– Oh!

Depois do jantar foram ao cinema, onde Amory ficou fascinado pelos comentários desembaraçados de um rapaz que estava sentado à sua frente, bem como pelos berros e gritos frenéticos.

– *Yoho!*

– Oh, minha doçura... você é tão grande e forte, mas... oh!... tão *suave*!

– Agarre-a!

– Oh, *agarre-a*!

– Beije-a, beije essa "dama", *depressa*!

– Oh-h-h...!

Um grupo começou a assobiar "By the Sea", e a plateia uniu-se a ele ruidosamente. Seguiu-se uma canção indistinguível, que incluía grande bater de pés e uma canção incoerente, infindável.

> Oh-h-h-h-h
> Ela trabalha numa fábrica de doces.
> E pode estar tudo bem
> Mas vocês não me enganam
> Pois eu sei – muito bem
> Que ela não fez doces a noite inteira!
> Oh-h-h-h!

Ao saírem em meio à multidão, lançando e recebendo olhares impessoais e curiosos, Amory estava convencido de que gostava do cinema e que tinha vontade de ver as fitas como os veteranos as viam, sentados nas primeiras fileiras, os braços atrás do encosto das cadeiras, fazendo comentários cáusticos e picantes, numa atitude que era um misto de crítica espirituosa e entretenimento tolerante.

– Quer um sundae... quero dizer, um *jigger*? – indagou Kerry.

– Claro.

Comeram muito e depois, ainda vagando sem destino, voltaram para o nº 12.

– Noite maravilhosa.

– Concordo.

– Vocês vão desfazer as malas?

– Acho que sim. Vamos entrar, Burne.

Amory resolveu sentar-se ainda um pouco nos degraus da frente, então despediu-se dos amigos.

A grande tapeçaria das árvores ocultava ao longe os fantasmas, em meio às primeiras sombras da noite. A lua, recém-surgida, inundava a abóbada celeste de um azul pálido e, ondulando pela noite, misturada aos raios de luar, tocava uma canção, uma canção de insinuante tristeza, infinitamente efêmera, infinitamente saudosa.

Lembrou-se de que um aluno da década de 1890 lhe falara de um dos principais entretenimentos de Booth Tarkington:* ficar de pé no meio do *campus*, altas horas, cantando com voz de tenor para as estrelas, despertando as mais desencontradas emoções nos calouros.

De repente, ao longe, tendo por fundo o negro contorno da University Place, uma branca falange de homens rompeu

---

*Romancista americano (1869-1946). (*N. do T.*)

a escuridão, e figuras marchando de camisas brancas e alvas calças de flanela subiram, em passos rítmicos, a rua, de braços dados e cabeças lançadas para trás:

> Voltando – voltando,
> Voltando – para – Nassau – Hall,
> Voltando – voltando
> Para – o Velho – para o Melhor – Lugar – Que Há.
> Voltando – voltando,
> De toda-essa-festa-terrena
> Abriremos – abriremos caminho – ao voltar
> Ao voltar-para-Nassau Hall!

Amory fechou os olhos à aproximação daquele desfile fantasmagórico. A canção elevava-se tão alto que todas as vozes eram abafadas, a não ser a dos tenores, que levavam triunfantemente a melodia além do ponto perigoso, entregando-a depois ao coro fantástico. Amory, então, abriu os olhos, meio receoso de que a visão estragasse a rica ilusão de harmonia.

Suspirou profundamente. À frente do pelotão branco marchava Allenby, o capitão do time de rúgbi, esguio e desafiador, como se estivesse consciente de que naquele ano as esperanças da faculdade repousavam nele, como se se esperasse que seus 73 quilos se esquivassem do assalto dos adversários e os levassem à vitória através das compactas linhas vermelhas e azuis.

Fascinado, Amory observava, à medida que iam surgindo, cada uma das fileiras de rapazes de braços dados, os rostos indistintos sobre as camisas polo, as vozes misturadas num hino triunfal, até que o desfile passou pelo sombrio Arco Campbell e as vozes foram se extinguindo depois que os participantes dobraram para a direita, rumo ao *campus*.

Passavam os minutos e Amory continuava lá sentado, muito quieto. Lamentava que o regulamento proibisse aos alunos permanecer fora após o toque de recolher, pois gostaria de perambular pelas alamedas sombrias e fragrantes, onde Witherspoon meditara como uma mãe tenebrosa sobre Whig e Clio, seus filhos áticos, e onde a negra serpente gótica do edifício Little se enrolava na direção de Cuyler e Patton, que por sua vez se lançavam sobre o mistério que envolvia a suave encosta que se estendia em direção ao lago.

A PRINCETON DE DURANTE o dia foi se infiltrando lentamente em sua consciência: West e Reunion, impregnados de lembranças de 1860; o Edifício Setenta e Nove, de tijolos vermelhos, arrogantes; Upper and Lower Pyne, aristocráticas damas elisabetanas não muito satisfeitas por viver entre negociantes e, erguendo-se acima de tudo, numa límpida aspiração azul, as grandes e sonhadoras cúspides das torres Holder e Cleveland.

Desde o primeiro momento ele amara Princeton: sua indolente beleza, sua importância, que não se chegava a apreender de todo, as grandes folias das noites de luar, as grandes, prósperas e belas multidões nos jogos importantes e, por baixo de tudo isso, o ar de luta que se difundia por toda a sua classe. Desde o dia em que, exaustos, olhos desvairados, os calouros de suéteres de lã se reuniram no ginásio e elegeram presidente da classe um sujeito que viera da Hill School, vice-presidente uma celebridade proveniente de Lawrenceville, secretário um astro de hóquei vindo de St. Paul's, jamais cessara de funcionar, até o fim do primeiro ano, aquele ansioso sistema social, aquela adoração raramente nomeada, jamais realmente confessada, desse bicho-papão da vida universitária – o "grande sujeito".

Primeiro vinham as escolas – e Amory, o único aluno procedente de St. Regis, observava os grupos que se formavam, que se apartavam e que tornavam a formar-se; estudantes provenientes de St. Paul's, Hill, Pomfret, comendo em determinadas mesas tacitamente reservadas no refeitório comum, vestindo-se em determinados cantos do ginásio de esportes e erguendo, inconscientemente, em torno de si uma barreira dos ligeiramente menos importantes mas socialmente ambiciosos, destinada a protegê-los da aproximação cordial mas um tanto embaraçosa dos estudantes secundários. Desde o momento em que percebeu tal manobra, Amory sentiu nascer nele um ressentimento contra as barreiras sociais, contra as distinções artificiais feitas pelos fortes a fim de defender seus membros mais fracos e manter a distância os quase fortes.

Tendo decidido ser um dos deuses da classe, apresentou-se ao clube de rúgbi dos calouros, mas na segunda semana, jogando na posição de zagueiro, e já fotografado nos cantos do *Daily Princetonian*, destroncou seriamente o joelho, sendo excluído do time pelo restante da temporada. Isso o obrigou a afastar-se e refletir sobre a situação.

A 12 Univee alojava uma dúzia de interrogações diversas. Havia três ou quatro rapazes obscuros e bastante assustados provenientes de Lawrenceville, dois sujeitos rústicos procedentes de uma escola particular de Nova York (Kerry Holiday apelidou-os de "bêbados plebeus"), um rapaz judeu, também de Nova York, e, como uma compensação para Amory, os dois Holiday, pelos quais sentiu instantânea simpatia.

Os Holiday eram tidos como gêmeos, mas na verdade o de cabelos escuros, Kerry, era um ano mais velho do que o irmão louro, Burne. Kerry era alto, tinha olhos cinzentos e jocosos e um sorriso fácil, atraente; tornou-se logo o mentor da casa, aparador de orelhas que se erguiam demais, censor de vaidades, provedor de esplêndido e satírico humor. Amory falava-lhes do que deveria ser a futura amizade entre eles, expondo-lhes todas as suas ideias acerca do que deveria ser e do que era a faculdade. Kerry, ainda não inclinado a encarar essas coisas com seriedade, censurava-o delicadamente por mostrar-se curioso, em ocasião tão inoportuna, quanto às complexidades do sistema social, mas não só gostava de Amory, como se interessava e se divertia com tais ideias.

Burne, louro, silencioso e atento, surgia na casa apenas como uma aparição apressada, entrando, quieto e sorrateiro, ao cair da noite, e tornando a sair logo cedo, na manhã seguinte, a fim de retomar seu trabalho na biblioteca: queria ingressar no *Princetonian* e competia furiosamente com quarenta outros rapazes em busca do ambicionado primeiro lugar. Em dezembro, caiu de cama com difteria e outro venceu a competição, mas, ao voltar para a faculdade em fevereiro, lançou-se de novo, destemidamente, em busca do prêmio. Necessariamente, Amory o conhecia por meio de conversas de três minutos, quando iam ou voltavam das palestras, de modo que não conseguia penetrar no único e absorvente interesse de Burne, a fim de ver o que havia no fundo.

Amory estava longe de sentir-se satisfeito. Perdera o lugar conquistado em St. Regis, onde era conhecido e admirado, mas, não obstante, Princeton o estimulava. Ademais, havia à sua frente muitas coisas destinadas a despertar o Maquiavel que existia nele em estado latente, bastando para isso apenas que desse o primeiro passo. Os clubes grã-finos, sobre os quais ele conseguira que um graduado relutante lhe falasse durante o verão anterior, despertavam-lhe curiosidade: Ivy, arredio e irrespiravelmente aristocrático; Cottage, uma impressionante mistura de aventureiros brilhantes e galanteadores bem-vestidos; Tiger Inn, de ombros largos e atléticos, vitalizado por uma honesta elaboração de padrões das escolas preparatórias; Cap and Gown, antialcoólico, levemente religioso e politicamente poderoso; o extravagante Colonial; o literário Quadrangle e dezenas de outros, para todas as idades e posições.

O que quer que colocasse um calouro em situação demasiado notória era classificado como algo que "passava da conta".

No cinema, ouvia-se toda sorte de comentários cáusticos, mas aqueles que os faziam, em geral, passavam da conta; falar dos clubes era passar da conta; ser a favor de alguma coisa de maneira demasiado ardente – como, por exemplo, das festas em que se comia e bebia – era passar da conta. Em suma, não se tolerava que alguém se colocasse em evidência, e o sujeito influente era aquele que não se comprometia até que, por ocasião das eleições que eram realizadas nos clubes entre os segundanistas, os indivíduos eram classificados em grupos que durariam até o fim do curso universitário.

Amory constatou que escrever para a *Nassau Literary Magazine* não o levaria a parte alguma, mas que fazer parte da direção do *Daily Princetonian* seria de grande importância. Seu vago desejo de representar peças imortais na Associação Dramática Inglesa se dissipou ao verificar que as inteligências e os talentos mais engenhosos se agrupavam em torno do Triangle Club, uma organização de comédias musicais que todos os anos, na época do Natal, realizava grandes viagens. Entrementes, sentindo-se estranhamente solitário e inquieto no refeitório comum, com novos desejos e novas ambições agitando-se em sua mente, deixou que o primeiro período letivo transcorresse entre um sentimento de inveja diante dos primeiros sinais de êxito de alguns colegas e uma aflita perplexidade, juntamente com Kerry, ao perguntar a si mesmo por que eles não eram aceitos imediatamente pela elite da classe.

Muitas tardes passaram eles instalados nas janelas de seus quartos, observando a classe em suas idas e vindas ao refeitório, notando satélites que já se ligavam aos mais importantes, seguindo com o olhar os passos apressados dos solitários cabisbaixos, invejando a segurança feliz dos grandes grupos de estudantes.

– Pertencemos à maldita classe média, eis a verdade! – queixou-se ele a Kerry certo dia, estendido sobre o sofá, consumindo, com contemplativa precisão, um após o outro, seus Fátimas.

– Bem, por que não? Viemos para Princeton a fim de poder sentir o mesmo com relação às pequenas faculdades, nos impormos perante elas, sentirmos mais confiança em nós mesmos, nos vestirmos melhor e fazermos boa figura...

– Não é que eu me importe com esse resplandescente sistema de castas... – confessou Amory. – Agrada-me que exista com esse bando de gatos assanhados no topo, mas, por Deus, Kerry, eu preciso ser um deles.

– Mas por enquanto, Amory, você não passa de um burguês laborioso.

Amory permaneceu um momento em silêncio.

– Mas não o serei... por muito tempo – disse, afinal. – Mas detesto ter de me esforçar para conseguir. Vou mostrar as marcas, você sabe.

– Cicatrizes honrosas – comentou Kerry, esticando subitamente o pescoço para a rua. – Lá vai Langueduc, se é que você quer ver como ele é... seguido de perto por Humbird.

Amory pôs-se de pé de um salto e correu até a janela.

– Oh! – disse ele, observando os dois figurões. – Humbird me parece formidável, mas esse tal Langueduc... é do tipo rude, não acha? Desconfio desse tipo. Todos os diamantes parecem grandes antes de lapidados.

– Bem – disse Kerry quando a excitação se desfez –, você é um gênio literário. Você é quem sabe.

– Não sei se sou – respondeu Amory, fazendo uma pausa. – Falando com sinceridade, às vezes penso que sim, mas é horrível que eu mesmo o diga; eu não o diria a ninguém mais, exceto a você.

– Bem... então vá em frente. Deixe o cabelo crescer e escreva poemas para o *Lit* como aquele tal D'Invilliers.

Amory estendeu preguiçosamente a mão para uma pilha de revistas que estava sobre a mesa.

– Você leu os últimos versos que ele escreveu?

– Nunca os perco. São esplêndidos.

Amory correu os olhos pela revista.

– Oh! – exclamou, surpreso. – Ele é calouro, não é?

– É.

– Ouça isso! Santo Deus!

> Fala uma criada:
> Veludos negros estendem suas dobras sobre o dia,
> Pequenas velas, presas em suas chamas de prata,
> Bruxuleiam, como sombras, ao vento,
> Pia, Pompia, vem... vem embora...

– O que diabos isso significa?

– É uma cena de despensa.

> Seus dedos dos pés são hirtos como os de uma
> [cegonha em pleno voo;
> Está sobre a cama, sobre os alvos lençóis,
> A mão sobre o peito suave, como um santo,
> Bela Cunizza, vem para a luz!

– Santo Deus, Kerry! Sobre o que diabos ele está falando? Confesso que não entendo nada, embora eu também seja entendido em literatura.

– É bastante complicado – comentou Kerry. – Ao ler isso, é preciso pensar em mortalhas e leite estragado. Mas é menos passional do que alguns outros.

Amory jogou a revista sobre a mesa.

– Bem – suspirou –, estou completamente no ar. Sei que não sou um sujeito comum, mas detesto os que não o são. Não consigo decidir se devo cultivar o meu espírito e tornar-me um grande dramaturgo, ou voltar o meu nariz para o Grande Tesouro e converter-me num dos espertalhões de Princeton.

— Mas para que decidir? — indagou Kerry. — É melhor se deixar levar. Quanto a mim, vou ficar importante agarrado à aba do paletó de Burne.

— Não posso me deixar levar... Quero me interessar por alguma coisa. Quero puxar os cordéis, mesmo que seja a favor de outro... ou ser presidente do *Princetonian* ou do *Triangle*. Quero ser admirado, Kerry.

— Você está pensando demais em si mesmo.

Ao ouvir isso, Amory sentou-se.

— Não. Estou pensando em você também. Precisamos entrar em ação e nos misturar logo ao restante do pessoal, quando ainda é divertido ser esnobe. Eu gostaria, por exemplo, de levar uma sirigaita ao baile dos estudantes em junho e apresentá-la a todos os figurões, ao capitão do clube de rúgbi e a todos aqueles bestalhões, mas só o faria se pudesse agir com todo o desembaraço.

— Amory — disse Kerry, impaciente —, você está girando em círculos. Se você quer ser importante, vá em frente e procure fazer alguma coisa; do contrário, tenha calma! — Bocejou. — Agora, vamos espairecer. Que tal se fôssemos ver o treino do time de rúgbi?

AOS POUCOS, ACEITOU esse ponto de vista, decidiu que sua carreira começaria no outono seguinte e dedicou-se a observar Kerry se divertir no alojamento em que residiam.

Encheram a cama dos jovens judeus de torta de limão; para espanto da Sra. Doze e do encanador local, apagavam todas as noites as luzes da casa soprando o tubo de gás no quarto de Amory; colocavam as coisas dos plebeus bêbados — quadros, livros e móveis — no banheiro, causando grande confusão aos dois quando, em meio às névoas do álcool, descobriram a transposição ao voltar das farras em Trenton (ficaram tremendamente desapontados quando os bêbados plebeus resolveram tomar a coisa como uma brincadeira); depois do jantar, jogavam *red-dog*, 21 e pôquer até de madrugada, e, certa ocasião, para comemorar o aniversário de um colega, fizeram-no comprar champanhe suficiente para uma ruidosa celebração. Como o promotor da festa permaneceu sóbrio, a certa altura Kerry e Amory o derrubaram acidentalmente, escada abaixo, e depois, penitentes e envergonhados, visitaram-no durante toda a semana seguinte na enfermaria.

– Quem são todas essas mulheres? – indagou Kerry certo dia, protestando diante do número de cartas que Amory recebia. – Tenho examinado os carimbos do correio ultimamente: Farmington, Dobbs, Westover, Dana Hall... Que diabos é isso?

Amory sorriu.

– Todas das Cidades Gêmeas – respondeu. E pôs-se a citá-las: – Há Marylyn De Witt, bonita, tem um automóvel próprio, o que é bastante conveniente; há outra, Sally Weatherby... que está ficando gorda demais; e há ainda Myra St. Claire, muito ardente, fácil de beijar, se a gente quiser...

– Qual é a sua técnica com elas? – indagou Kerry. – Eu já tentei tudo, e as farsantes nem sequer têm medo de mim.

– É porque você é do tipo "bonzinho" – respondeu Amory.

– É isso mesmo. As mães sempre acham que as moças não correm perigo se estiverem na minha companhia. Isso, na verdade, é "chato". Se tento segurar a mão de alguma garota, ela deixa que eu o faça, como se a mão não fizesse parte dela. Assim que seguro a mão de alguém, ela parece se desligar do resto do corpo.

– Fique zangado – sugeriu Amory. – Diga que você é um alucinado e deixe que elas tentem regenerá-lo... Vá para casa furioso... Volte meia hora depois... Assuste-as de algum modo.

Kerry balançou a cabeça.

– Não adianta. Escrevi a uma garota de St. Timothy uma carta verdadeiramente apaixonada no ano passado. Em certo trecho, não me contive e escrevi: "Meu Deus, como eu a amo!" Ela pegou de uma tesoura, cortou o "Meu Deus" e mostrou o restante da carta para a escola inteira. Não funciona, de jeito nenhum. Eu sou apenas "Kerry, o bonzinho"... e isso é uma porcaria!

Amory sorriu e procurou imaginar-se como "Amory, o bonzinho". Falhou por completo.

Fevereiro chegou, cheio de neve e chuva, passou o ciclônico primeiro semestre dos calouros, e a vida em 12 Univee continuou, senão determinada, ao menos interessante. Uma vez ao dia, Amory dava-se ao luxo de comer um sanduíche, *cornflakes* e batatas *à la Julienne* no Joe's, acompanhado, em geral, por Kerry ou Alec Connage. Este último era um grã-fino vindo de Hotchkiss que vivia no quarto ao lado e compartilhava do mesmo isolamento de Amory devido ao fato de toda a sua turma ter ido para Yale. O Joe's era um bar pouco estético e duvidosamente asseado, mas lá podia-se abrir um crédito ilimitado, vantagem essa que Amory muito apreciava. Seu pai vinha fazendo experiências com ações de minas e, em consequência disso, a mesada de Amory, embora liberal, não era o que ele esperara.

O Joe's tinha ainda a vantagem de constituir um refúgio que o livrava dos olhares curiosos da classe superior, de modo que todos os dias às quatro horas, acompanhado de um amigo ou de um livro, Amory se entregava a esse experimento digestivo. Certo dia, em março, vendo que todas as mesas estavam ocupadas, sentou-se discretamente numa cadeira, diante de um calouro debruçado atentamente sobre um livro na última mesa. Cumprimentaram-se com um ligeiro aceno de cabeça. Durante vinte minutos Amory permaneceu sentado, comendo pãezinhos com bacon e lendo *Mrs. Warren's Profession* (descobrira Shaw de modo inteiramente acidental, ao ler, aqui e ali, os títulos dos livros na biblioteca no começo do ano), enquanto o outro calouro, também mergulhado em sua leitura, dava cabo de três chocolates maltados.

De quando em quando, os olhos de Amory pousavam, curiosos, no livro de seu companheiro de lanche. Conseguiu ler o título do livro e o nome do autor, que estavam de cabeça para baixo: *Marpessa*, de Stephen Phillips. Aquilo não significava nada para ele, pois que sua educação poética se limitava a alguns clássicos domingueiros, tais como *Come into the Garden, Maude,* e aos trechos de Shakespeare e Milton que fora obrigado a ler recentemente.

Desejoso de entabular conversa com o rapaz que estava à sua frente, fingiu interessar-se por um momento pelo livro que tinha nas mãos e, de repente, exclamou, como se o fizesse involuntariamente:

– Oh! Formidável!

O outro calouro o olhou e percebeu o falso constrangimento de Amory:

– Está falando dos seus pãezinhos com bacon?

A voz desafinada, amável, combinava bem com os grandes óculos e a impressão de enorme interesse que ostentava.

– Não – respondeu Amory. – Estava me referindo a Bernard Shaw.

E, à guisa de explicação, voltou o livro para o outro.

– Nunca li nada de Bernard Shaw, embora sempre tenha desejado fazê-lo – disse o rapaz. E após uma pausa: – Você já leu Stephen Phillips? Gosta de poesia?

– Ah, muito – afirmou, com vivacidade, Amory. – Mas não li muita coisa de Phillips.

(Jamais ouvira falar de nenhum Phillips, a não ser do falecido David Graham.)

– É bastante bom, eu acho. Mas é, claro, um vitoriano.

Enveredaram por uma discussão sobre poesia, no decurso da qual se apresentaram um ao outro – e o companheiro de Amory acabou se revelando ninguém mais ninguém menos que "aquele intelectual horroroso, Thomas Parke D'Invilliers", que assinava os apaixonados versos de amor no *Lit*. Tinha talvez 19 anos, ombros encovados, olhos azul-claros e, tanto quanto Amory podia dizer a julgar por sua aparência geral, não possuía muita consciência da competição social e de outros fenômenos semelhantes, que absorviam o interesse. Contudo, gostava de livros. E Amory tinha a impressão de que havia séculos não encontrava uma pessoa com pendores literários; não fosse o receio de que o pessoal de St. Paul's que ocupava a mesa próxima também o julgasse uma ave rara, teria apreciado tremendamente aquele encontro. Mas eles pareciam não estar prestando atenção, de modo que Amory continuou a discutir livros às dezenas – livros que lera, livros a respeito dos quais havia lido críticas, livros de que jamais ouvira falar, citando listas de títulos com a facilidade de um caixeiro das livrarias Brentano. D'Invilliers, tomado um tanto de surpresa, estava encantado. Com certa benevolência, antes estava quase convencido de que Princeton era constituída, em parte, de horrorosos filisteus, em parte, de indivíduos mortalmente chatos, e o fato de encontrar uma pessoa capaz de citar Keats sem gaguejar, embora evidentemente de maneira superficial, era para ele um acontecimento.

– Já leu alguma vez Oscar Wilde? – indagou.

– Não. Quem escreveu isso?

– Esse é o nome do autor... Você não o conhece?

– Ah, sem dúvida! – Uma débil corda vibrou na memória de Amory. – A comédia intitulada *Paciência* não é sobre ele?

– É. É esse mesmo. Acabo de ler um livro dele, *O retrato de Dorian Gray*, e gostaria que você o tivesse lido. Você ia gostar. Pode pegar emprestado se quiser.

– Oh, eu gostaria muitíssimo... Obrigado.

– Não quer subir até o meu quarto? Tenho mais alguns livros.

Amory hesitou, lançando um olhar para o grupo de St. Paul's... Um deles era o magnífico, esplêndido Humbird... e ele refletiu, perguntando a si mesmo quão decisiva poderia ser aquela nova amizade. Jamais chegava a ponto de fazer amigos e desfazer-se deles... Não era suficientemente insensível, de modo que pesou os indubitáveis atrativos de Thomas Parke D'Invilliers, contrapondo-os aos gélidos olhares que imaginou lhe eram dirigidos por trás dos óculos com armação de tartaruga da mesa contígua.

– Sim, vamos.

E assim encontrou *Dorian Gray*, *A mística e sombria Dolores* e a *Belle Dame sans Merci*, e durante um mês não se interessou por outra coisa. O mundo tornou-se pálido e interessante, e ele se esforçou para ver Princeton através dos olhos saciados de Oscar Wilde e Swinburne – ou de *Fingal O'Flaherty* e *Algernon Charles*, como os chamava em pedante gracejo. Lia muito todas as noites – Shaw, Chesterton, Barrie, Pinero, Yeats, Synge, Ernest Dowson, Arthur Symons, Keats, Sudermann, Robert Hugh Benson, as óperas Savoy –, uma mistura heterogênea de obras e autores, pois descobrira, de repente, que não lera nada durante anos.

Tom D'Invilliers tornou-se mais uma oportunidade que um amigo. Amory encontrava-se com ele cerca de uma vez por semana e juntos eles douraram o teto do quarto de Tom, decoraram as paredes com imitações de tapeçaria compradas num leilão, grandes castiçais e cortinas estampadas. Amory apreciava-o por ser inteligente e por dedicar-se à literatura sem efeminação ou afetação. Na verdade, era Amory quem se mostrava empertigado e procurava transformar cada observação num epigrama, o que, se alguém se satisfaz com pretensos epigramas, não constitui façanha demasiado árdua. A 12 Univee era um lugar divertido. Kerry lia *Dorian Gray* e imitava Lorde Henry, seguia Amory por toda parte, dirigia-se a ele como Dorian e fingia animá-lo em suas perversas fantasias e atenuadas tendências ao tédio. Contudo, quando levou a coisa para o refeitório comum, causando surpresa aos que estavam sentados à mesa, Amory mostrou-se tremendamente embaraçado e, depois disso, só fazia epigramas diante de D'Invilliers ou de um oportuno espelho.

Certo dia, Tom e Amory experimentaram recitar seus próprios versos, bem como os poemas de Lorde Dunsany, ao som do gramofone de Kerry.

– Cante! – exclamou Tom. – Não recite! *Cante!*

Amory, que estava representando, ficou irritado e disse que precisava de um disco no qual se ouvisse menos piano.

– Ponha *Hearts and Flowers*! – rugiu. – Oh, meu Deus, vou esfolar um gato!

– Desligue esse maldito gramofone! – gritou Amory, um tanto afogueado. – Não vou fazer nenhuma exibição.

Entrementes, Amory procurava delicadamente despertar em D'Invilliers um certo senso do sistema social, pois sabia que aquele poeta era, na verdade, mais convencional do que ele, precisava apenas molhar um pouco mais o cabelo, reduzir um tanto o âmbito de suas conversas e usar um chapéu marrom um pouco mais escuro para se transformar num sujeito absolutamente comum. A liturgia dos colarinhos Livingstone e das gravatas pretas, porém, caiu em ouvidos moucos; na verdade, D'Invilliers ficou um tanto ressentido diante de seus esforços, de modo que Amory passou a visitá-lo apenas uma vez por semana, levando-o ocasionalmente à 12 Univee. Isso causava risadinhas abafadas entre os demais calouros, que os chamavam "Dr. Johnson e Boswell".

Alec Connage, outro visitante frequente, gostava dele de modo vago, mas o temia como intelectual. Kerry, que via, através de sua tagarelice poética, o que existia de sólido e quase respeitável em seu íntimo, divertia-se imensamente, fazendo-o declamar poesias por horas, enquanto ele o escutava de olhos cerrados, estendido no sofá de Amory:

> Dorme ou está desperta? pois que seu pescoço,
> Beijado com ardor, mostra ainda a mancha roxa
> Onde o sangue magoado recua e se esvai;
> Ferida suave, levemente... sinal claro demais para uma pinta...

– Isso é bom – dizia Kerry. – Agrada ao mais velho dos Holiday. Um grande poeta, parece-me.

Tom, encantado pela plateia, enveredava pelos *Poemas e Baladas*, até que Kerry e Amory conheciam os versos quase tão bem quanto ele.

Amory deu para escrever versos nas tardes de primavera, nos jardins das grandes propriedades nas imediações de Princeton, enquanto os cisnes criavam uma atmosfera adequada nos lagos artificiais, e nuvens lentas vagavam harmoniosamente sobre os salgueiros. Maio chegou demasiado cedo, e subitamente incapaz de suportar as paredes, ele perambulava pelo *campus* a qualquer hora, à luz das estrelas ou debaixo de chuva.

Um interlúdio úmido e simbólico

Caía a névoa noturna. Rolava da lua, concentrava-se em torno das cúspides e torres e depois pousava abaixo delas, de modo que os picos sonhadores ainda se elevavam em direção do céu. Figuras que pontilhavam o dia como formigas agora abriam caminho como fantasmas sombrios, surgindo e desaparecendo no primeiro plano. Os edifícios góticos e os claustros eram infinitamente mais misteriosos, surgindo subitamente da escuridão, cada qual esboçado por miríades de vagos retângulos de luz amarela. De forma indefinida, ao longe, um sino badalou um quarto de hora, e Amory, detendo-se junto do relógio de sol, estendeu-se sobre a grama úmida. O frio banhou-lhe os olhos e retardou a fuga do tempo – o tempo que se insinuara tão insidiosamente através das preguiçosas tardes de abril, e que parecia tão intangível nos longos crepúsculos de primavera. Noite após noite, os cantos dos veteranos pairavam sobre o *campus* com melancólica beleza e, através do invólucro de sua consciência de calouro, penetrara uma profunda e reverente devoção pelos muros cinzentos e pelas cúspides góticas, todos eles a simbolizar depósitos de idades mortas.

A torre que se erguia diante de sua janela e que se convertia em espiral, ascendendo cada vez mais alto, até que seu pico mais alto estivesse quase invisível, tendo por fundo os céus matinais, deu-lhe a primeira sensação da transitoriedade e insignificância das figuras que se moviam pelo *campus*, a não ser como continuadoras da sucessão apostólica. Alegrava-lhe saber que aquela arquitetura gótica, com sua tendência à ascensão, era particularmente apropriada para universidades, e essa ideia se converteu para ele em algo pessoal. Os relvados verdes e silenciosos, os edifícios tranquilos, com alguma luz acadêmica ardendo até altas horas, prendiam fortemente sua imaginação, e a pureza das cúspides converteu-se num símbolo dessa percepção.

– Que vá tudo para o diabo! – exclamou, molhando as mãos na relva úmida e passando-as nos cabelos. – No ano que vem, vou me esforçar.

Sabia, no entanto, que o espírito das cúspides e das torres que o tornava agora sonhadoramente condescendente iria, mais tarde, intimidá-lo. Se agora percebia apenas sua própria inconsequência, o esforço faria com que mais tarde sentisse sua própria impotência e incapacidade.

A faculdade continuava a sonhar... acordada. Sentia uma excitação nervosa, que bem poderia ser o próprio pulsar de seu lento coração. Era uma corrente na qual ele lançara uma pedra, e o leve ondular da água desapareceria quase no mesmo instante em que ela saísse de sua mão. Ele, porém, nada dera, nada recebera.

Um calouro atrasado, cuja capa de chuva, lustrosa, farfalhava asperamente, passou pela alameda, pisando as poças d'água. Uma voz em algum lugar gritou a fórmula inevitável: "Veja onde pisa!", atrás de uma janela invisível. Centenas de pequenos ruídos que persistiam em meio ao nevoeiro acabaram por penetrar em sua consciência.

– Oh, *Santo Deus*! – exclamou subitamente, sobressaltando-se ao ouvir, no silêncio, o som da própria voz.

A chuva continuava a cair. Permaneceu um instante sem se mexer, apertando as mãos. Depois, pôs-se de pé de um salto e passou a mão pela roupa.

– Estou molhado até os ossos! – disse, em voz alta, para o relógio de sol.

Histórico

A guerra começou no verão seguinte à sua ida para Princeton. Salvo um interesse desportivo pela arrancada alemã rumo a Paris, a coisa não conseguiu comovê-lo nem despertar seu interesse. Com a atitude que poderia ter tido diante de um melodrama divertido, esperava que a guerra fosse longa e sangrenta. Se os combates não houvessem continuado, ele teria experimentado o mesmo que um espectador irado diante de uma luta de boxe valendo o título de campeão mundial na qual os contendores se recusassem a lutar.

Eis aí a sua reação total.

"Ha-Ha Hortense!"

– Muito bem. Atenção, *coristas*!
– Mexam-se!

– Vocês aí, do coro! Que tal deixar de lado um pouco essa moleza e mostrar um pouco mais de entusiasmo?
– Atenção, *coristas*!

O diretor exasperava-se inutilmente; o presidente do Triangle Clube, furioso, angustiado, entregava-se ora a violentos rompantes de autoridade, ora a caprichosas crises de desânimo, perguntando a si mesmo como diabos poderia sair em turnê no Natal.

– Muito bem. Vamos ensaiar a canção do pirata.

As coristas deram uma última baforada em seus cigarros e posicionaram-se nos seus lugares; a "primeira atriz" correu para ocupar seu lugar no primeiro plano, colocando os pés e as mãos em posturas afetadas, e enquanto o diretor batia palmas, marcava o ritmo com batidas de pé e sons guturais, todos começaram a dançar.

O Triangle Club era um grande e efervescente formigueiro. Apresentava todo ano uma comédia musical, viajando com elenco, coro, orquestra e cenários durante toda as férias de Natal. A peça e a música eram obra de calouros, e o próprio clube constituía a mais influente das instituições; mais de trezentos rapazes competiam todos os anos para fazer parte dele.

Depois de uma fácil vitória na primeira competição princetoniana de calouros, Amory aproveitou uma vaga no elenco e participou do espetáculo como *Boiling Oil, um tenente pirata*. Todas as noites, durante a última semana, ensaiaram *Ha-Ha Hortense* no Cassino, desde as duas da tarde até as oito da manhã, mantidos, entrementes, por café preto e forte e por cochilos durante as preleções. Um cenário raro, o Cassino. Um grande auditório, semelhante a um estábulo, repleto de rapazes vestidos de meninas, rapazes como piratas, rapazes como bebês, enquanto o cenário era febrilmente montado. O encarregado dos refletores experimentava as luzes lançando seus feixes sobre olhos furiosos; abafando todos os outros ruídos, a constante afinação da orquestra ou a marcação alegre e ruidosa de uma canção do Triangle. A um canto, mordendo o lápis, o rapaz que escrevia a parte lírica, dispondo ainda de vinte minutos para pensar num número extra; o diretor comercial discutia com o secretário acerca do dinheiro que poderia ser gasto "naquelas malditas fantasias de ordenhadoras de vacas"; o ex-aluno, presidente do clube de 1898, empoleirado sobre um caixote, pensava em quão mais simples era a coisa em sua época.

Como o Triangle conseguia apresentar uma peça, era um mistério, mas, de qualquer modo, um mistério tumultuoso, quer as pessoas fizessem quer não trabalhos suficientes para merecerem usar o pequeno triângulo de ouro na corrente do relógio. *Ha-Ha Hortense!* foi escrita seis vezes e teve no programa o nome de seis colaboradores. Todos os espetáculos do Triangle começavam com a pretensão de ser "algo diferente, não apenas uma comédia musical comum", mas quando os vários autores, o presidente, o diretor e o comitê da faculdade os terminavam, acabavam sendo apenas o mesmo velho e tradicional espetáculo de sempre, com as mesmas piadas velhas e tradicionais e o comediante principal sendo expulso, ficando doente ou algo assim, antes da viagem, enquanto o homem das suíças negras, pertencente ao balé, "negava-se a fazer a barba duas vezes por dia, mas que diabos!".

Havia um número brilhante em *Ha-Ha Hortense!* Há uma tradição em Princeton segundo a qual sempre que um sujeito de Yale, pertencente à amplamente anunciada Skull and Bones, ouve mencionar o nome sagrado, deve deixar a sala. Há também outra tradição segundo a qual mais tarde todos esses membros são invariavelmente bem-sucedidos na vida, acumulando fortunas, votos, ações ou o que quer que resolvam acumular. Por conseguinte, em cada exibição de *Ha-Ha Hortense!* meia dúzia de cadeiras eram reservadas para seis vagabundos, do pior aspecto possível, contratados nas ruas, que passavam antes pelas mãos do encarregado da maquiagem do Triangle Clube. Durante o espetáculo, no momento em que *Firebrand, o chefe pirata*, mostrando a bandeira negra, dizia: "Sou um ex-aluno de Yale... Vejam a caveira e os ossos", os seis vagabundos deviam levantar-se *ostensivamente* e deixar o teatro com expressão de profunda melancolia e dignidade ultrajada. Dizem – embora isso jamais tenha sido provado – que em certa ocasião o próprio Elis foi tomado por um vagabundo autêntico.

Representavam, durante todo o período de férias, para os elegantes de oito cidades. Destas, as que mais agradaram a Amory foram Louisville e Memphis, pois sabiam como tratar os de fora, ofereciam um ponche extraordinário e exibiam um surpreendente desfile de beleza feminina. Gostou também de Chicago, devido a uma certa verve que transcendia seu sotaque vulgar, embora fosse uma cidade pró-Yale, e como o Yale Glee Club devesse chegar na semana seguinte, o Triangle só recebeu metade das homenagens. Em Baltimore, Princeton sentia-se em casa, e todo mundo se apaixonou. Durante todo o percurso houve um consumo adequado de bebida alcoólica; um dos atores entrava no palco invariavelmente bêbado, declarando que o seu papel assim o exigia. Havia três vagões reservados, mas ninguém dormia, a não ser no terceiro vagão, chamado o "vagão dos animais", onde se aglomeravam os improvisadores da orquestra. Tudo acontecia tão apressadamente que não havia tempo para ninguém se entediar, mas ao chegarem a Filadélfia, já quase no fim das férias, houve um descanso, para que saíssem da pesada atmosfera de flores e pinturas faciais gordurosas, e os membros da companhia tiraram seus espartilhos com dores abdominais e suspiros de alívio.

Quando chegou a hora de debandar, Amory seguiu à toda para Minneapolis, pois a prima de Sally Weatherby, Isabelle

Borgé, iria passar o inverno na cidade enquanto seus pais seguiam para o estrangeiro. Ele se lembrava de Isabelle apenas como uma garotinha com quem às vezes brincava ao chegar pela primeira vez àquela cidade. Mas Isabelle fora viver em Baltimore e, desde então, tinha desenvolvido um passado.

Amory sentia-se confiante, nervoso, feliz e ansioso por vê-la. Ir para Minneapolis a fim de encontrar-se com uma garota que só vira em criança parecia-lhe interessante e romântico, de modo que, sem pesar algum, telegrafou à mãe para que não o esperasse... Entrou no trem e durante 36 horas pensou em si mesmo.

Amassos

Em sua viagem com o Triangle Club, Amory entrou em contato constante com o grande e corrente fenômeno americano do *petting-party*.

Nenhuma das mães vitorianas – e quase todas as mães eram vitorianas – tinha a menor ideia da maneira casual com que suas filhas estavam acostumadas a ser beijadas. "As criadinhas é que são assim", dizia a Sra. Huston-Carmelite à sua popularíssima filha. "Primeiro são beijadas, depois, pedidas em casamento."

Mas a Filha Popular ficava noiva de seis em seis meses entre os 16 e os 22 anos, quando se casou com o jovem Hambell, da firma Cambell & Hambell, que, fatuamente, considerava-se seu primeiro amor, e entre noivados a Filha Popular (que era escolhida, nos bailes, pelo sistema de inserção, o qual assegura a sobrevivência dos mais aptos) recebeu alguns outros beijos derradeiros e sentimentais ao luar, ao calor da lareira ou ao ar livre, em lugares escuros.

Amory viu moças fazendo coisas que nem mesmo em sua imaginação teria julgado possíveis: ceando às três da madrugada em cafés inacreditáveis, falando de todos os tópicos da vida com um ar entre sério e zombeteiro, mas com uma excitação furtiva que representava para Amory uma verdadeira decadência moral. Jamais percebera, porém, quão disseminado isso estava até ver as cidades situadas entre Nova York e Chicago como parte de uma vasta intriga juvenil.

Tarde no Plaza, o crepúsculo de inverno pairando lá fora e o som vago de uma bateria embaixo... Os convidados entram e se agitam no saguão, tomando outro coquetel, impecavelmente trajados, à espera. Então, as portas giratórias se movem e três feixes de peles nelas se introduzem com passos afetados. O teatro vem depois; em seguida, uma mesa no Midnight Frolic... A mãe, claro, também vai, mas sua presença vai servir apenas para tornar as coisas mais furtivas e brilhantes, enquanto permanece, solitária, na mesa deserta, refletindo que tais entretenimentos não são, de modo algum, tão maus como os pintam, apenas um tanto cansativos. A Filha Popular, porém, está de novo apaixonada... Foi estranho – não foi? – que, embora houvesse muito lugar no táxi, a Filha Popular e o rapaz de Williams tivessem ficado enleados em meio à multidão, tendo precisado tomar outro automóvel. Esquisito! Não notara quão afogueada estava a Filha Popular ao chegar com somente sete minutos de atraso? Mas a Filha Popular "sabe como se arranjar".

A *belle* converteu-se em *flirt*, a *flirt* em *baby vamp*. Todas as tardes a *belle* era procurada por cinco ou seis rapazes. Se por algum estranho acidente a Filha Popular era procurada por dois ao mesmo tempo, a coisa ficava bastante desagradável para o que não tinha um encontro marcado com ela. Nos intervalos das danças, a *belle* era cercada por uma dúzia de homens. Tente encontrar, nos intervalos das danças, a Filha Popular... *Tente* encontrá-la.

A mesma jovem... mergulhada num ambiente de música selvagem e de dúvida quanto aos códigos morais. A Amory, parecia-lhe fascinante pensar que qualquer garota popular que ele conhecesse antes das oito talvez pudesse beijar antes da meia-noite.

– Por que diabos estamos aqui? – perguntou uma noite à pequena de pentes verdes que estava com ele no automóvel de alguém, estacionado junto ao Clube de Campo em Louisville.

– Não sei. Sinto-me apenas possuída pelo diabo.

– Vamos ser francos... jamais tornaremos a nos ver. Eu quis sair com você porque a achei a garota mais bonita à vista. Você realmente não se importa que não nos tornemos a ver, não é?

– Não... Mas é essa a sua maneira de tratar as garotas? O que fiz para merecer isso?

– E você não fica cansada de dançar, de querer cigarros ou de qualquer das outras coisas às quais se referiu? Você queria apenas ser...

– Oh, vamos entrar – interrompeu-o ela –, se você quer *analisar*. Não vamos falar mais nisso.

Quando os suéteres de lã sem manga, feitos à mão, estavam na moda, num repente de inspiração Amory denominou-os *petting shirts*. O nome viajou de costa a costa do país, na boca dos gaviões de salão e das Filhas Populares.

Descritivo

Amory tinha então 18 anos, pouco menos de 1,80 metro de altura e era excepcionalmente – embora de maneira nada convencional – belo. Tinha um rosto um tanto infantil, cuja candura era comprometida pelos penetrantes olhos verdes, franjados por longos cílios escuros. Faltava-lhe, de certo modo, o intenso magnetismo animal que não raro acompanha a beleza em homens e mulheres; sua personalidade parecia algo mental, e não estava em seu poder abri-la e fechá-la à vontade, como uma torneira, mas as pessoas jamais esqueciam seu rosto.

Isabelle

Isabelle parou no topo da escada. A sensação dos mergulhadores no trampolim, das primeiras atrizes em noites de estreia e dos jovens corpulentos e robustos no dia do grande jogo de rúgbi apoderou-se dela. Deveria descer a escada ao rufar dos tambores ou ao som de uma mistura de acordes dos temas de *Thais* e *Carmen*. Jamais sentira tanta curiosidade acerca de sua própria aparência; jamais se sentira tão satisfeita consigo. Havia seis meses, completara 16 anos.

– Isabelle! – chamou-a a prima Sally da porta do quarto de vestir.

– Estou pronta.

Nervosa, sentia um ligeiro nó na garganta.

– Precisei mandar buscar em casa outro par de sapatos. Vai chegar em um minuto.

Isabelle dirigiu-se rapidamente ao quarto de vestir, a fim de se olhar uma última vez no espelho, mas algo fez com que resolvesse deter-se ali um momento, dando uma espiada na ampla escada do Minnehaha Club. A escada fazia uma curva sinuosa, e ela conseguiu divisar no saguão, embaixo, dois pares de pés masculinos. Enfiados em seu negro uniforme, não forneciam nenhuma pista sobre a identidade, mas ela perguntou a si mesma qual daqueles pares pertencia a Amory Blaine. Aquele jovem, com o qual ela não se encontrara, ocupara grande parte de seu dia – o primeiro dia de sua chegada. No automóvel, logo que deixaram a estação, Sally perguntara-lhe espontaneamente, em meio a uma chuva de perguntas, comentários, revelações e exageros:

– Você certamente se lembra de Amory Blaine. Bem, ele está simplesmente louco para vê-la. Chegou ontem da faculdade e vai aparecer esta noite. Ouviu muita coisa a seu respeito... e diz que se lembra dos seus olhos.

Isso agradava Isabelle. Colocava-os em pé de igualdade, embora ela fosse perfeitamente capaz de encenar seus próprios romances, com ou sem publicidade antecipada. Em seguida ao arrepio feliz e expectante, porém, experimentou uma sensação de queda que a levou a indagar:

– Ouviu falar a meu respeito? O que você quer dizer com isso?

Sally sorriu. Sentia-se como um empresário teatral ao falar com sua extravagante prima.

– Ele sabe que você é considerada bonita e tudo mais. – Fez uma pausa e acrescentou: – E imagino que saiba que você já foi beijada.

Diante disso, a mão de Isabelle cerrou-se subitamente debaixo do casaco de pele. Estava acostumada a ver-se assim perseguida em seu passado de desatinos, mas isso jamais deixava de despertar-lhe o mesmo ressentimento de sempre. Contudo... numa cidade estranha, aquela era uma reputação vantajosa. Então, ela era uma garota fácil? Bem... eles que procurassem verificar!

Através da janela, Isabelle observava a neve cair na manhã gelada. Fazia sempre muito mais frio ali do que em Baltimore; ela se esquecera disso. O vidro da porta externa estava coberto de gelo; as vidraças das janelas pregueadas adornadas de neve nos cantos. Um certo assunto ainda lhe ocupava o espírito. Será que *ele* se vestia como aquele rapaz que descia calmamente a fervilhante rua comercial, de sapatos *mocassins* e roupa de "carnaval no gelo"? Que coisa mais faroeste! Mas claro que ele não era assim: fora para Princeton, era calouro ou algo do tipo. Na verdade, não tinha nenhuma ideia clara dele. Um velho instantâneo, conservado num antigo álbum Kodak, a impressionara pelos olhos grandes (olhos que agora, com toda a certeza, estariam mais de acordo com o tamanho do rosto). Contudo, no último mês, quando ficara acertada a sua visita de inverno a Sally, ele assumira para ela as proporções de um adversário digno de respeito. As criaturas jovens, as casamenteiras mais astutas, planejam rapidamente suas campanhas, e Sally tocara uma sonata inteligente que correspondia bem ao temperamento sensível de Isabelle. Quanto a esta, fora capaz, durante algum tempo, de emoções muito fortes, conquanto bastante passageiras...

Pararam diante de uma ampla construção de pedra branca, afastada da rua coberta de neve. A Sra. Weatherby as recebeu calorosamente, e seus vários primos mais moços, corteses, surgiram dos cantos em que procuravam ocultar-se. Isabelle tratou-os com muito tato. Conseguia, quase sempre, aliar-se às pessoas com quem entrava em contato – exceto as moças mais velhas do que ela e algumas mulheres. Tinha plena consciência da impressão que causava aos outros. As garotas com quem voltou a se encontrar naquela manhã ficaram muito impressionadas não só com sua personalidade franca, mas também com sua reputação. Amory Blaine era o assunto do dia. Evidentemente, cada uma daquelas garotas tivera, em épocas diversas, um ligeiro caso amoroso com ele, mas nenhuma se dispunha a prestar-lhe qualquer informação útil. Amory iria se apaixonar por ela... Sally espalhara essa informação entre seu grupo de amigas, e estas, logo que puseram os olhos em Isabelle, compartilharam de sua opinião. Secretamente, Isabelle decidiu que, se fosse necessário, ia se *esforçar* para gostar dele... pois essa era uma dívida que tinha para com Sally. Suponho que ela se sentisse tremendamente decepcionada. Sally o pintara com cores tão ardentes... Era bem-apessoado, "bastante distinto quando quer sê-lo", alinhado e particularmente inconstante. Na verdade, personificava todo o romance que sua idade e o ambiente em que ela vivia a levavam a desejar. Perguntou a si mesma se não seriam aqueles sapatos de verniz que ensaiavam alguns passos de foxe lá embaixo, sobre o tapete macio.

Todas as impressões, todas as ideias, com efeito, eram extremamente caleidoscópicas para Isabelle. Possuía aquela mistura de temperamento social e artístico encontrada, não raro, em duas classes – mulheres da sociedade e atrizes. Sua educação, ou, antes, sua sofisticação fora absorvida por rapazes que tinham merecido seu instável interesse; seu tato era instintivo e sua capacidade de envolver-se em casos amorosos apenas limitada pelo número daqueles com quem podia comunicar-se por telefone. O flerte exalava de seus grandes olhos castanhos e brilhava através de seu intenso magnetismo pessoal.

Ficou, pois, à espera aquela noite, no topo da escada, enquanto iam buscar seus sapatos. Quando já começava a se impacientar, Sally saiu do quarto de vestir irradiando animação e bom humor, e juntas desceram para o térreo, enquanto o farol perscrutador da mente de Isabelle se projetava sobre duas ideias: sentia-se contente por estar corada aquela noite e se perguntava se ele dançaria bem.

Embaixo, no grande salão do clube, viu-se cercada por um momento pelas jovens que encontrara durante a tarde; depois, ouviu a voz de Sally repetindo uma série de nomes e saudou com acenos de cabeça um sexteto de figuras trajadas a rigor, terrivelmente empertigadas e vagamente familiares. O nome Blaine figurava em algum lugar, mas a princípio não conseguiu localizá-lo. Seguiu-se um momento muito confuso, muito juvenil, de recuos e encontrões desajeitados, e cada qual se viu de repente conversando com a pessoa com quem menos desejava conversar. Isabelle conseguiu realizar uma manobra estratégica e conduzir Froggy Parker, calouro de Harvard com quem brincara de amarelinha quando criança, até um assento ao pé da escada. Uma referência ao passado era tudo de que ela precisava. As coisas que Isabelle podia fazer socialmente com uma única ideia eram notáveis. Primeiro, repetia-a com arrebatamento, num contralto entusiástico, com leve sotaque sulista;

depois, mantinha-a a certa distância e sorria-lhe... com aquele seu sorriso maravilhoso; em seguida, apresentava-a com variações e fazia uma espécie de jogo de esconde-esconde mental com ela – tudo isso numa forma nominal de diálogo. Froggy estava fascinado, sem perceber, de modo algum, que aquilo não estava sendo feito para ele, mas para os olhos verdes que cintilavam debaixo de uns cabelos lustrosos, cuidadosamente alisados com água, um pouco à sua esquerda, pois Isabelle descobrira Amory. Como uma atriz que, mesmo afogueada pela consciência do próprio magnetismo, tem profunda impressão das pessoas sentadas na primeira fila, assim Isabelle formou uma opinião acerca de seu antagonista. Primeiro, tinha cabelos castanho-avermelhados, e experimentando uma certa decepção, sentiu que teria preferido que ele fosse moreno e tivesse o físico esbelto de uma figura de anúncio de suspensórios para homens... Quanto ao restante, um leve rubor e um perfil correto, romântico; e o efeito produzido por um terno justo e por uma camisa de seda preguada, dessas que as mulheres ainda gostam de ver os homens usarem, mas das quais os homens começavam a ficar enjoados.

Durante essa inspeção, Amory manteve-se tranquilamente atento.

– *Você* não acha? – disse ela subitamente, voltando-se com olhos inocentes para ele.

Houve uma leve agitação, e Sally acercou-se da mesa na qual os outros se encontravam. Amory aproximou-se de Isabeile com dificuldade e sussurrou:

– Como sabe, é o meu par durante o jantar. Tudo tende a nos aproximar um do outro.

Isabelle ficou perplexa: aquela era a maneira exata de agir. Na verdade, porém, sentiu-se como se uma boa fala tivesse sido tirada da estrela e dada a um personagem secundário... Ela não deveria, de modo algum, perder a iniciativa. A mesa de jantar cintilava de risos em meio à confusão dos que tomavam os seus lugares e, além disso, muitos olhos curiosos estavam voltados para ela, sentada junto à cabeceira. Tudo aquilo a divertia imensamente, e Froggy Parker se achava tão enleado na contemplação do leve rubor que tingia as faces de Isabelle que se esqueceu de puxar a cadeira para Sally, o que fez com que ficasse vagamente confuso. Amory estava do lado oposto, cheio de confiança e vaidade, fitando-a com franca admiração. Começou sem rodeios, como também o fez Froggy:

– Ouvi falar muito de você, desde que usava trancinhas...

– Não foi divertido, esta tarde...

Ambos se detiveram. Isabelle voltou-se timidamente para Amory. Seu rosto sempre fora resposta suficiente para seus admiradores, mas resolveu falar:

– Como? Quem lhe contou?

– Todo mundo... a respeito de todo o tempo que você esteve ausente.

Ela enrubesceu apropriadamente. À sua direita, Froggy, embora ainda não o percebesse de todo, já estava *hors de combat*.

– Vou contar como me lembrava de você durante todos esses anos – continuou Amory.

Ela se inclinou ligeiramente na direção dele e fitou, com ar modesto, o aipo que tinha à sua frente. Froggy suspirou... Conhecia Amory, assim como as situações que ele parecia ter nascido para enfrentar. Voltou-se então para Sally e perguntou se ela iria para o colégio no ano seguinte. Amory começou com uma grande jogada:

– Tenho um adjetivo que se ajusta a você como uma luva.

Esse era um de seus inícios de conversa prediletos... Raramente tinha uma palavra em mente, mas sabia como provocar curiosidade e sempre conseguia dizer algo lisonjeiro se se visse em dificuldade.

– Oh... qual é?

O rosto de Isabelle revelava arrebatada curiosidade.

Amory balançou a cabeça:

– Ainda não o conheço muito bem.

– Você vai me dizer... depois? – indagou, num meio sussurro.

Ele fez um aceno afirmativo com a cabeça:

– Vamos sentar lá fora.

Isabelle fez um sinal de aquiescência.

– Alguém já lhe disse que você tem olhos perscrutadores? – perguntou ela.

Amory procurou fazer com que eles parecessem ainda mais perscrutadores. Teve a impressão, embora não tivesse certeza, de que o pé de Isabelle tocou o seu debaixo da mesa, mas talvez fosse apenas a perna da mesa. Contudo, aquilo lhe causou um arrepio. Perguntou a si próprio, rapidamente, se haveria alguma dificuldade em conseguir um pequeno refúgio no andar superior.

Inocentes nos bosques

Isabelle e Amory, nitidamente, não eram inocentes, tampouco particularmente descarados. Além disso, a posição de amadores tinha muito pouco valor no jogo ao qual se entregavam, um jogo que talvez continuasse a constituir para ela, durante muitos anos, sua intimidade principal. Ela começara como ele, com sua beleza e seu temperamento excitável, e o restante era resultado de romances populares acessíveis e conversas de toucador, colhidas entre moças um pouco mais velhas. Isabelle começou com um jeito artificial de menina de 9 anos e meio, e quando seus olhos grandes e brilhantes proclamaram ainda mais a menina ingênua, Amory se sentiu, proporcionalmente, menos iludido. Esperava que a máscara caísse, mas ao mesmo tempo não discutia o direito que Isabelle tinha de usá-la. Ela, de sua parte, não estava impressionada pelo ar de sofisticação *blasé* adotado por ele. Vivera numa cidade maior e levava sobre ele uma certa vantagem, mas aceitou-lhe a pose – era uma das dezenas de pequenas coisas convencionais naquele tipo de relacionamento. Ele percebeu que estava merecendo particular atenção por parte dela apenas porque ela fora preparada para isso; sabia que ele representava simplesmente o melhor entretenimento que Isabelle tinha à mão, e que teria de melhorar sua atuação se não quisesse perder a vantagem inicial. Assim, ambos agiam com uma astúcia infinita, o que teria horrorizado os pais dela.

Depois do jantar, o baile começou... suavemente. Suavemente? De instante a instante os rapazes abordavam Isabelle, depois discutiam pelos cantos:

"Você poderia me conceder mais do que alguns centímetros! Ela também não gostou... conforme me disse quando a tirei dos braços do seu outro par."

Era verdade... Ela dizia a todos a mesma coisa, apertando a mão de cada um de seus pares de um modo que significava: "Bem sabe que dançar com você constitui para mim a *alegria* da noite."

Contudo, o tempo passava e duas horas mais tarde mesmo os rapazes menos sutis já haviam compreendido que o melhor seria voltar para outros alvos seus olhares pseudoapaixonados, pois que, às onze horas, Isabelle e Amory já estavam sentados no sofá da saleta no andar superior, ao lado da sala de leitura. Isabelle tinha consciência de que formavam um belo par, de que aquele lugar discreto "fora feito de encomenda" para eles, enquanto os demais convivas, insignificantes, adejavam e tagarelavam no andar térreo.

Rapazes que passavam pela porta olhavam para dentro com inveja; quanto às garotas, apenas sorriam, franziam a testa e, no íntimo, sabiam o que se passava.

Tinham chegado a uma fase bastante definida. Trocaram informações acerca do progresso de ambos desde que se haviam encontrado pela última vez, e ela ouviu muita coisa que já ouvira antes. Ele era calouro, fazia parte do conselho diretor do *Princetonian* e esperava tornar-se presidente quando chegasse ao último ano na universidade. Amory, por sua vez, ficou sabendo que alguns dos rapazes com quem ela saía em Baltimore se entregavam a terríveis corridas de automóvel e chegavam às festas artificialmente estimulados por bebidas alcoólicas; a maioria deles tinha cerca de 20 anos e possuía sedutores Stutzes vermelhos. Uma boa metade deles, ao que parecia, já havia sido expulsa de várias escolas e faculdades, mas alguns tinham nomes de atletas famosos, o que fez com que Amory a olhasse com admiração. Na verdade, o contato mais estreito de Isabelle com as universidades estava apenas começando. Conhecia superficialmente uma porção de rapazes que a achavam uma "bela garota... que valia a pena não perder de vista". Mas Isabelle desfiava-lhe os nomes em meio a uma alegria que teria deixado fascinado um nobre vienense. Tal era o poder das vozes de contralto em sofás macios.

Amory perguntou se ela o achava presunçoso. Isabelle respondeu que havia uma diferença entre presunção e autoconfiança. Ela adorava homens que confiavam em si próprios.

– O Froggy é muito seu amigo? – indagou ela.

– Bastante... Por quê?

– Dança pessimamente.

Amory riu:

– Dança como se a moça, em vez de estar em seus braços, estivesse em suas costas.

Ela apreciou o comentário.

– Você é formidável na análise das pessoas.

Penosamente, Amory negou que o fosse. Não obstante, classificou várias pessoas. Depois, falaram sobre mãos.

– Você tem mãos belíssimas – disse ele. – Como se tocasse piano. Toca?

Disse que eles haviam chegado a uma fase bastante definida, quer dizer, a uma fase bastante crítica. Amory ficara um dia a mais na cidade para vê-la, e seu trem partiria aquela noite, à meia-noite e dezoito. A mala e a valise já o aguardavam na estação; o relógio começava a pesar-lhe no bolso.

– Isabelle – disse ele, subitamente –, quero dizer-lhe uma coisa.

Tinham estado a falar alegremente daquele "olhar estranho de Isabelle", e ela sabia, pela mudança nas maneiras de Amory, o que viria em seguida... Na verdade, perguntava-se quando aquilo ocorreria. Amory estendeu a mão por cima da cabeça de ambos e apagou a luz, de modo que agora estavam no escuro, exceto pelo clarão avermelhado das lâmpadas da sala de leitura que entrava pela porta. Ele começou:

– Não sei se você sabe ou não o que... o que eu vou dizer. Santo Deus, Isabelle! Isso *parece* decorado, mas não é.

– Eu sei – respondeu baixinho Isabelle.

– Talvez não tornemos a nos encontrar dessa maneira... Às vezes, sou muito azarado.

Ele estava recostado na outra extremidade do sofá, mas Isabelle podia ver claramente seus olhos no escuro.

– Nós vamos tornar a nos encontrar, bobo.

Havia apenas uma levíssima ênfase na última palavra, de modo que soou quase como uma expressão de carinho.

Amory prosseguiu, a voz um tanto rouca:

– Já me interessei por uma porção de pessoas... garotas, e acho que o mesmo deve ter acontecido com você... por rapazes, mas, honestamente, você... – Interrompeu-se subitamente e inclinou-se para a frente, o queixo apoiado nas mãos. – Oh, mas que adianta isso!... Você vai seguir o seu caminho, e eu, suponho, o meu...

Houve silêncio, por um momento. Isabelle estava bastante agitada; torceu o lenço, transformando-o numa bola e, à débil claridade que fluía sobre ela, deixou-o cair deliberadamente no chão.

Suas mãos se tocaram por um instante, mas nenhum dos dois falou. Os silêncios estavam se tornando mais frequentes, mais deliciosos. Do lado de fora, outro par extraviado, que também subira ao andar superior, experimentava o piano na sala contígua. Após os "dedilhados" preliminares habituais, um deles pôs-se a cantar "Babes in the Woods", e uma voz de tenor ligeiro levou as palavras até o refúgio:

> Dê-me sua mão...
> Compreenderei
> À terra dos sonhos.

Isabelle cantarolou baixinho e estremeceu ao sentir a mão de Amory pegar a sua.

– Isabelle – sussurrou ele –, você sabe que eu sou louco por você. E você *gosta* um pouco de mim.

– Gosto.

– Quanto você gosta? Gosta de mais alguém?

– Não.

Mal podia ouvi-la, embora tivesse se inclinado para tão perto dela que sentia a respiração em seu rosto.

– Isabelle, vou voltar para a faculdade e ficar lá durante seis longos meses; por que, então, não poderíamos... Isto é, se eu pudesse ter apenas uma coisa para me lembrar de você...

– Feche a porta...

Sua voz estava tão perturbada que ela se perguntou se tinha dito mesmo aquilo. Enquanto Amory fechava a porta com cuidado, a música parecia tremer atrás dela.

O luar resplandece,
Dê-me um beijo de boa-noite

"Que música maravilhosa", pensou ela... Tudo estava maravilhoso naquela noite, sobretudo, aquela cena romântica ali na saleta, um apertando a mão do outro, e o inevitável assombrando encantadoramente, cada vez mais perto. O panorama futuro de sua vida parecia-lhe uma sucessão infindável de cenas como aquela: ao luar, sob as pálidas estrelas; no banco de trás de acolhedoras limusines; em carros esporte baixos, confortáveis, parados debaixo de árvores protetoras – somente o rapaz mudava, e aquele era *tão* interessante. Amory tomou-lhe delicadamente a mão. Num movimento súbito, virou-a para cima e, levando-a aos lábios, beijou-lhe a palma.

– Isabelle! – Seu sussurro misturou-se à música, e ambos pareciam flutuar, cada vez mais próximos. A respiração de Isabelle se acelerou. – Posso beijá-la, Isabelle... Isabelle?

Os lábios entreabertos, ela voltou a cabeça para ele no escuro. Subitamente, um ruído de vozes e passos correndo aproximou-se deles. Num piscar de olhos Amory ergueu a mão, acendeu a luz, quando a porta se abriu e três rapazes – entre eles Froggy, que era louco por bailes e estava ansioso por dançar – irromperam pela sala, ele estava folheando uma revista sobre a mesa, enquanto Isabelle permanecera imóvel, serena e nada embaraçada, recebendo-os mesmo com um sorriso acolhedor. Seu coração, porém, batia violentamente, e ela se sentia, de certo modo, lograda.

A coisa estava, evidentemente, terminada. Houve um clamor para que fossem dançar, um olhar trocado entre ambos; desespero da parte dele, pesar da parte dela – e então a noite continuou, com os rapazes tranquilizados e a intromissão incessante.

Às onze e quarenta e cinco da noite Amory trocou um aperto de mão com Isabelle, em meio a um pequeno grupo que o cercou para desejar-lhe boa viagem. Durante um momento, ele perdeu um pouco o ar confiante, e ela se sentiu um tanto desconcertada quando uma voz satírica, de um espirituoso invisível, gritou:

– Leve-a para fora, Amory!

Ao segurar-lhe a mão, comprimiu ligeiramente os dedos de Isabelle, e ela retribuiu a ligeira pressão, como havia feito naquela noite com vinte outras mãos – eis tudo.

Às duas da madrugada, de volta à casa dos Weatherby, Sally perguntou a Isabelle se ela e Amory tinham "se divertido muito" na saleta. Isabelle voltou-se tranquilamente para ela. Em seus olhos havia o brilho que se vê nos olhos dos idealistas que acalentam sonhos invioláveis.

– Não – respondeu. – Não faço mais essas coisas. Ele me pediu que fizesse, mas eu disse que não.

Ao deitar-se na cama, perguntou a seus botões o que diria ele na carta que ia escrever no dia seguinte. Ele tinha uma boca tão bonita... Será que ela alguma vez...?

– "Quatorze anjos velavam por eles" – cantava sonolentamente Sally no quarto contíguo.

– Droga! – murmurou Isabelle, ajeitando voluptuosamente o travesseiro e estendendo-se com cautela sobre o frio lençol. – Droga!

Carnaval

Por meio do *Princetonian*, Amory chegou finalmente aonde queria. Os esnobes menos importantes, termômetros exatos do êxito, procuravam-no aos enxames à medida que se aproximava a noite da eleição, e tanto ele como Tom eram visitados por grupos de alunos dos anos mais adiantados, que chegavam desajeitadamente, empoleiravam-se nos móveis e falavam de todos os assuntos, menos do mais interessante. Amory divertia-se com os olhares que o examinavam atentamente, e quando os visitantes representavam algum clube no qual ele não estava interessado, sentia grande prazer em escandalizá-los com observações nada ortodoxas.

– Ah, deixem-me ver... – disse uma noite a uma delegação atônita. – Que clube vocês representam?

No caso de visitantes de Ivy, Cottage e Tiger Inn, representava o papel de um rapaz "simpático, simples, ingênuo", perfeitamente espontâneo, que desconhecia por completo o objetivo da visita.

Quando, no início de maio, chegou a manhã fatal, e o *campus* se converteu num local de histeria coletiva, ele entrou furtivamente em companhia de Alec Connage no Cottage e ficou observando com grande espanto seus colegas de classe, transformados de repente em neuróticos.

Havia grupos inconstantes que pulavam de um clube para outro; amigos de dois ou três dias que anunciavam lacrimosa e arrebatadamente que precisavam entrar para o mesmo clube, que nada deveria separá-los; havia os que rosnavam, revelando ressentimentos longamente ocultos, como ocorria quando o Subitamente Importante se lembrava dos maus-tratos por que passara em seu ano de calouro. Rapazes desconhecidos adquiriam importância ao receber certos convites ambiciosos; outros, considerados "garantidos", verificavam que tinham feito inimigos inesperados, sentiam-se abandonados, traídos e falavam furiosamente em abandonar a faculdade.

Em seu próprio círculo, Amory viu rapazes serem postos de lado por usarem chapéus verdes, por parecerem "um maldito manequim", por terem "muito prestígio no céu", por terem ficado bêbados uma noite "não como um *gentleman*" ou por motivos secretos e insondáveis, que ninguém sabia quais eram, exceto os que manipulavam as bolas pretas.

Essa orgia de sociabilidade culminou numa festa gigantesca em Nassau Inn, na qual o ponche era servido em enormes poncheiras e todas as escadas se transformavam num cenário delirante, móvel e ruidoso, cheio de rostos e vozes.

– Olá, Dibby... parabéns!

– Gostei de ver, Tom, você conseguiu muitos votos!

– Oh, Kerry...

– Kerry, ouvi dizer que você foi para o Tiger, com todos aqueles paspalhões!

– Bem, a verdade é que não fui para o Cottage, esse delicioso local dos efeminados.

– Dizem por aí que Overton desmaiou ao receber o convite da Ivy... E ele assinou no primeiro dia? Oh, *não*! Disparou de bicicleta para Murray-Dodge... com medo de que tivesse havido um equívoco.

– Como você entrou para o Cap, seu velho libertino?

– Parabéns!

– Parabéns para você! Ouvi dizer que teve uma bela votação.

Quando o bar fechou, os convivas dividiram-se em grupos e partiram cantando pelo *campus* coberto de neve e experimentando a estranha ilusão de que aquela fase de esnobismo e tensão havia finalmente terminado e que nos dois anos vindouros poderiam fazer o que lhes apetecesse.

Muito tempo depois, Amory pensaria naquela sua primeira primavera de calouro como a época mais feliz de sua vida. Suas ideias estavam em uníssono com a vida, como descobriu; não queria outra coisa a não ser seguir a maré, sonhar e desfrutar, durante as tardes de abril, de uma dúzia de novas amizades.

Alec Connage chegou certa manhã a seu quarto e despertou-o para os raios do sol e o peculiar esplendor de Campbell Hall cintilando na janela.

– Acorde, Pecado Original, e se arrume! Esteja na frente do Renwick's em meia hora. Alguém tem um automóvel.

Tirou a coberta da escrivaninha e colocou-a, cuidadosamente, com toda a sua carga de pequenos objetos, sobre a cama.

– Onde arranjaram o automóvel? – indagou cinicamente Amory.

– Isso é segredo, mas não banque o crítico ranzinza, pois nesse caso não o levaremos.

– Acho que vou ficar dormindo – respondeu calmamente Amory, tornando a ajeitar-se na cama e estendendo a mão para apanhar um cigarro.

– Dormir?

– Por que não? Tenho aula às onze e meia.

– Seu preguiçoso de uma figa! Claro, se você não quiser ir para a praia...

De um salto Amory levantou-se da cama, espalhando os objetos pelo chão. A praia... Havia anos que não a via, desde que saíra em peregrinação em companhia da mãe.

– Quem vai? – perguntou, vestindo as calças.

– Dick Humbird, Kerry Holiday, Jesse Ferrenby... Ah, uns cinco ou seis sujeitos. Apresse-se!

Dez minutos depois Amory devorava *cornflakes* no Renwick's e, às nove e meia, partiram felizes da cidade rumo às areias de Deal Beach.

– Como vocês sabem – disse Kerry –, o carro veio de lá. Na verdade, foi roubado de Asbury Park por indivíduos desconhecidos, que o abandonaram em Princeton e seguiram para o Oeste. O nosso insensível Humbird aqui obteve permissão das autoridades municipais para entregá-lo a seu dono.

– Alguém tem dinheiro? – indagou Ferrenby, voltando-se para trás no banco da frente.

Todos responderam num coro enfático e negativo.

– Isso torna a coisa interessante.

– Dinheiro? O que é dinheiro? Podemos vender o carro.

– Esse sujeito é selvagem ou coisa que o valha!

– Como vamos comer? – perguntou Amory.

– Honestamente, Amory! – exclamou Kerry, olhando-o com ar de censura. – Então você duvida da habilidade de

Kerry durante três breves dias? Certas pessoas já viveram sem nada durante anos a fio. Leia o *Boy Scout Monthly*.
– Três dias – disse meditativo Amory. – E eu tenho aulas.
– Um dos dias é sábado.
– De qualquer forma, só posso faltar a mais seis aulas, e ainda temos um mês e meio à nossa frente.
– Joguem-no para fora!
– É muito longe para ele voltar a pé.
– Amory, você está estragando o barato, se é que posso cunhar uma expressão nova.
– Não seria melhor que você bebesse alguma coisa, Amory?
Amory cedeu resignadamente, mergulhando na contemplação da paisagem. Swinburne parecia, de certo modo, adaptar-se àquilo.

Oh, terminadas são todas as chuvas e ruínas de inverno,
E todas as estações de neves e pecados;
Os dias que separam amante de amante,
A luz que perde, a escuridão que ganha;
E tempo relembrado é dor esquecida,
E assassinadas são as nevadas e geradas as flores,
E em verdes vegetações e abrigos rasteiros,
Floração a floração começa a primavera,

A plena corrente alimentada de flor de...

– O que houve, Amory? Amory está pensando em poesia, em belos pássaros e flores. Posso ver em seus olhos.
– Não, não estou – mentiu. – Estou pensando no *Princetonian*. Eu devia passar lá esta noite; mas posso telefonar, acho.
– Oh, esses homens importantes... – comentou respeitosamente Kerry.
Amory enrubesceu e pareceu-lhe que Ferrenby, competidor derrotado, esboçou um sorriso. Kerry estava apenas brincando, claro, mas não devia referir-se ao *Princetonian*.

Foi um dia sereno, e quando se aproximavam da costa e já começavam a sentir a brisa salgada, Amory pôs-se a evocar o oceano, extensões de areia longas e uniformes e telhados vermelhos sobre o mar azul. Depois, penetraram apressadamente na cidadezinha e tudo se impôs à sua consciência como um poderoso hino emocional e pagão...

– Oh, Santo Deus! – exclamou. – *Vejam* isso!

– O quê?

– Deixem-me sair, depressa... Não vejo isso há oito anos! Oh, jovens da alta sociedade, parem o carro!

– Que rapaz esquisito! – comentou Alec.

– Acho que ele é um pouco excêntrico.

O automóvel estacionou obedientemente junto ao meio-fio, e Amory correu para o deck de madeira. Primeiro, percebeu que o mar era azul e que havia uma grande quantidade dele... e que não cessava de urrar... Na verdade, todas as banalidades que se pode imaginar acerca do oceano, mas, se alguém lhe dissesse que aquilo tudo era banal, ele teria ficado boquiaberto, perplexo.

– Agora, vamos almoçar – ordenou Kerry, caminhando sem destino no meio do grupo. – Vamos, Amory! Mexa-se e se mostre prático! Vamos tentar, primeiro, o melhor hotel – prosseguiu. – Depois, os outros, sucessivamente.

Dirigiram-se, pelo deck, ao hotel mais imponente que lá havia, e ao entrar no restaurante espalharam-se em torno de uma mesa.

– Oito drinques, um sanduíche e uma sopa juliana – ordenou Alec. – Comida para um. Veja o que o resto do pessoal quer.

Amory comeu pouco, tendo sentado em uma cadeira de onde pudesse ver o mar e sentir-lhe o embalo. Quando terminou o almoço, eles puseram-se a fumar tranquilamente.

– Quanto foi a conta?

Alguém a examinou.

– 8,25 dólares.

– Exploração vergonhosa. Vamos pagar 2 dólares e dar 1 dólar de gorjeta ao garçom. Kerry, reúna os trocados.

O garçom se aproximou, e Kerry, com ar grave, deu-lhe 1 dólar, jogou 2 dólares sobre a conta e se afastou. Dirigiram-se calmamente para a porta, seguidos por um momento pelo desconfiado Ganimedes.

– Há um engano aqui, meu senhor.

Kerry apanhou a conta e examinou-a com olhos críticos.

– Não há engano algum – respondeu, balançando gravemente a cabeça, e, rasgando-a em quatro pedaços, entregou-a ao garçom, tão perplexo que permaneceu imóvel, atônito, enquanto eles saíam.

– Será que ele não vai mandar alguém atrás de nós?

– Não – disse Kerry. – Durante um momento, vai pensar que somos filhos do proprietário ou coisa que o valha; depois, vai olhar de novo a conta e chamar o gerente. Enquanto isso...

Deixaram o automóvel em Asbury e seguiram de bonde para Allenhurst, onde examinaram os institutos de beleza lotados. Às quatro da tarde, tomaram refrescos numa casa de lanches, pagando dessa vez uma porcentagem ainda menor do preço total; algo a respeito da aparência e do *savoir-faire* da turma fez com que nada de grave ocorresse.

– Como vê, Amory, somos socialistas marxistas – explicou Kerry. – Não acreditamos na propriedade privada e a estamos submetendo a um grande teste.

– Logo vai anoitecer – sugeriu Amory.

– Preste atenção e confie em Holiday.

Lá pelas cinco e meia tornaram-se joviais e, de braços dados, puseram-se a andar de um lado para outro pelo deck, cantando uma canção monótona sobre as tristes ondas do mar. De repente, porém, Kerry viu em meio à multidão um rosto que o atraiu e, correndo atrás dele, reapareceu, passado um momento, trazendo consigo uma das garotas mais desgraciosas que Amory já vira. Sua boca pálida estendia-se de orelha a orelha; os dentes projetavam-se para a frente numa sólida cunha e tinha olhos pequenos, um tanto estrábicos, que os fitavam insinuantes por sobre a superfície do nariz. Kerry apresentou-a cerimoniosamente:

– Chama-se Kaluka, rainha havaiana! Permita que lhes apresente os senhores Connage, Sloane, Humbird, Ferrenby e Blaine.

Ela se desdobrou em cumprimentos a todos. Pobre criatura! Amory supôs que ela jamais havia sido notada antes na vida e que era, provavelmente, débil mental. Enquanto os acompanhara (pois Kerry a convidara para jantar), não disse coisa alguma que desfizesse tal crença.

– Ela prefere os seus pratos nativos – disse Alec gravemente para o garçom –, mas qualquer comida trivial serve.

Durante todo o jantar dirigiu-se a ela na linguagem mais respeitosa, enquanto Kerry, do outro lado, lhe fazia a corte com ar idiota, o que produzia um risinho convulsivo da parte dela. Amory estava contente por observar a farsa, pensando no tato e na habilidade de Kerry para tais coisas, e em como ele sabia converter o incidente mais banal em algo de vulto. Todos pareciam compreender, de certa forma, o espírito da coisa, e era relaxante estar entre eles. Em geral, Amory apreciava os homens individualmente, mas os temia quando convertidos em multidão, a menos que a multidão estivesse em torno *dele*. Perguntava a si próprio sobre a contribuição de cada um para a festa, pois que era cobrada, de certo modo, uma taxa em forma de espírito. Alec e Kerry eram a alma daquilo, mas não exatamente o centro. O centro, de certo modo, era constituído pelo tranquilo Humbird e por Sloane, com seu impaciente ar de desdém.

Desde o primeiro ano Dick Humbird sempre parecera a Amory o tipo do aristocrata perfeito. Era esguio, mas bem-feito de corpo; tinha cabelos pretos e ondulados, feições corretas e uma tez um tanto morena. Tudo o que dizia soava intangivelmente apropriado. Possuía infinita coragem, inteligência normal e equilibrada e senso de honra, tudo isso misturado com grande charme, cavalheirismo e espírito de justiça. Podia ser esbanjador sem chegar a extremos, e mesmo suas aventuras mais boêmias jamais "passavam da conta". Os outros procuravam imitar sua maneira de vestir e falar... Amory era de opinião de que ele talvez fosse um tanto retrógrado, mas de modo algum o teria modificado...

Diferia do tipo saudável que pertencia essencialmente à classe média; parecia jamais transpirar. Certas pessoas não podiam tratar um chofer com familiaridade sem que este retribuísse o tratamento; Humbird poderia ter almoçado no Sherry's em companhia de um homem negro sem que ninguém visse nada de condenável no fato. Não era um esnobe, embora se desse apenas com metade da classe. Seus amigos iam desde os mais importantes até os mais humildes, mas era impossível a alguém chegar a penetrar em sua "intimidade". Os criados o adoravam, e o tratavam como um deus. Parecia ser o exemplo eterno daquilo que a classe superior procura ser.

– É como essas figuras do *Illustrated London News* de oficiais ingleses mortos em ação – disse Amory a Alec.

– Bem – respondeu Alec –, se você quer saber a verdade chocante, o pai dele era um empregado de mercearia que fez fortuna em negócios imobiliários em Tacoma e veio para Nova York há dez anos.

Amory sentiu uma curiosa sensação de queda.

Aquele tipo de grupo era possível devido ao congraçamento da classe depois das eleições nos clubes – como se fosse uma última e desesperada tentativa no sentido de conhecer-se a si própria, de manter-se unida, de lutar contra o espírito acanhado dos clubes. Era uma descida das alturas convencionais em que todos eles se haviam tão rigidamente conduzido.

Depois do jantar, acompanharam Kaluka até o deck, voltando depois pela praia para Asbury. O mar noturno era uma nova sensação, pois que toda a sua cor e doçura se haviam dissipado, parecendo, agora, o desolado deserto que tornava tão tristes as sagas nórdicas. Amory pensou em Kipling:

Praias de Lukanon antes da chegada dos marujos.

Contudo, ainda era uma música, embora infinitamente triste.

Às dez horas já não tinham um níquel. Com seus últimos 11 centavos, haviam jantado lautamente e, cantando, rumaram para os cassinos e arcos iluminados que se erguiam sobre o deck, detendo-se algumas vezes para ouvir e manifestar sua aprovação diante das bandas de música. Em certo lugar, Kerry iniciou uma coleta em favor dos órfãos de guerra franceses, a qual rendeu 1,20 dólar, quantia com que compraram conhaque, para o caso de sentirem frio à noite. Terminaram o dia numa sessão de cinema, entregando-se depois a solenes e sistemáticas explosões de riso diante de uma velha comédia, o que não apenas causou espanto como aborrecimento ao restante da plateia. A entrada do grupo foi claramente estratégica, pois cada qual, ao passar pelo porteiro, indicava com ar de censura o que vinha atrás. Sloane, que vinha por último, negou qualquer conhecimento ou responsabilidade pelo ocorrido logo que os outros se espalharam pela sala; depois, enquanto o irado porteiro se lançava ao encalço dos "penetras", entrou displicentemente.

Tornaram a reunir-se mais tarde junto ao cassino, onde fizeram arranjos sobre como passar a noite. Kerry obteve permissão do guarda-noturno para que dormissem na plataforma e, tendo apanhado nas barracas uma grande pilha de tapetes para que lhes servissem de colchões e cobertas, conversaram até meia-noite, mergulhando em seguida num sono sem sonhos, embora Amory se esforçasse por se manter acordado a fim de observar a lua maravilhosa se pôr no mar.

Assim continuaram durante dois dias felizes, subindo e descendo pela praia, de bonde ou automóvel, ou mesmo a pé, pelo deck, repleto de gente. Às vezes, comiam em companhia dos ricos; outras vezes, jantavam frugalmente, às expensas de algum dono de restaurante que de nada desconfiava. Tiraram fotografias – oito poses – em uma loja que fazia revelações rápidas. Kerry insistiu em que se agrupassem como membros de um esquadrão de rúgbi universitário e, em seguida, como um bando de "bambas" do East Side, com os paletós virados pelo avesso, ele próprio sentado no meio de uma lua de papelão. O fotógrafo, provavelmente, ainda hoje possui essas fotografias, pois eles jamais foram buscá-las. O tempo estava excelente, e dormiram de novo ao ar livre, e de novo Amory, apesar de não querer fazê-lo, pegou no sono.

O domingo rompeu apático e respeitável, e até mesmo o mar parecia resmungar e lamentar-se, de modo que voltaram para Princeton nos Fords dos agricultores que passavam pela estrada, e no fim acabaram ficando todos resfriados, mas nem por isso piores devido a suas perambulações.

Ainda mais do que no ano anterior, Amory negligenciou os estudos, não intencionalmente, mas por preguiça e por voltar-se para uma multidão de outros interesses. A geometria coordenada e os melancólicos hexâmetros de Corneille e Racine pouca sedução exercem sobre ele, e mesmo a psicologia, pela qual esperara ansiosamente, demonstrou ser muito mais uma matéria insípida, cheia de reações musculares e frases biológicas, do que o estudo da personalidade e de sua influência. Havia uma aula, ao meio-dia, durante a qual ele sempre cochilava. Tendo verificado que "subjetivo e objetivo, professor" respondia a quase todas as perguntas, empregava essa frase em todas as ocasiões, e isso se transformou na piada da classe no dia em que, estando ele cochilando, o professor lhe dirigiu uma pergunta. Despertado pelos cutucões com o cotovelo de Ferrenby ou de Sloane, Amory, sonolento, deu a resposta de sempre.

Quase sempre havia festas – no Orange ou no Shore, e mais raramente em Nova York e em Filadélfia, embora uma noite tenham saído em companhia de 14 garçonetes do Child's, levando-as para um passeio pela Quinta Avenida no alto de um ônibus. Cabulavam mais aulas do que era permitido, o que significou um curso adicional no ano seguinte, mas a primavera era bela demais para permitir qualquer interferência em sua pitoresca vagabundagem. Em maio, Amory foi eleito para o Comitê de Baile dos Segundanistas, e quando uma noite, após longas horas de discussão com Alec, elaboraram uma lista de alunos da classe que tinham mais probabilidade de participar do conselho superior, colocaram-se entre os candidatos mais prováveis. O conselho superior era constituído presumivelmente pelos 18 alunos mais representativos dentre os veteranos, e em vista da posição de Alec como mentor do quadro de rúgbi e da probabilidade de que Amory derrotasse Burne Holiday como presidente do *Princetonian*, tal presunção parecia bastante justificada. O estranho, porém, é que ambos colocaram D'Invilliers entre os que contavam com as maiores probabilidades de êxito, suposição essa que, um ano antes, teria deixado a classe boquiaberta.

Durante toda a primavera Amory mantivera correspondência intermitente com Isabelle Borgé, correspondência pontilhada de violentas altercações e animada por suas tentativas no sentido de encontrar novas palavras para o amor. Amory descobriu que Isabelle era discreta e irritantemente pouco sentimental em suas cartas, mas alimentava a esperança de que ela não se revelasse uma flor demasiado exótica para adaptar-se aos amplos espaços de uma primavera, como se adaptara ao refúgio do Minnehaha Club. Durante o mês de maio Amory escreveu-lhe quase todas as noites documentos de trinta páginas, que enviou para ela em volumosos envelopes, marcados externamente como "Parte I" e "Parte II".

– Oh, Alec, acho que estou cansado do colégio – disse tristemente uma tarde durante um passeio ao crepúsculo em companhia do amigo.

– Acho que também estou, de certo modo.

– Não queria outra coisa senão uma casinha no campo, num lugar acolhedor, uma mulher e uma ocupação que bastasse apenas para que eu não apodrecesse.

– Eu também.

– Gostaria de abandonar isto aqui.

– O que diz a sua garota?

– Oh! – exclamou horrorizado Amory. – Ela não quer nem sequer *pensar* em casar... pelo menos por enquanto. Estou falando do futuro, você sabe.

– A minha garota quer se casar já. Estou noivo.

– Está?

– Estou. Não diga uma palavra a ninguém, por favor, mas estou. Talvez não volte no ano que vem.

– Mas você tem apenas 20 anos! Vai largar a faculdade?

– Ora essa, Amory! Se ainda há pouco você estava dizendo...

– Sim – interrompeu-o Amory –, mas eu estava apenas manifestando um desejo. De modo algum pensaria em deixar a faculdade. O que acontece é que eu me sinto terrivelmente triste nessas noites maravilhosas. Sinto-me como se elas não voltassem mais e eu não as estivesse aproveitando como deveria. Gostaria que a minha garota morasse aqui! Mas casar...

nem pensar! Principalmente agora, quando meu pai me diz que o dinheiro não está entrando como antigamente.

– Que desperdício são essas noites – concordou Alec.

Amory, porém, suspirava e aproveitava bem aquelas noites. Tinha um instantâneo de Isabelle colocado num velho relógio e quase todas as noites apagava as luzes às oito horas, exceto a lâmpada de sua escrivaninha, e sentado junto à janela aberta, com o retrato à sua frente, escrevia-lhe cartas arrebatadas.

...Oh, é tão difícil escrever o que realmente sinto quando penso muito em você; você passou a significar para mim um sonho que não consigo mais pôr no papel. Chegou sua última carta... e foi maravilhoso! Eu a li e reli umas seis vezes, principalmente a última parte, mas às vezes gostaria de que você fosse mais franca e dissesse realmente o que pensa de mim. Contudo, sua última carta é boa demais para que possa ser verdade, e mal consigo esperar até junho! Dê um jeito e veja se pode vir para o baile. Acho que vai ser ótimo, e quero estar com você bem no término de um ano maravilhoso. Penso com frequência no que você disse aquela noite, e pergunto a mim mesmo se foi sincera. Se se tratasse de outra, e não de você... mas eu a julguei tão volúvel a primeira vez que a vi –, e você era tão popular e tudo mais que não posso imaginar que realmente goste mais de mim.

Oh, Isabelle querida... a noite está maravilhosa! Do outro lado do campus alguém está tocando "Love Moon" num bandolim, e a música parece trazer você até a minha janela. Agora, passou a tocar "Good-bye, Boys, I'm Through"... e como se adapta a mim. Pois estou farto de tudo. Resolvi jamais voltar a tomar um coquetel, e sei que jamais tornarei a me apaixonar... Não poderia fazê-lo, você tem participado demais de meus dias e minhas noites para que eu possa pensar em outra garota. Encontro-as o tempo todo, mas elas não me interessam. Não estou me fingindo de blasé, pois não se trata disso. O que está acontecendo é que estou apaixonado. Oh, queridíssima Isabelle (por alguma razão não consigo chamá-la apenas de Isabelle, e receio sair com esse "queridíssima" diante de sua família em junho), você precisa vir ao baile. Passarei, e depois irei até a sua casa e tudo será estupendo...

E assim prosseguia, numa infindável monotonia, que a ambos parecia infinitamente encantadora, infinitamente nova.

Junho chegou, e os dias tornaram-se tão quentes e preguiçosos que eles não conseguiam preocupar-se nem mesmo com os exames. Passavam aquelas tardes sonhadoras no pátio do Cottage, conversando longamente sobre vários assuntos até que a paisagem campestre na direção de Stony Brook convertia-se numa névoa azulada, os lilases alvejavam em torno das quadras de tênis e as palavras cediam lugar a cigarros silenciosos... Desciam depois pela Prospect deserta e pela McCosh, cercados de música por todos os lados, rumo à cálida jovialidade da rua Nassau.

Tom D'Invilliers e Amory dormiam tarde nesses dias. Uma febre de jogo envolvera os segundanistas, que durante muitas noites de calor asfixiante ficavam debruçados sobre cartas até as três da madrugada. Após uma dessas noitadas, saíram do quarto de Sloane e depararam com o orvalho cobrindo o *campus* e as estrelas já velhas no céu.

– Vamos tomar emprestadas umas bicicletas e dar um passeio – sugeriu Amory.

– Ótimo. Não estou nada cansado e esta é, na verdade, uma das últimas noites do ano, pois os preparativos da festa começam segunda-feira.

Encontraram duas bicicletas em Holder Court e partiram, por volta das três e meia da madrugada, por Lawrenceville Road.

– O que você vai fazer este verão, Amory?

– Não me pergunte... As mesmas coisas de sempre, suponho. Um ou dois meses em Lake Geneva... Conto com você lá em julho, não se esqueça. Depois Minneapolis, o que significa centenas de festas durante o verão, namoro nos bailes, tédio... Mas, oh, Tom – acrescentou subitamente –, você não acha que este ano foi formidável?

– Não – declarou enfaticamente um novo Tom, que vestia Brooks e calçava Franks. – Ganhei esse jogo, mas não sinto vontade alguma de participar novamente dele. Quanto a você, está certo... Você joga rúgbi e, de certa forma, se enquadra na coisa, mas, quanto a mim, estou farto de tentar me adaptar ao esnobismo local deste canto do mundo. Quero ir para um lugar onde as pessoas não sejam barradas por causa da cor de suas gravatas ou do corte de seus paletós.

– Você não pode, Tom – arguiu Amory enquanto pedalavam pela noite. – Aonde quer que vá, agora, vai aplicar sempre, inconscientemente, os padrões adquiridos aqui. Para o nosso bem ou o nosso mal, fomos "marcados"; agora, você é um tipo de Princeton.

– Bem, nesse caso – queixou-se Tom, a voz insegura elevando-se lamentosamente –, por que preciso voltar? Já aprendi tudo o que Princeton tinha a oferecer. Mais dois anos de mero pedantismo e ociosidade em torno de um clube de nada adiantarão. Vão apenas despersonalizar-me, banalizar-me por completo. Mesmo agora, já me sinto tão desmiolado que não sei como vou me arranjar.

– Mas você não está se dando conta do principal, Tom – interrompeu-o Amory. – O que ocorre é que você acaba, de maneira um tanto abrupta, de abrir os olhos para o esnobismo do mundo. Princeton, invariavelmente, dá ao homem atento um sentido social.

– E você acha que me ensinou isso, não é? – indagou ele ironicamente, lançando, na semiobscuridade, um olhar para Amory.

Amory riu baixinho.

– E não ensinei?

– Às vezes eu acho – disse Tom lentamente – que você é o meu anjo mau. Eu talvez pudesse ter sido um poeta bastante razoável.

– Vamos! Isso é um tanto duro. Você quis vir para uma faculdade do Leste. Ou os seus olhos se abriam diante das disputas mesquinhas dos outros, ou você teria passado por tudo isso às cegas, e teria detestado ter feito isso... ser como Marty Kaye.

– É – concordou ele. – Você tem razão. Eu não teria gostado disso. Ainda assim, é duro tornar-se cínico aos 20 anos.

– Eu já nasci assim – murmurou Amory. – Sou um idealista cínico.

Fez uma pausa e pensou se aquilo significava alguma coisa.

Chegaram à escola adormecida em Lawrenceville e voltaram.

– É bom esse passeio, não acha? – disse Tom, decorrido um momento.

– É um bom fim de noite. Formidável. Tudo está bem esta noite. Oh, um verão quente e langoroso e Isabelle!

– Ah, você e essa sua Isabelle! Aposto que ela é uma tola... Diga alguns versos.

Então, Amory declamou para os arbustos pelos quais passavam a "Ode a um rouxinol".*

– Jamais vou ser poeta – disse Amory ao terminar. – Não sou suficientemente sensualista para tal; existem apenas umas

---

*Famoso poema do poeta inglês John Keats (1795-1821). (*N. do T.*)

poucas coisas óbvias que considero primordialmente belas: mulheres, tardes primaveris, músicas à noite, o mar; não consigo apreender coisas sutis como "clarins de prata que surgem". É possível que eu acabe sendo um intelectual, mas jamais vou escrever senão poesia medíocre.

Ao chegarem a Princeton, o sol estava traçando mapas coloridos no céu atrás da universidade; meteram-se às pressas num refrescante banho de chuveiro, para afastar o sono. Ao meio-dia, os alunos encheram as ruas com bandas e coros, e nas tendas houve grandes reuniões sob os estandartes pretos e cor de laranja, que ondulavam e se estendiam ao vento. Amory fitou longamente um edifício onde se lia: "Sessenta e Nove." Lá estavam sentados alguns homens grisalhos, conversando tranquilamente enquanto as classes desfilavam em visão panorâmica.

Sob a luz da estrada

Então, os olhos cor de esmeralda da tragédia brilharam subitamente diante de Amory sobre o limiar de junho. Certa noite, após o passeio de bicicleta a Lawrenceville, um grande grupo de estudantes rumou para Nova York em busca de aventura, regressando depois a Princeton por volta de meianoite em dois automóveis. Fora uma noitada divertida e, entre os participantes, várias fases de embriaguez alcoólica estavam representadas. Amory estava no carro que vinha atrás; tinham enveredado por um caminho errado e perdido o rumo, de modo que se esforçavam para alcançar os companheiros.

Era uma noite clara, e a alegria do passeio subiu à cabeça de Amory. O fantasma de duas estrofes formava-se em sua mente...

O carro cinzento rastejava no escuro em direção à noite, e não havia nenhum sinal de vida à sua passagem... Como os silenciosos caminhos oceânicos se estendem diante do tubarão como estreladas e cintilantes veredas líquidas, belas e altas árvores, banhadas de luar, dividiam, de par em par, a estrada, enquanto adejantes aves noturnas lançavam no ar seus gritos...

Um momento junto a uma estalagem de lâmpadas e sombras, uma estalagem amarela sob uma lua amarela... e depois o silêncio, no qual os risos, que iam num crescendo, se dissipam... O automóvel oscilava de encontro aos ventos de junho, suavizava as sombras onde crescia a distância, esmagando depois as sombras amarelas, convertendo-as em azuis...

Pararam com um solavanco, e Amory, sobressaltado, olhou para fora. Uma mulher estava parada junto à estrada, falando com Alec, ao volante. Mais tarde, lembrou-se do ar de harpia que seu velho quimono lhe dava e do som rouco e agudo de sua voz quando falou:

– Vocês, rapazes, são de Princeton?
– Somos.
– Bem, há um de vocês morto aqui, e dois outros agonizantes.
– Santo Deus!
– Vejam! – Ela apontou e eles olharam horrorizados.

Sob a luz plena de um arco voltaico na beira da estrada um corpo estava estendido de bruços em meio a um amplo círculo de sangue.

Saltaram do automóvel. Amory pensou naquela nuca... naqueles cabelos... naqueles cabelos... e viraram o cadáver.

– É o Dick... Dick Humbird!
– Oh, Santo Deus!

– Sinta o coração dele.

Então, a voz insistente da velha megera chegou-lhes aos ouvidos numa espécie de lúgubre triunfo:

– Está morto, não há dúvida. O carro capotou. Outros rapazes, que não estavam feridos, carregaram os outros para dentro. Mas, quanto a este, nada há a fazer.

Amory disparou para a casa, e os outros o seguiram, carregando uma massa inerte, que depositaram sobre o sofá numa sala de visitas miserável. Sloane, com o ombro perfurado, estava em outro aposento. Estava meio delirante e não parava de referir-se a uma aula de Química que deveria realizar-se às oito e dez.

– Não sei o que aconteceu – disse Ferrenby, a voz tensa.
– Dick estava dirigindo e não queria ceder a ninguém o volante. Dissemos a ele que tinha bebido demais. E, de repente, surgiu essa maldita curva... Oh, meu Deus!

Jogou-se no chão e rompeu em soluços entrecortados.

O médico já havia chegado, e Amory dirigiu-se ao sofá, onde alguém lhe entregou um lençol para que cobrisse o cadáver. Com súbita firmeza, levantou uma das mãos de Dick e deixou-a cair, inerte. A testa estava fria, mas o rosto ainda era expressivo.

Fitou os cordões do sapato... Dick atara-os aquela manhã. *Ele* os atara... e agora era apenas uma pesada massa branca. Tudo o que restava do encanto e da personalidade de Dick Humbird que ele conhecera... Oh, era tudo tão horrível, tão pouco aristocrático, tão vulgar. Toda tragédia tem esse traço algo grotesco, miserável... tão inútil, tão fútil... Do mesmo modo que morrem os animais... Amory lembrou-se de um gato horrivelmente estraçalhado encontrado num beco de sua infância.

– Alguém deve ir para Princeton acompanhando Ferrenby.

Amory atravessou a porta e sentiu um ligeiro arrepio ao vento da noite alta – um vento que agitou um para-lama partido em meio à massa de metal retorcido, produzindo um som ligeiro, semelhante a um queixume.

Crescendo!

Misericordiosamente, o dia seguinte passou como num turbilhão. Quando Amory ficava só, seus pensamentos ziguezagueavam inevitavelmente para a visão daquela boca ensanguentada, aberta de maneira incongruente, num rosto lívido, mas com resoluto esforço empilhou o seu entusiasmo atual sobre a lembrança daquilo, afastando-a friamente de seu espírito.

Isabelle e a mãe chegaram às quatro da tarde, de automóvel, e eles subiram sorridentes a avenida Prospect, através da alegre multidão, e foram tomar chá no Cottage. Os clubes realizaram naquela noite seus jantares anuais, de modo que às sete Amory cedeu Isabelle a um calouro, ficando de encontrá-la às onze no ginásio de esportes, onde os veteranos eram admitidos no baile dos calouros. Isabelle era tudo o que ele esperara, e Amory estava ansioso por transformar aquela noite no centro de todos os seus sonhos. Às nove, os alunos dos anos mais adiantados postaram-se diante dos clubes, enquanto o desfile dos calouros com archotes passava ruidoso, e Amory perguntava a si mesmo se os grupos trajados a rigor, sob o clarão das tochas, tendo por fundo aquele cenário escuro e imponente, tornariam a noite tão magnífica aos olhos dos calouros entusiasmados, que gritavam, como tinham sido para ele um ano antes.

O dia seguinte foi outro turbilhão. Almoçaram num alegre grupo de seis pessoas, numa sala reservada do clube, enquanto Isabelle e Amory trocavam olhares ternos por cima do frango frito, convencidos de que aquele amor seria eterno. Dançaram até às cinco da manhã; os rapazes desacompanhados os interrompiam enquanto dançavam com alegre desembaraço, interrupções que se tornaram mais entusiásticas à medida que as horas avançavam e que os vinhos que haviam levado, e que estavam guardados no vestiário, no bolso de seus sobretudos, faziam com que o cansaço pudesse esperar mais um dia. Esses tipos que interrompem os pares que dançam para tirar uma dama dos braços de outrem constituem uma massa de homens bastante homogênea. Uma massa que funciona como que movida por uma única alma. Uma bela morena passa por perto dançando e ouve-se um leve murmúrio que ondula e avança pelo salão, até que alguém, mais malandro que os demais, arremete sobre o par e tira a jovem para dançar. Depois, quando a moça de 1,80 metro (levada à festa pelo nosso colega Kaye, que durante toda a noite procurou apresentá-la às pessoas) galopa pelo salão, a massa de importunos recua e põe-se a conversar em grupos, em cantos distantes, muito atentos à conversa, pois Kaye, ansioso e suado, aparece abrindo caminho por entre a multidão à procura de rostos familiares.

– É como eu lhe digo, meu velho, tenho uma belíssima...

– Sinto muito, Kaye, mas estou comprometido. Tenho de interromper a dança de um sujeito.

– Bem, e a dança seguinte?

– Oh... ah... juro que já estou comprometido... Procure-me quando ela tiver uma dança livre.

Amory ficou encantado quando Isabelle lhe sugeriu que saíssem um momento e dessem uma volta em seu automóvel. Durante uma hora maravilhosa, que passou demasiado depressa, deslizaram pelas estradas silenciosas que circundam Princeton, falando da superfície de seus corações, tomados de tímido entusiasmo. Amory sentiu-se estranhamente ingênuo, e não tentou beijá-la.

No dia seguinte, atravessaram Nova Jersey de automóvel, almoçaram em Nova York e à tarde foram ver uma peça de teatro; Isabelle chorou durante todo o segundo ato, o que deixou Amory bastante constrangido, embora observá-la o enchesse de ternura. Teve vontade de inclinar-se na direção dela e enxugar-lhe as lágrimas com um beijo; quanto a Isabelle, acobertada pela escuridão, enfiou a mão sob a dele, permitindo que Amory a apertasse de leve.

Depois, às seis horas, chegaram à residência de verão dos Borgé, em Long Island, e Amory subiu apressadamente para o quarto a fim de vestir-se para o jantar. Ao colocar as abotoaduras, sentiu que estava desfrutando a vida como talvez não viesse a fazer de novo. Tudo parecia santificado pelo halo de sua própria juventude. Chegara finalmente aonde queria: à frente dos melhores dentre os de sua geração em Princeton. Amava, e seu amor era correspondido. Acendendo todas as luzes, olhou-se no espelho, procurando encontrar em seu rosto as qualidades que o faziam ver com mais clareza que a maioria das pessoas, que o faziam decidir com firmeza e o capacitavam a influenciar os outros e seguir sua própria vontade. Havia pouca coisa em sua vida, agora, que ele pudesse querer mudar... Oxford talvez pudesse ter sido um campo mais amplo.

Em silêncio, admirou sua própria figura. Quão convenientemente adequado era seu aspecto... e como lhe assentava bem um smoking! Saiu para o hall, mas deteve-se no topo da escada, pois ouviu passos que se aproximavam. Era Isabelle – e desde o alto de seus cabelos brilhantes até os sapatos dourados, jamais ela lhe parecera tão bela.

– Isabelle! – exclamou quase involuntariamente, estendendo os braços.

Como nos livros de história, ela correu para ele e, naquele meio minuto, enquanto seus lábios se tocavam pela primeira vez, a vaidade de Amory atingiu o ponto máximo – o pináculo de seu egotismo juvenil.

3
O egocêntrico reflete

— Ai! Largue-me!
Ele deixou cair os braços ao lado do corpo.
– O que houve?
– A abotoadura da sua camisa... Ela me machucou... veja!
Ela olhava para o próprio pescoço, onde uma manchinha azul do tamanho de uma ervilha maculava-lhe a palidez.
– Oh, Isabelle! – censurou-se ele. – Sou mesmo um desastrado. Lamento muito... Eu não devia tê-la apertado tanto.
Isabelle olhou para ele, impaciente.
– Oh, Amory, na verdade você não podia evitar... e não doeu muito. Mas o que vamos fazer a respeito?
– A *respeito*? – indagou. – Oh... Esse sinalzinho... Vai desaparecer em um segundo.
– Não desapareceu – respondeu ela após concentrado exame. – Ainda está aí... e isso é o fim! Oh, Amory, o que vamos fazer? E *bem* na altura do seu ombro.
– Faça uma massagem – sugeriu Amory, reprimindo a mais leve inclinação ao riso.
Esfregou-o delicadamente com a ponta dos dedos e de repente uma lágrima assomou-lhe no canto dos olhos e deslizou por seu rosto.
– Oh, Amory! – exclamou desesperançada, erguendo para ele um rosto absolutamente patético. – Se eu esfregar, vou ficar com o pescoço todo avermelhado. O que vamos fazer?
Ocorreu-lhe uma citação, e ele não conseguiu resistir à tentação de repeti-la em voz alta:

> Nem todos os perfumes da Arábia
> empalidecerão essa mãozinha.

Isabelle ergueu a cabeça, e a lágrima que cintilava em seu olho era como uma gota de gelo.

– Você não tem nenhuma compaixão.

Amory não entendeu bem o que ela queria dizer.

– Isabelle, querida, acho que isso...

– Não me toque! – exclamou ela. – Já tenho muito em que pensar e você fica aí *rindo*!

– Bem, Isabelle, a verdade é que isso é *engraçado*, e ainda outro dia falávamos que o senso de humor consiste em...

Ela o olhava agora tendo na comissura dos lábios algo que não era um sorriso, mas, antes, um leve e triste eco de um sorriso.

– Oh, cale-se! – gritou subitamente, fugindo do vestíbulo em direção a seu quarto.

Amory permaneceu imóvel, tomado por um confuso remorso.

– Raios!

Quando Isabelle tornou a aparecer, trazia um leve abrigo sobre os ombros, e desceram juntos a escada num silêncio que durou todo o jantar.

– Isabelle – começou Amory, hesitante, enquanto se acomodavam no automóvel que deveria levá-los a um baile no Greenwich Country Club –, você está zangada e eu também vou ficar dentro de um minuto. Dê-me um beijo e vamos fazer as pazes.

Isabelle refletiu, carrancuda.

– Detesto que riam de mim – disse, afinal.

– Não rirei mais. Não estou rindo agora, estou?

– Mas você riu.

– Ah, não seja tão malditamente feminina!

Os lábios de Isabelle contraíram-se ligeiramente:

– Serei o que quiser.

Amory conteve-se com dificuldade; percebeu que não sentia verdadeiramente a menor afeição por Isabelle, mas sua frieza o espicaçava. Queria beijá-la, beijá-la muito, pois sabia que, então, poderia partir na manhã seguinte sem sentir a mínima preocupação. Se, pelo contrário, não a beijasse, aquilo o preocuparia... Interferiria, de algum modo, na ideia que ele formava de si próprio como conquistador. Não era nada dignificante "ficar por baixo", *implorando*, diante de uma combatente tão destemida como Isabelle.

Talvez ela desconfiasse disso. Fosse como fosse, a verdade foi que Amory viu aquela noite, que deveria ter sido a consumação de seu romance, passar por ele com grandes mariposas esvoaçando no ar e a viva fragrância dos jardins à beira do caminho, mas sem aquelas palavras entrecortadas, aqueles pequenos suspiros...

Depois do baile, cearam (*ginger ale* e bolo de chocolate) na copa, ocasião em que Amory anunciou sua decisão:

– Vou embora amanhã cedinho.

– Por quê?

– E por que não? – retrucou ele.

– Não há necessidade disso.

– Mesmo assim vou embora.

– Bem, se você insiste em ser ridículo...

– Ah, não coloque a coisa dessa maneira – objetou Amory.

– ...só porque não permiti que você me beijasse... Você pensa...

– Vamos, Isabelle! – interrompeu ele. – Você sabe que não se trata disso, mas suponhamos que se tratasse. Chegamos a um ponto em que devemos nos beijar... ou... ou... nada! Não me parece que você esteja se negando por motivos morais.

Ela hesitou.

– Não sei mais o que pensar a seu respeito – começou ela, numa débil e perversa tentativa de conciliação. – Você é tão engraçado...

– Engraçado... como?

— Bem, julguei que tivesse grande confiança em si mesmo e tudo mais... Lembra-se de que me disse outro dia que podia fazer tudo o que quisesse, conseguir tudo o que desejasse?

Amory corou. Tinha-lhe *dito* uma porção de coisas.

— Lembro.

— Bem, esta noite você não parecia assim tão seguro de si. Talvez seja apenas presunçoso.

— Não, não sou — hesitou. — Em Princeton...

— Ah, você e essa sua Princeton! Da maneira como você fala, tem-se a impressão de que ela representa o mundo. Talvez você *saiba* escrever melhor do que qualquer outra pessoa no seu *Princetonian*; talvez os calouros achem que você é importante.

— Você não compreende...

— Sim, compreendo... — atalhou ela. — *Compreendo*, porque você está sempre falando de si próprio, e eu costumava gostar disso, mas agora não gosto mais.

— E por acaso falei de mim esta noite?

— Esse é justamente o ponto — insistiu Isabelle. — Você ficou todo transtornado esta noite. Não fez outra coisa senão olhar-me nos olhos. Além disso, tenho de pensar o tempo todo ao falar com você... pois você é demasiado analítico.

— Então, eu a faço pensar, hein? — repetiu Amory, com um leve toque de vaidade.

— Você é uma tensão nervosa — disse ela, enfaticamente —, e no momento em que analisa todas as minhas pequenas emoções e todos os meus pequenos instintos, eu deixo de experimentá-los.

— Eu sei — admitiu Amory, balançando, desesperançadamente, a cabeça.

— Vamos embora — disse Isabelle, levantando-se.

Amory levantou-se automaticamente, e caminharam até o pé da escada.

— Que trem posso tomar?

– Há um às nove horas e onze minutos, já que você tem mesmo de ir.
– Sim, preciso ir realmente. Boa noite.
– Boa noite.

Estavam agora no topo da escada, e ao dirigir-se para seu quarto Amory julgou vislumbrar no rosto de Isabelle uma ligeira sombra de descontentamento. Permaneceu acordado no escuro, perguntando-se quanto aquilo importava de verdade... até que ponto aquela sua súbita infelicidade devia-se à vaidade ferida... e se ele era, afinal de contas, temperamentalmente incapaz de romance.

Despertou no dia seguinte invadido por uma alegre percepção de sua própria pessoa. A brisa matinal agitava as cortinas de chita das janelas, e ele se sentiu preguiçosamente intrigado por não estar em seu quarto em Princeton, com sua fotografia na equipe de rúgbi sobre a escrivaninha e a do Triangle Club pendurada na parede oposta. O grande relógio do vestíbulo bateu oito horas, e ele se lembrou do que ocorrera na noite anterior. Saltou da cama e vestiu-se apressadamente; precisava sair da casa antes de avistar-se com Isabelle. O que lhe parecera uma ocorrência melancólica parecia-lhe agora uma decepção enfadonha. Às oito e meia já estava pronto, de modo que se sentou junto à janela e sentiu que no fundo seu coração estava mais confrangido do que imaginara. Que irônica zombaria lhe parecia aquela manhã... viva e ensolarada, cheia das fragrâncias do jardim! Ao ouvir a voz da Sra. Borgé, vinda do jardim de inverno, perguntou-se onde estaria Isabelle.

Alguém bateu à porta.

– O carro estará à sua disposição dentro de dez minutos, senhor.

Voltou para sua contemplação da paisagem e pôs-se a repetir, mecanicamente, alguns versos de Browning que certa vez citara em carta dirigida a Isabelle:

Como vê, cada vida irrealizada
Permanece parada, remendada e fragmentária;
Não suspiramos profundamente, não rimos à vontade,
Famintos, saciados, desesperados – sendo felizes.

Mas sua vida não ficaria irrealizada. Sentiu profunda satisfação ao pensar que talvez durante todo aquele tempo Isabelle não fora nada salvo o que ele vira nela; que aquele fora o ponto mais alto a que ela chegara e que ninguém mais tornaria a fazer com que ela pensasse. Contudo, era justamente àquilo que ela fazia objeção nele – e Amory, de repente, se sentiu cansado de pensar, pensar!

– Que vá para o diabo que a carregue! – disse com amargura. – Ela me estragou o ano!

O super-homem torna-se indiferente

Num dia poeirento de setembro Amory chegou a Princeton e misturou-se à asfixiante multidão de criaturas padronizadas que enchia as ruas. Passar quatro horas todas as manhãs numa sala abafada, diante de um professor, impregnando-se do infinito tédio das seções cônicas parecia-lhe uma maneira estúpida de começar seu curso universitário. O Sr. Rooney, instrumento de monotonia, conduzia a classe e, fumando inúmeros Pall Malls, traçava diagramas e elaborava equações desde as seis da manhã até meia-noite.

– Langueduc, se empreguei essa fórmula, onde deveria estar o ponto A?

Langueduc mexeu indolentemente seu corpanzil de jogador de rúgbi de 1,85 metro e procurou concentrar-se.

– Oh... ah... não sei isso, Sr. Rooney.

– É claro que *não* se pode usar essa fórmula! Era *isso* que eu esperava que me respondesse.

– Ah, claro... certamente.
– E sabe por quê?
– É claro... acho que sim.
– Se não sabe, diga. Estou aqui para explicar.
– Bem, Sr. Rooney, se o senhor não se importar, gostaria que explicasse novamente.
– Com muito prazer. Ora, aqui está o A...

A sala constituía um espetáculo de estupidez... Dois imensos cavaletes para se pregar o papel, o Sr. Rooney em mangas de camisa diante deles e, esparramados pelas cadeiras, uma dúzia de rapazes: Fred Sloane, o lançador do time de beisebol, que *tinha* de ser aprovado de qualquer maneira; "Slim" Langueduc, que derrotaria Yale no outono se conseguisse apenas uma modesta metade da nota máxima; McDowell, um alegre segundanista que achava formidável estar ali estudando com um professor particular no meio de todos aqueles atletas notáveis.

– Esses pobres coitados que não têm um níquel para pagar um professor particular me causam pena – disse ele, certo dia, a Amory, com um ar de displicente camaradagem, um cigarro pendendo de seus lábios pálidos. – Quanto a mim, isso me pareceria "chatíssimo", pois há muitas outras coisas para se fazer em Nova York durante o ano. Mas, seja como for, não creio que eles saibam o que estão perdendo.

Havia um tal ar de intimidade em McDowell que ao ouvir tal coisa Amory quase o empurrou pela janela aberta... Em fevereiro, a mãe dele se perguntaria por que ele não havia formado um clube e aumentaria sua mesada... o maluquinho...

De repente, através da fumaça e do ar de profunda e solene concentração que enchiam a sala, surgiu a inevitável exclamação de desânimo:

– Não entendo nada! Pode repetir, Sr. Rooney?

Quase todos eram tão estúpidos ou indiferentes que não confessavam quando não compreendiam, e Amory pertencia a este último grupo. Parecia-lhe impossível estudar seções cônicas; algo de sua calma e tantalizante respeitabilidade, respirando desafiadoramente pela fétida sala do Sr. Rooney, deformava suas equações, convertendo-as em anagramas insolúveis. Uma noite, fez um último esforço, com a ajuda da proverbial toalha molhada, e, depois, venturosamente, prestou exame, perguntando a si mesmo, com tristeza, por que todo o colorido e toda a ambição da primavera anterior haviam se dissipado. De certo modo, com a deserção de Isabelle, a ideia de êxito que alimentara como calouro afrouxou as garras em torno de sua imaginação, e ele encarou com equanimidade um possível fracasso no exame, embora isso significasse, arbitrariamente, seu afastamento do quadro de redatores do *Princetonian* e o malogro de suas possibilidades de candidato ao Conselho dos Veteranos.

Contudo, podia contar sempre com sua boa estrela.

Bocejou, garatujou seu juramento de honra no verso e saiu saltitante da sala.

– Se você não passar de ano – disse-lhe o recém-chegado Alec quando se sentaram junto à janela do quarto de Amory refletindo sobre um plano de decoração interior –, vai ficar na pior situação do mundo. O seu prestígio no clube e no *campus* vai descer como um elevador.

– Eu sei, inferno! Por que esfregar isso no meu nariz?

– Porque você merece. Qualquer um que arriscasse o que você arriscou *deveria ser* inelegível para presidente do *Princetonian*.

– Vamos mudar de assunto – protestou Amory. – Cale-se, espere e você verá. Não quero todo mundo no clube me fazendo perguntas a respeito como se eu fosse uma batata que estivesse sendo cultivada para um concurso de produtos agrícolas.

Certa noite, decorrida uma semana, Amory parou debaixo de sua própria janela, a caminho de Renwick's, e, vendo uma luz acesa, chamou:

– Tom, alguma carta para mim?

A cabeça de Alec apareceu no retângulo de luz amarela.

– Sim, chegou o resultado.

O coração de Amory pôs-se a bater com força.

– Como é? Azul ou cor-de-rosa?

– Não sei. É melhor você subir.

Entrou no quarto, dirigindo-se diretamente para a mesa, mas subitamente notou que havia outras pessoas presentes.

– Olá, Kerry! – saudou, muito cortês. – Ah, rapazes de Princeton!

Quase todos pareciam ser amigos, de modo que ele apanhou o envelope no qual se lia "Escritório de Registro" e o examinou nervosamente.

– Temos aqui um bocado de papel.

– Abra-o, Amory.

– Apenas para ser dramático, quero que saibam que, se for azul, o meu nome será retirado do quadro de redatores do *Princetonian* e a minha carreira estará terminada.

Fez uma pausa e viu, então, pela primeira vez, os olhos de Ferrenby, com uma expressão faminta, observando-o com avidez. Amory, por sua vez, também o olhou de maneira significativa.

– Observem o meu rosto, cavalheiros, para ver se descobrem emoções primitivas.

Rasgou o envelope e ergueu o papel em direção à luz.

– E então?

– Azul ou cor-de-rosa?

– Diga-nos de que cor é.

– Estamos esperando, Amory.

– Sorria ou fale um palavrão... ou faça alguma coisa.

Houve uma pausa... Passaram-se alguns segundos... Tornou a olhar, e outros segundos se passaram.

– Azul como o céu, meus senhores...

Consequências

O que Amory fez aquele ano, desde o começo de setembro até o fim da primavera, foi tão sem propósito e inconsequente que mal vale a pena recordar. Lamentou imediatamente, claro, o que havia perdido. Sua filosofia do êxito desmoronara sobre ele, e procurou descobrir as razões daquilo.

– Você deve isso à sua própria preguiça – disse-lhe mais tarde Alec.

– Não... Trata-se de algo mais profundo do que isso. Eu já começava a sentir que iria perder essa oportunidade.

– Eles estão furiosos com você lá no clube; cada um que não passa de ano torna o nosso grupo mais fraco.

– Detesto esse ponto de vista.

– Claro que com um pouco de esforço você poderia voltar.

– Não... Estou farto... no que se refere a ser um figurão aqui na faculdade.

– Mas, Amory, o que me enfurece mais não é o fato de você não se tornar presidente do *Prince* e do Conselho dos Veteranos, mas sim não ter sido aprovado nesse exame.

– A mim, não – respondeu lentamente Amory. – Estou furioso com o que aconteceu de concreto. A minha ociosidade estava de acordo com o meu sistema de vida, mas a minha sorte fracassou.

– O seu sistema fracassou, é o que você quer dizer.

– Talvez.

– Bem, o que você vai fazer? Arranjar um sistema melhor ou vagabundear por aí durante mais dois anos, como uma sombra?

– Ainda não sei...

– Amory, anime-se!

– Talvez.

O ponto de vista de Amory, embora perigoso, não estava longe de ser verdadeiro. Se suas reações ao meio pudessem ser arrumadas em uma tabela, ela seria mais ou menos assim, a partir dos primeiros anos:

1. O Amory fundamental.
2. Amory mais Beatrice.
3. Amory mais Beatrice mais Minneapolis.

Depois, St. Regis o fez em pedaços e tornou a montá-lo.

4. Amory mais St. Regis.
5. Amory mais St. Regis mais Princeton.

O que fora o ponto em que mais se aproximara do êxito, mediante conformismo. O Amory fundamental, preguiçoso, imaginativo, rebelde, acabara quase vencido. Conformara-se, tivera êxito, mas como sua imaginação não se achava nem satisfeita, nem dominada pelo seu próprio sucesso, ele descuidadamente – e de modo um tanto acidental – deitara tudo a perder e tornara-se de novo:

6. O Amory fundamental.

Aspecto financeiro

O pai morreu de modo tranquilo e discreto no Dia de Ação de Graças. A incongruência da morte, quer diante da beleza de Lake Geneve, quer diante da atitude digna e reticente da mãe, distraiu-o de suas preocupações, e ele encarou o funeral com divertida tolerância. Achou que o sepultamento era, afinal de contas, preferível à cremação, e sorriu ao lembrar-se de sua escolha quando menino: a lenta decomposição no topo de uma árvore. No dia seguinte ao enterro, entreteve-se na grande biblioteca, afundando-se no sofá com educadas atitudes fúnebres e procurando determinar se, quando chegasse o seu dia, ele seria encontrado com os braços devotamente cruzados sobre o peito (certa vez o monsenhor Darcy defendera essa postura como a mais distinta), ou com as mãos cruzadas atrás da nuca, numa atitude mais pagã e byroniana.

O que o interessou muito mais do que a partida final do pai das coisas mundanas foi a conversa mantida entre Beatrice, o Sr. Barton, do escritório de advocacia Barton e Krogman, advogados da família, e ele próprio, conversa essa que teve lugar vários dias após o enterro. Pela primeira vez, ficou verdadeiramente a par da situação financeira da família, inteirando-se de que uma fortuna considerável havia passado pelas mãos do pai. Apanhou uma pasta referente a 1906 e examinou-a cuidadosamente. O gasto total nesse ano correspondeu a mais de 110 mil dólares. Desse total, 40 mil dólares referiam-se à renda da própria Beatrice, e não havia tentativa alguma no sentido de discriminar seus gastos: estava tudo anotado sob o título "Retiradas, cheques e cartas de crédito destinadas a Beatrice Blaine". A distribuição dos outros itens era bastante pormenorizada: os impostos e as melhorias na propriedade de Lake Geneva chegavam a quase 9 mil dólares; a manutenção geral, incluindo o automóvel elétrico de Beatrice e ainda um carro francês, comprado naquele ano, passava de 35 mil dólares. O restante estava cuidadosamente anotado e havia invariavelmente itens que deixavam de apresentar balanço favorável do lado direito do livro de registro.

No volume correspondente a 1912, Amory ficou chocado ao verificar a diminuição do número de ações e a queda acentuada da renda. No caso do dinheiro de Beatrice, isso não era tão pronunciado, mas seu pai havia, evidentemente, se dedicado a vários investimentos malsucedidos no campo de petróleo no ano anterior. Muito pouco desse petróleo fora queimado, mas Stephen Blaine havia saído bastante chamuscado. O ano seguinte e o outro e mais outro mostravam decréscimos semelhantes e pela primeira vez Beatrice estava recorrendo a seu próprio dinheiro para a manutenção da casa. Não obstante, a conta de seu médico correspondente ao ano de 1913 chegara a mais de 9 mil dólares.

No que se referia à situação exata de seus negócios, o Sr. Barton mostrava-se bastante vago e confuso. Tinham sido feitos investimentos recentes, cujos resultados no momento ainda eram problemáticos, e ele tinha a impressão de que existiam outras especulações e outros negócios sobre os quais não havia sido consultado.

Só depois de transcorridos vários meses Beatrice escreveu a Amory, expondo-lhe claramente a situação. O montante líquido das fortunas Blaine e O'Hara consistia numa propriedade em Lake Geneva e aproximadamente meio milhão de dólares, aplicados em ações bastante conservadoras, com rendimento de seis por cento. Na verdade, Beatrice escreveu informando que estava aplicando o dinheiro, tão rapidamente quanto lhe era dado transferi-lo de modo conveniente, em títulos de companhias de estradas de ferro e bondes.

Estou inteiramente convencida – escreveu ela a Amory – de que se há uma coisa sobre a qual possamos ter toda a certeza é que as pessoas não permanecerão num único lugar. Esse tal Ford, não há dúvida, aproveitou ao máximo essa ideia. De modo que estou dando instruções ao Sr. Barton para que se especialize em coisas como a Northern Pacific e essas tais Rapid Transit Companies, como eles chamam as companhias de bondes. Jamais me perdoarei por não ter comprado ações da Bethlehem Steel. Ouvi histórias fascinantes a respeito. Você deve entrar para o mundo das finanças, Amory. Tenho certeza de que ficaria encantado. Começa-se como mensageiro ou contador, penso eu, e depois se sobe – quase indefinidamente. Estou certa de que, se fosse homem, gostaria de lidar com dinheiro; isso se converteu em mim numa paixão quase senil. Antes de prosseguir, quero tratar de um assunto. Uma tal Sra. Bispam, criatura extraordinariamente cordial que encontrei outro dia num chá, me disse que o filho dela, que está em Yale, escreveu dizendo que todos os rapazes de lá usam as roupas íntimas de verão durante todo o inverno, e que saem sem chapéu, com a cabeça molhada, e de sapatos abertos mesmo nos dias mais frios. Ora, Amory, não sei se isso também é moda aí em Princeton, mas não quero que você seja assim tão tolo. Isso não só predispõe os jovens à pneumonia e à paralisia infantil, como a todas as formas de doenças pulmonares, às quais você é particularmente predisposto. Você não pode se descuidar da sua saúde, conforme descobri. Não vou me tornar ridícula como certas mães, insistindo com você para que use galochas, embora me lembre de um Natal em que você as usava constantemente, em toda parte, sem prender as fivelas, recusando-se a fazê-lo porque não era elegante. Mas logo no Natal seguinte você não quis usar nem sequer capa de chuva, embora eu lhe suplicasse para que o fizesse. Já tem quase 20 anos, meu querido, e não posso estar constantemente ao seu lado para ver se você está agindo de maneira sensata.

Esta foi uma carta muito prática. Na última que lhe escrevi, disse que a falta de dinheiro para se fazer as coisas que se tem vontade nos torna muito prosaicos e domésticos, mas temos ainda o suficiente para fazer tudo, se não formos demasiado extravagantes. Cuide de você, meu querido menino, e procure escrever pelo menos uma vez por semana, pois quando não recebo notícias suas fico imaginando toda espécie de coisas horríveis.

Afetuosamente,
Sua mãe

Primeira aparição da palavra "personagem"

O monsenhor Darcy convidou Amory para que, por ocasião do Natal, fosse passar uma semana no palácio Stuart, e ambos tiveram grandes conversas em torno da lareira acesa. O monsenhor estava se tornando ligeiramente corpulento, e até mesmo isso contribuía para expandir sua personalidade, de modo que Amory se sentia não só descansado como em segurança ao afundar-se na cadeira baixa, almofadada, acompanhando-o no saudável prazer da meia-idade proporcionado por um charuto.

– Pensei em abandonar a faculdade, monsenhor.

– Por quê?

– Toda a minha carreira se tornou fumaça; o senhor talvez julgue isso insignificante e tudo mais, mas...

– Não julgo que isso seja, de modo algum, insignificante. Acho extremamente importante. Quero que me conte tudo o que aconteceu. Tudo o que você tem feito desde que o vi pela última vez.

Amory falou; enveredou por completo pelos caminhos destruidores de seu egoísmo, e em meia hora sua voz já havia perdido o tom apático.

– Que você faria se largasse a faculdade? – indagou monsenhor.

– Não sei. Gostaria de viajar, mas é claro que essa guerra desagradável não me permitiria. De qualquer modo, mamãe ficaria muito aborrecida se eu não me formasse. Não sei o que fazer. Kerry Holiday quer que eu me aliste com ele na Esquadrilha Lafayette.

– Você bem sabe que não gostaria de fazer isso.

– Às vezes, acho que o faria... Esta noite, por exemplo, eu o faria num segundo.

– Bem, acho que para isso você precisaria estar muito mais cansado da vida do que me parece que está. Eu conheço você.

– Receio que sim – aquiesceu Amory com relutância. – Isso me parece a solução mais fácil para tudo... quando penso em outro ano inútil, cheio de obstáculos.

– Eu sei, mas, para dizer a verdade, não estou preocupado no que se refere a você; você me parece estar progredindo de maneira perfeitamente natural.

– Não – objetou Amory. – Num ano perdi metade da minha personalidade.

– Não perdeu coisa alguma! – respondeu, com ar zombeteiro, monsenhor Darcy. – O que houve foi que você perdeu uma grande parcela de vaidade.

– Santo Deus! De qualquer modo, sinto como se tivesse repetido de novo a quinta série, em St. Regis.

– Não – disse o monsenhor, balançando a cabeça. – Aquilo foi um revés; o que aconteceu agora foi uma boa coisa. O que quer que aconteça, não abandone o caminho que você estava trilhando no ano passado.

– Acaso poderia haver algo menos proveitoso do que a minha atual falta de entusiasmo?

– Talvez a própria coisa em si... Mas você está progredindo. Isso lhe deu tempo para refletir e deixar de lado grande parte de suas velhas ideias em relação ao êxito, ao super-homem e a todas essas coisas. Pessoas como nós não podem adotar teorias completas, como você fez. Se pudermos fazer o que nos compete e dispusermos de uma hora diária para pensar no assunto, podemos realizar maravilhas; quanto ao que diz respeito a qualquer alto plano de domínio absoluto, porém, não faríamos senão papel de tolos.

– Mas, monsenhor, não consigo fazer o que me compete.

– Amory, aqui entre nós, sem que ninguém nos ouça: eu mesmo só agora aprendi a fazê-lo. Posso realizar centenas de coisas que estão além daquilo que me compete, mas acabo pisando em falso e dando uma topada, exatamente como você deu uma topada na matemática esse outono.

– Mas por que devemos fazer o que nos compete? Isso jamais me parece ser o que eu deveria fazer.
– Devemos fazê-lo porque não somos personalidades, mas personagens.
– Essa é boa... O que o senhor quer dizer?
– Uma personalidade é aquilo que você julgava ser, aquilo que os seus amigos Kerry e Sloane, de quem você me falou, evidentemente são. Personalidade é quase exclusivamente uma questão física; diminui as pessoas sobre as quais atua... E eu já a vi desaparecer no decurso de uma longa enfermidade. Mas enquanto uma personalidade se mostra ativa, despreza o que lhe "compete fazer". Ora, um personagem, por outro lado, acumula. Jamais se pensa nele como algo à parte daquilo que ele realizou. É uma barra sobre a qual foram penduradas milhares de coisas... Coisas cintilantes, às vezes, como as nossas. Mas ele usa essas coisas com ponderado comedimento.
– E muitas das coisas cintilantes que eu possuía tinham caído quando precisei delas – ajuntou Amory, continuando avidamente a comparação.
– Sim, exatamente. Quando se sente que todo o nosso prestígio, o nosso talento e tudo mais estão armazenados, não há mais necessidade de se preocupar com quem quer que seja, pois podemos enfrentar os outros sem dificuldades.
– Mas se, por outro lado, eu não dispuser dos meus bens, estarei perdido.
– Exatamente.
– Eis, sem dúvida, uma ideia.
– Ora, você dispõe de um belo começo... um começo de que nem Kerry nem Sloane podem, por natureza, dispor. Você derrubou três ou quatro dos seus enfeites e, numa crise de ressentimento, arrancou de um só golpe todos os demais. O que você tem a fazer, agora, é reunir alguns enfeites novos, e quanto mais longe você olhar tendo em vista esse objetivo, melhor. Mas lembre-se: faça o que lhe compete!

– Como o senhor consegue tornar as coisas claras!

Assim eles conversavam, não raro sobre si próprios, às vezes sobre filosofia e religião – e também sobre a vida, como, respectivamente, um jogo ou um mistério. O sacerdote parecia adivinhar os pensamentos de Amory antes mesmo que surgissem claramente no espírito do jovem, tal era a afinidade existente entre ambos.

– Por que será que costumo fazer listas? – perguntou-lhe, uma noite, Amory. – Listas de toda espécie de coisas?

– Porque você é um medievalista – respondeu-lhe monsenhor Darcy. – Nós dois somos. É a paixão pela classificação, o desejo de encontrar um tipo.

– É o desejo de obter algo definido.

– É o que constitui o núcleo da filosofia escolástica.

– Eu já começava a pensar que estava me tornando excêntrico, então, vim até aqui. Era uma atitude deliberada, acho.

– Não se preocupe com isso. Para você, não ter uma atitude deliberada talvez constituísse a maior atitude deliberada de todas. Tenha uma atitude deliberada...

– Sim?

– Mas faça o que lhe compete.

Depois que Amory voltou para a faculdade, recebeu várias cartas de monsenhor Darcy, as quais alimentavam ainda mais seu egocentrismo.

Receio ter sido demasiado enfático quanto ao que se refere à sua inevitável segurança, mas você deve lembrar-se de que o fiz por acreditar nos seus esforços – e não baseado na tola convicção de que poderá realizar algo sem dar o máximo de si. Há certas particularidades de caráter com as quais você vai ter que contar, embora deva ter cuidado ao confessá-las aos outros. Você é muito pouco sentimental, quase incapaz de afeto, astuto sem ser ardiloso, e vaidoso sem ter orgulho.

Não se deixe levar pela ideia de que você é um inútil; frequentemente, durante a vida, você vai agir da pior maneira quando alimentar a mais alta opinião a respeito de si próprio. E não se preocupe em perder a sua "personalidade", como você insiste em chamá-la. Aos 15 anos você tinha o resplendor de um amanhecer, aos 20, começará a possuir o brilho melancólico do meio-dia, e quando tiver a minha idade, começará a irradiar, como eu, o calor dourado e alegre das quatro da tarde.

Se me escrever cartas, faça o favor de fazer com que elas sejam naturais. A última que me enviou – aquela dissertação sobre arquitetura – era de tal forma medonha... de tal forma "literária", que eu o imagino vivendo num vácuo intelectual e emocional. E tenha o cuidado de não procurar classificar as pessoas de modo demasiado definitivo em tipos; você vai perceber que durante a juventude elas continuarão, de maneira incômoda, a pular de uma classificação para outra, e ao colar desdenhosamente um rótulo em cada uma delas você não estará fazendo outra coisa senão guardar numa caixa um boneco de mola que saltará para fora e zombará de você quando você entrar em contato verdadeiramente antagonístico com o mundo. O exemplo de um homem como Leonardo da Vinci seria uma referência mais útil para você no momento.

Você está destinado a passar por altos e baixos, como ocorreu comigo na minha juventude, mas procure manter o raciocínio claro, e se alguns tolos ou sábios se atreverem a criticá-lo, não se culpe muito por isso.

Diz-me você que só as convenções sociais o mantêm firme no "caso dessa mulher". Mas é mais do que isso, Amory; é o receio de que, uma vez que comece, você não consiga mais parar. Você cometeria desatinos, e eu sei do que estou falando. O que o detém é esse sexto sentido quase miraculoso que o leva a perceber o mal; é o temor de Deus meio pressentido em seu coração.

Qualquer que venha a ser o métier a que você se dedique – religião, arquitetura, literatura –, estou certo de que estaria mais bem ancorado na Igreja, mas não arriscarei minha influência argumentando com você, embora esteja intimamente convencido de que "o negro abismo do romanismo" está escancarado aos seus pés. Escreva-me logo.

Afetuosamente,
Thayer Darcy

Até mesmo as leituras de Amory empalideceram durante esse período. Enveredou ainda mais pelas vias transversais e brumosas da literatura: Huysmans, Walter Pater, Theophile Gauthier, bem como pelos trechos mais picantes de Rabelais, Boccaccio, Petrônio e Suetônio. Numa dessas semanas, movido por simples curiosidade, examinou as bibliotecas particulares de seus colegas, deparando, nos aposentos de Sloane, com livros tão típicos como quaisquer outros: coleções de Kipling, O. Henry, John Fox Jr. e Richard Harding Davis; *What Every Middle-Aged Woman Ought to Know* (O que toda mulher de meia-idade deveria saber), *The Spell of the Yukon* (A sedução do Yukon); um volume, "dado de presente", de James Whitcomb Riley; uma porção de compêndios escolares velhos e anotados, e finalmente, para sua surpresa, uma das suas últimas descobertas: os poemas selecionados de Rupert Brooke.

Juntamente com Tom D'Invilliers, procurou entre os luminares de Princeton alguém em quem pudesse encontrar a Grande Tradição Poética Americana.

O corpo de estudantes do curso colegial aquele ano era muito mais interessante do que fora toda a prosaica Princeton dois anos antes. As coisas animaram-se surpreendentemente, embora à custa de muito do charme espontâneo dos tempos de calouro. Na velha Princeton jamais teriam descoberto Tanaduke Wylie. Tanaduke era um segundanista que possuía tremendas orelhas e uma maneira toda particular de dizer "A Terra gira através das luas pressagas de gerações anteriores!", frase que fazia com que aqueles que a escutavam se perguntassem por que aquilo não soava de modo bastante claro, sem que jamais tivessem dúvida, porém, de que se tratava da enunciação de uma superalma. De modo que, por fim, Tom e Amory o "adotaram". Disseram-lhe, com toda a seriedade, que ele possuía um espírito como o de Shelley e estamparam seus versos ultralivres e sua poesia em prosa nas páginas da *Nassau Literary Magazine*. Mas o gênio de Tanaduke deixou-se absorver pelas muitas seduções da época e, para grande decepção de seus descobridores, ele se entregou à vida boêmia. Agora, em vez de "luas enoveladas de meio-dia", falava em Greenwich Village e encontrava-se com musas de inverno, nada acadêmicas, enclausuradas entre a Rua 42 e a Broadway, em vez dos inocentes sonhos shelleyanos com que havia regalado o expectante apreço de ambos. Então, entregaram Tanaduke aos futuristas, decidindo que ele e suas gravatas extravagantes ficariam melhores assim. Tom deu-lhe finalmente um conselho derradeiro: deveria deixar, durante dois anos, de fazer versos e ler as obras completas de Alexander Pope quatro vezes, mas, ante a insinuação de Amory de que a semelhança existente entre Pope e Tanaduke era a mesma que existia entre pé chato e dor de estômago, afastaram-se rindo e tiraram a sorte com uma moeda para decidir se Tanaduke era um gênio demasiado grande ou demasiado insignificante para eles.

De modo um tanto desdenhoso, Amory evitava os professores populares, que distribuíam todas as noites epigramas fáceis e pequenas doses de Chartreuse a grupos de admiradores. Sentia-se desapontado também com o ar de incerteza acerca de todos os assuntos que parecia estar associado aos temperamentos pedantes; suas opiniões a respeito adquiriram a forma de uma pequena sátira intitulada *Na sala de aula,* que ele persuadiu Tom a estampar no *Nassau Lit.*

Bom dia, Idiota...
Três vezes por semana,
Você nos retém indefesos enquanto fala,
Atormentando nossas almas sequiosas com as
Elegantes "afirmações" de sua filosofia...
Bem, ei-nos aqui, suas cem ovelhas;
Fale, deblatere, exponha... Nós dormimos.
Você é um estudioso, dizem por aí;
Arrancou outro dia
Um plano de estudos que deve ter saído
De algum in-fólio esquecido;
Fuçou o bafio de uma era,
Enchendo de pó nossos narizes,
E, depois, pondo-se de pé,
O divulgou em gigantesco espirro...
Há aqui à minha direita um vizinho,
Um *Asno Ávido,* considerado inteligente;
Fazedor de perguntas... Oh, como ele fica a dizer-lhe,
Com ar grave e mão inquieta,
Após essa hora, que passou desperto a noite toda
Mergulhado em seu livro... Oh, você se mostra modesto
E ele simula precocidade,
E, ambos pedantes, sorriem com afetação,
Olhando de soslaio, e voltam, pressurosos, ao estudo...

Ainda esta semana você me devolveu
Um trabalho meu, e eu fiquei sabendo

(Através de vários comentários
Rabiscados à margem) que desafiei
As *normas mais altas da crítica*,
Em troca de um gracejo *barato* e *descuidado*...
"Está absolutamente certo de que poderia ser assim?"
E
    "Shaw não é autoridade!"
Mas o *Asno Ávido*, no trabalho que fez,
Arrancou de você a nota que quis.

Contudo... contudo ainda o encontro aqui e ali.
Quando representam Shakespeare, lá está você em sua cadeira
E alguma estrela extinta, comida de traças,
Encanta o sabichão que você é...
Surge um radical e escandaliza
O *ateísta ortodoxo*?
Você representa o *Senso Comum*,
Boquiaberto, na plateia.

E, às vezes, até mesmo a capela seduz
Essa sua tolerância consciente,
Essa ampla e radiante visão da verdade
(Incluindo *Kant* e o *General Booth*...)
E, assim, de escândalo em escândalo, você vive
Afirmativa pálida, vazia...

Soou a hora... e, despertando de seu repouso,
Cem jovens abençoados lançam-lhe,
A bater os pés, uma ou duas palavras
Que ressoam pela barulhenta passagem...
Esquecidos, *nesta terra tacanha*,
Do Imenso Bocejo do qual você nasceu.

Em abril, Kerry Holiday deixou a faculdade e partiu para a França, a fim de alistar-se na Esquadrilha Lafayette. A inveja e a admiração de Amory por esse passo foram afogadas por uma experiência por ele vivida à qual jamais conseguiu dar o devido valor, mas cuja lembrança, não obstante, o perseguiu por três anos consecutivos.

O Diabo

À meia-noite deixaram o bar Healy e rumaram de táxi para o Bristolary's. O grupo era formado por Axia Marlowe e Phoebe Column, corista do Summer Garden Show, além de Fred Sloane e Amory. A noite parecia-lhes ainda tão nova que se sentiam ridículos com todo aquele excesso de energia, de modo que irromperam no café como foliões dionisíacos.

– Mesa para quatro no meio do salão! – gritou Phoebe. – Ande, meu querido! Diga-lhes que estamos aqui!

– Diga-lhes que toquem "Admiration"! – bradou Sloane.
– Vocês dois, façam os pedidos; Phoebe e eu vamos sacudir um pouco o esqueleto.

E, dizendo isso, meteram-se no meio da multidão. Axia e Amory, conhecidos de uma hora, seguiram às cotoveladas um garçom até uma mesa situada num ponto estratégico. Uma vez sentados, puseram-se a observar o ambiente.

– Ali está Findle Margotson, de New Haven! – exclamou ela, elevando a voz acima da algazarra. – Olá, Findle! Oba!

– Oh, Axia! – berrou o outro, respondendo à saudação. – Venha sentar-se à nossa mesa!

– Não! – sussurrou Amory.

– Não posso, Findle. Estou acompanhada! Telefone-me amanhã, por volta de uma hora!

Findle, um frequentador desinteressante do café, respondeu incoerentemente e voltou-se para a magnífica loura que ele procurava conduzir pelo salão.

– Eis um idiota de nascença – comentou Amory.
– Ah, ele é um bom rapaz. Olhe, aí vem o nosso garçom. Se você me perguntar, eu quero um daiquiri duplo.
– Que sejam quatro, então.

A multidão redemoinhava, mudava de lugar, modificava-se. Eram quase todos estudantes, aos quais se misturavam aqui e acolá refugos da Broadway, além de mulheres de dois tipos, sendo que as do tipo superior eram representadas por coristas. De modo geral, era uma multidão típica, e aquela reunião, uma reunião como qualquer outra. Cerca de três quartos de tudo aquilo não passavam de uma atitude boêmia e, por conseguinte, inofensiva, terminando na porta do café, a tempo de tomar, às cinco horas, o trem de volta para Yale ou Princeton; cerca de um quarto continuava até as primeiras horas da manhã, reunindo estranhos resíduos de lugares estranhos. A reunião deles pretendia ser do tipo inofensivo. Fred Sloane e Phoebe Column eram velhos amigos; Axia e Amory, amigos recentes. Mas coisas insólitas são preparadas mesmo a altas horas da noite, e o incomum, que não costuma espreitar nos cafés, lugares de coisas prosaicas e inevitáveis, se preparava para estragar para Amory o desvanecente romance da Broadway. O aspecto que assumiu foi tão inexprimivelmente terrível, tão inacreditável, que mais tarde Amory jamais pensaria naquilo como uma experiência; mas foi uma cena de uma tragédia nebulosa, representada muito além do disfarce, e ele sabia que significava algo bastante definido.

Por volta de uma da madrugada transferiram-se para o Maxim's, e às duas já se achavam no Devinière's. Sloane estivera bebendo sem parar e estava num estado de vacilante hilaridade, mas Amory sentia-se enfadonhamente sóbrio; não haviam deparado com nenhum daqueles antigos e corruptos compradores de champanhe que em geral contribuíam para suas festas em Nova York.

Tinham acabado de dançar e dirigiam-se às cadeiras quando Amory percebeu que alguém, de uma mesa próxima, o fitava. Voltou-se e retribuiu casualmente o olhar... Tratava-se de um homem de meia-idade, de terno marrom, que estava sentado sozinho em uma mesa à parte e observava atentamente seu grupo. Diante do olhar de Amory, esboçou um sorriso. Amory voltou-se para Fred, que ia se sentando.

– Quem é aquele idiota pálido que está nos observando? – perguntou, indignado.

– Onde? – gritou Sloane. – Vamos fazer com que o expulsem daqui!

Pôs-se de pé, cambaleante, agarrado à cadeira.

– Onde está ele? – tornou a indagar.

Axia e Phoebe debruçaram-se subitamente sobre a mesa e sussurraram algo entre si; e antes que Amory se desse conta do que estava acontecendo, dirigiram-se ambas para a porta.

– E, agora, para onde?

– Para o apartamento – sugeriu Phoebe. – Temos conhaque e champanhe... e tudo vai correr suavemente esta noite.

Amory refletiu rapidamente. Não tinha bebido muito e achou que se não continuasse a beber poderia, de maneira razoavelmente discreta, portar-se bem durante o resto da noite. Na verdade, talvez aquilo fosse mesmo o que deveria fazer, a fim de não perder Sloane de vista, uma vez que ele não estava em condições de raciocinar por si próprio. De modo que tomou do braço de Axia e, amontoando-se todos intimamente num táxi, rumaram para um alto edifício de apartamentos, de alvenaria branca... Ele jamais esqueceria aquela rua... Era uma rua larga, ladeada de edifícios de pedra igualmente altos, pontilhados de janelas escuras que se estendiam até onde alcançavam os olhos, inundados pela viva claridade do luar, que lhes dava uma palidez de cálcio. Amory imaginou que cada um daqueles edifícios devia ter um elevador, um porteiro negro e um porta-chaves, que em cada um tinha oito andares e que em cada pavimento havia três ou quatro apartamentos. Ficou bastante satisfeito ao entrar na alegre sala de estar de Phoebe e cair no sofá enquanto as jovens tratavam de preparar algo para comer.

– Phoebe é uma grande garota – confidenciou, em voz baixa, Sloane.

– Só vou ficar aqui meia hora – disse Amory com ar grave, perguntando a si mesmo se não estaria agindo de maneira pedante.

– O diabo que vai! – protestou Sloane. – Estamos aqui... e não vamos nos apressar.

– Eu não gosto deste lugar – disse Amory, soturnamente. – E não quero comer nada.

Phoebe reapareceu, trazendo sanduíches, uma garrafa de conhaque, sifão e quatro copos.

– Amory, sirva-nos – disse ela. – Vamos beber à saúde de Fred Sloane, que tem algo de delicado, de rapaz distinto.

– Muito bem – disse Axia, entrando. – E também à saúde de Amory. Gosto de Amory.

Sentou-se ao lado dele e recostou a cabeça loura em seu ombro.

– Eu sirvo – disse Sloane. – Você se encarrega do sifão, Phoebe.

Encheram a bandeja de copos.

– Pronto, lá vai!

Amory hesitou, o copo na mão.

Houve um minuto em que a tentação passou sobre ele como um vento cálido, sua imaginação pegou fogo – e ele arrancou o copo da mão de Phoebe. Mas isso foi tudo, pois justamente no segundo em que tomou uma decisão ergueu os olhos e viu, 10 metros adiante, o homem que estivera no café. Num arrepio de assombro, o copo caiu-lhe da mão erguida. Lá estava o homem, meio sentado, meio reclinado sobre uma pilha de almofadas no divã que ficava num canto. Seu rosto tinha o mesmo tom amarelo que lhe exibia no café; não a cor turva, pastosa de um morto, mas uma espécie de palidez viril; nada doentia, mas como o rosto de um homem vigoroso que houvesse trabalhado numa mina no turno da noite, num clima úmido. Amory observou-o atentamente, e mais tarde teria sido capaz de desenhá-lo, de certo modo, até os mínimos detalhes. Sua boca era dessas que, segundo se costuma dizer, têm uma expressão franca, e seus olhos penetrantes e cinzentos se moviam lentamente ora para esse, ora para aquele componente do grupo, com uma expressão levemente inquiridora. Amory notou suas mãos; não eram, de modo alguma, delicadas, mas revelavam uma agilidade e uma sutil energia; eram mãos nervosas, que pousavam levemente sobre as almofadas e moviam-se sem parar, abrindo-se e fechando-se em pequenas contrações espasmódicas. Foi então que, de repente, Amory percebeu os pés dele, e num súbito afluxo de sangue ao rosto sentiu que estava com medo. Aqueles pés eram completamente insólitos... pés cuja estranheza se sentia mais que percebia... Era como uma fraqueza numa mulher honesta, ou como sangue sobre cetim – uma dessas terríveis incongruências que despertam pequenas sensações no fundo de nosso cérebro. Não usava sapatos, mas uma espécie de meio mocassim, pontudo, como os escarpins que se usavam no século XIV, com as finas pontas dobradas para cima. Eram marrom-escuros e os dedos dos pés pareciam chegar até a extremidade... Indescritivelmente medonhos...

Ele deve ter dito algo, ou revelado algo em sua fisionomia, pois a voz de Axia veio do vazio com estranha suavidade:

– Oh, olhem para Amory! O pobre Amory não está se sentindo bem... A cabeça está rodando?

– Vejam esse homem! – exclamou Amory, indicando o canto do divã.

– O que você está vendo é uma zebra roxa! – exclamou, de forma estridente e zombeteira, Axia. – Oh!... Uma zebra roxa está olhando para Amory!

Sloane riu vagamente:

– A velha zebra vai comer Amory?

Houve um silêncio... O homem fitou Amory com ar zombeteiro... De repente, as vozes humanas chegaram-lhe debilmente aos ouvidos:

– Achei que você não estivesse bebendo – observou sardonicamente Axia, mas sua voz era algo bom de se ouvir.

O divã em que o homem se encontrava parecia vivo; vivo como ondas de calor sobre o asfalto, como vermes se contorcendo...

– Volte, Amory! Venha cá! – disse Axia, tomando-o pelo braço enquanto ele se encaminhava para a porta. – Amory, querido, você não pode ir embora!

– Vamos, Amory, fique conosco!

– Você está indisposto?

– Sente-se um segundo!

– Beba um pouco d'água.

– Tome um gole de conhaque...

O elevador estava perto, e o ascensorista negro, meio adormecido, parecia de um bronze desbotado... A voz suplicante de Axia flutuava através do poço. Aqueles pés... aqueles pés...

Ao chegarem ao térreo, os pés surgiram de novo, à luz enjoativa da lâmpada elétrica do saguão.

No beco

Pela longa rua vinha a lua, Amory voltou as costas para ela e caminhou no sentido oposto. Os passos soavam dez, quinze passos além. Eram como gotas que caíam lentamente, com uma levíssima insistência na queda. A sombra de Amory estendia-se, talvez, alguns metros à sua frente, e os escarpins macios estavam, presumivelmente, bastante para trás. Com o instinto de uma criança, Amory seguia encolhido na sombra azul dos edifícios brancos, ora colocando-se, por um segundo, sob o luar, ora lançando-se em uma corrida lenta, trôpega. Depois, parou subitamente; devia controlar-se, pensou. Passou a língua nos lábios secos.

Se encontrasse alguém bom... Haveria acaso alguma boa alma no mundo, ou todas elas viviam agora em prédios de apartamentos brancos? Será que todos eram perseguidos ao luar? Se encontrasse alguma alma de Deus que entendesse o que ele queria dizer e ouvisse aqueles malditos passos arrastados... De repente, os passos arrastados se aproximaram mais, e uma nuvem negra cobriu a lua. Quando o pálido brilho roçou as cornijas novamente, a sombra estava quase a seu lado, e Amory julgou ouvir uma leve respiração. Percebeu subitamente que os passos não estavam atrás, jamais tinham estado atrás, mas à frente dele. Não estava fugindo, mas seguindo.. seguindo. Pôs-se a correr às cegas, o coração batendo forte, as mãos cerradas. Muito ao longe, surgiu um ponto negro, que se converteu, aos poucos, numa figura humana. Mas àquela altura Amory já estava fora de si; dobrou a esquina e enveredou por um beco estreito, escuro, que cheirava a coisas antigas e podres. Seguiu, encolhido, por uma longa e sinuosa escuridão, onde não penetrava o luar, a não ser minúsculas manchas e vislumbres... De repente, caiu arquejante junto a uma cerca, exausto. Os passos à frente cessaram, e ele podia ouvir um ligeiro mover de pés, num movimento contínuo, como ondas num ancoradouro.

Levou as mãos ao rosto e cobriu, tanto quanto podia, os olhos e os ouvidos. Durante todo esse tempo jamais lhe ocorreu que estivesse delirando, ou bêbado. Tinha uma percepção da realidade que as coisas materiais jamais poderiam ter lhe dado. Seu conteúdo intelectual parecia submeter-se passivamente àquilo, e aquilo se ajustava como uma luva a tudo que já acontecera em sua vida. Não o confundia. Era como um problema cuja resposta ele conhecia no papel, mas cuja solução não conseguia apreender. Estava muito além do terror. Mergulhara em sua tênue superfície e agora movia-se numa região em que os pés e o medo das brancas paredes eram reais, coisas vivas que ele precisava aceitar. Somente no âmago de sua alma um pequeno fogo crepitava e gritava que algo o puxava para baixo, procurando empurrá-lo para dentro de uma porta e fechá-la atrás dele. Depois que aquela porta fosse fechada, haveria apenas o ruído de passos e edifícios brancos ao luar... e talvez ele se convertesse num daqueles passos.

Durante os cinco ou dez minutos que permaneceu à sombra da cerca, havia, de certo modo, aquele fogo... tão perto dele quanto lhe foi possível depois recordar. Lembrava-se de ter gritado:

– Quero uma pessoa estúpida! Oh, envie-me uma criatura estúpida!

Essas palavras eram dirigidas ao muro oposto, em cuja sombra os pés se arrastavam... se arrastavam. Supunha que "estúpido" e "bom" se haviam entrelaçado em associações de ideias anteriores. Ao gritar assim, aquilo não representava de modo algum um ato de vontade... A vontade o afastara do vulto que se movia na rua; era quase o seu instinto que gritava... Apenas as camadas superpostas de uma tradição inerente, ou alguma prece que vinha de longe, através da noite. De repente, algo soou ao longe como um gongo prolongado, e diante de seus olhos surgiu um rosto, num vislumbre, sobre os dois pés... um rosto pálido e distorcido, com uma expressão de infinita maldade que se contorcia como uma chama ao vento, *e ele soube, durante o instante em que o gongo tangeu e zumbiu, que aquele era o rosto de Dick Humbird.*

Decorridos alguns minutos, pôs-se de pé, percebendo vagamente que não existia mais som algum e que estava sozinho no beco, que se tornava pardacento. Fazia frio, e ele saiu correndo em direção à luz que indicava, ao longe, uma rua.

À janela

Era manhã alta quando despertou e deparou com o telefone sobre o criado-mudo do quarto do hotel tocando freneticamente – lembrou-se de que pedira para que o chamassem às onze horas. Sloane roncava alto, as roupas amontoadas junto à cama. Vestiram-se, tomaram o café da manhã em silêncio e depois saíram para tomar um pouco de ar. O cérebro de Amory funcionava com lentidão, enquanto ele procurava assimilar o que ocorrera, separando das imagens caóticas que lhe entulhavam a memória os fragmentos nus e crus da verdade. Se a manhã fosse fria e cinzenta, teria apanhado num instante as rédeas do passado, mas era um daqueles dias de maio com que, às vezes, a gente depara em Nova York, quando o ar na Quinta Avenida é um vinho suave. A Amory pouco importava saber se Sloane se lembrava muito ou pouco do que ocorrera; ao que parecia, não experimentava nada da tensão nervosa que se ia apoderando de Amory, impelindo sua mente de um lado para outro, como uma estridente gangorra.

De repente, a Broadway irrompeu sobre eles e, com sua Babel de ruídos e rostos pintados, um súbito mal-estar invadiu Amory.

– Pelo amor de Deus, vamos voltar! Vamos sair deste... lugar!

Sloane olhou-o, surpreso:

– O que você quer dizer?

– Esta rua é medonha! Vamos! Vamos voltar para a avenida!

– Você quer dizer – indagou fleumaticamente Sloane – que só porque você teve uma espécie de indigestão que fez com que agisse como um maníaco ontem à noite não pretende nunca mais voltar à Broadway?

Simultaneamente, Amory o classificou como pertencente à multidão, e já não lhe parecia o Sloane de humor displicente e personalidade alegre, mas apenas um dos rostos maus que rodopiavam em meio à turva corrente.

– Homem! – gritou ele, tão alto que as pessoas que estavam na esquina se voltaram e os acompanharam com o olhar. – Isto aqui é imundo, e se você não o percebe é porque também é imundo!

– Mas o que eu posso fazer? – disse obstinadamente Sloane. – O que está acontecendo com você? Será que é remorso? Você estaria em belo estado se tivesse ficado conosco.

– Vou embora, Fred – anunciou ele lentamente. Os joelhos tremiam, e sabia que se permanecesse mais um minuto naquela rua cairia ali mesmo onde estava.

– Na hora do almoço estarei no Vanderbilt – acrescentou, seguindo rapidamente e dobrando na Quinta Avenida.

De volta ao hotel, sentiu-se melhor, mas ao entrar na barbearia para uma massagem na cabeça o cheiro do pó de arroz e das loções trouxe-lhe à mente o sorriso insinuante de Axia, e ele se afastou rapidamente. À porta de seu quarto uma súbita escuridão se espalhou em torno dele, como um rio dividido.

Ao voltar a si, percebeu que muitas horas haviam passado. Jogou-se de bruços sobre a cama, ocultando o rosto, tomado de terror mortal de que estivesse enlouquecendo. Queria pessoas, pessoas, alguém são, estúpido e bom. Ficou, não soube quanto tempo, sem se mexer. Podia sentir as veias salientes na fronte, e seu terror colou-se a ele como um emplastro. Percebeu que mais uma vez perdia os sentidos e mergulhava naquela tênue crosta de terror, e que agora só podia distinguir aquele vago crepúsculo do qual ia se afastando. Devia ter adormecido novamente, pois quando tornou a dar por si já havia pagado a conta do hotel e tomava um táxi. Chovia a cântaros.

No trem, a caminho de Princeton, não encontrou conhecido algum, apenas um grupo de exaustos cidadãos de Filadélfia. A presença de uma mulher pintada no corredor fez com que se sentisse novamente nauseado, e passou para outro vagão, procurando concentrar a atenção num artigo de uma revista popular. Mas viu-se a ler repetidamente os mesmos parágrafos, de modo que renunciou à tentativa, recostando a testa febril na vidraça úmida. O vagão, destinado a fumantes, era quente e abafado, saturado principalmente do cheiro de uma multidão estranha. Amory abriu a janela e sentiu um arrepio ao ser envolvido por uma nuvem de neblina. As duas horas de viagem pareceram dois dias, e ele quase gritou de alegria quando as torres de Princeton despontaram ao lado da ferrovia e os amarelos retângulos de luz surgiram, filtrados pela chuva azul.

Tom estava de pé no meio do quarto, procurando pensativamente reacender uma ponta de cigarro. Amory teve a impressão de que o outro ficou um tanto aliviado ao vê-lo.

– Tive um sonho horroroso com você a noite passada – disse, com a voz de taquara rachada, através da fumaça do cigarro. – Tive a impressão de que você estava metido em alguma dificuldade.

– Não me fale disso! – exclamou Amory em tom quase estridente. – Não diga uma palavra; estou cansado e com os nervos em frangalhos.

Tom olhou-o com estranheza, depois afundou-se numa poltrona e abriu o caderno italiano. Amory jogou no chão o paletó e o chapéu, afrouxou o colarinho e apanhou na estante, ao acaso, um romance de Wells. "Wells é sensato", pensou. "Mas se ele não servir, vou ler Rupert Brooke."

Meia hora se passou. Fora, despertou o vento, e Amory teve um sobressalto quando os galhos molhados se moveram e arranharam a vidraça. Tom estava absorto em seu trabalho e, no interior do quarto, apenas o riscar ocasional de um fósforo e o roçar do couro ao moverem-se em suas poltronas rompiam o silêncio. Subitamente, como o ziguezaguear de um relâmpago, operou-se a mudança. Amory ficou hirto, imobilizado em sua poltrona. Tom fitava-o boquiaberto, fixamente.

– Deus nos acuda! – exclamou Amory.

– Oh, Santo Deus! – gritou Tom. – Olhe para trás!

Rápido como um corisco, Amory voltou-se, mas nada viu, a não ser a vidraça escura.

– Já desapareceu – disse Tom após um segundo de mudo terror. – Alguma coisa estava olhando para você.

Tomado de violento tremor, Amory afundou de novo na poltrona.

– Preciso contar-lhe – disse. – Passei por uma experiência medonha. Acho que... acho que vi o diabo... ou coisa que o valha. Como era o rosto que você acaba de ver?.. Mas, não! – ajuntou rapidamente. – Não me diga nada!

E contou a Tom o que acontecera. Era meia-noite quando terminou sua narração – após o que, com todas as luzes acesas, os dois rapazes sonolentos, trêmulos, leram um para o outro trechos do *Novo Maquiavel*, até que a manhã surgiu por trás de Witherspoon Hall, o *Princetonian* foi jogado de encontro à porta, e os pássaros de maio saudaram o sol depois da chuva da noite anterior.

4
Narciso em férias

Durante o período de transição de Princeton, isto é, durante os últimos dois anos que Amory lá passou e durante os quais ele a viu transformar-se, ampliar-se e fazer jus à sua beleza gótica por outros meios que desfiles noturnos, chegaram certos indivíduos que a animaram, fazendo-a atingir toda a sua pletórica profundeza. Alguns eram calouros – calouros impetuosos, como Amory –, outros pertenciam à classe mais abaixo. E foi no começo desse último ano, em torno das mesinhas da Nassau Inn, que eles começaram a manifestar abertamente dúvidas quanto às instituições que Amory e inumeráveis outros antes dele tinham questionado durante tanto tempo em segredo. Primeiro, e em parte por acidente, haviam deparado com certos livros, um tipo definido de romance biográfico que Amory batizou de livros de "pesquisa". No livro de "pesquisa" o herói partia pela vida afora munido das melhores armas e prometendo a si mesmo usá-las como tais armas são habitualmente usadas, a fim de impelir seus possuidores adiante da maneira mais egoísta e cega possível, mas os heróis dos livros de "pesquisa" descobriam que talvez houvesse um emprego ainda mais esplêndido para elas. *None Other Gods, Sinister Street* e *The Research Magnificent* constituíam exemplos desses livros; destes, o último exerceu poderosa influência sobre Burne Holiday, fazendo com que perguntasse a si mesmo, no início do último ano do curso universitário, se não valeria a pena ser um autocrata diplomático em seu clube na avenida Prospect e usufruir das vantagens de um cargo de diretor. Foi positivamente através dos canais da aristocracia que Burne encontrou seu caminho. Por meio de Kerry, Amory o conhecia, de maneira vaga e superficial, mas foi apenas em janeiro do último ano que começou a amizade entre ambos.

– Sabe da última? – indagou Tom numa noite garoenta em que chegou tarde, com aquele ar triunfante que adotava sempre que vinha de uma conversa bem-sucedida.

– Não. Alguém levou bomba nos exames? Ou outro navio naufragou?

– Pior do que isso. Cerca de um terço dos calouros vai abandonar os seus clubes.
– O quê?
– Verdade, no duro!
– Ora essa!
– Espírito de reforma e todas essas coisas. Burne Holiday está por trás disso. Os presidente dos clubes estão realizando uma reunião esta noite a fim de encontrar uma maneira de combater a coisa conjuntamente.
– Bem, e qual é a ideia da coisa?
– De que os clubes são prejudiciais à democracia em Princeton; traçam limites sociais, tomam tempo... Isso que ouvimos, algumas vezes, dos segundanistas decepcionados. Woodrow acha que deviam ser abolidos e tudo mais.
– É sério?
– Totalmente. Acho que vai dar certo.
– Pelo amor de Deus, conte-me mais.
– Bem – começou Tom –, parece que a ideia surgiu, simultaneamente, em várias cabeças. Ainda há pouco estive conversando com Burne, e ele afirma que se trata de um resultado lógico, se uma pessoa inteligente refletir um pouco sobre o sistema social. Realizaram uma reunião, e a questão da abolição dos clubes foi trazida à baila por alguém... Todo mundo agarrou-se à ideia... Era algo que já estava mais ou menos amadurecido no espírito de cada um e precisava apenas de uma faísca para explodir.
– Ótimo! Juro que vai ser extremamente divertido. Como eles estão em Cap and Gown?
– Furiosos, claro! Todos estiveram lá reunidos, argumentando, proferindo imprecações, mostrando-se ora sentimentais, ora brutais. Acontece o mesmo em todos os clubes; dei um giro por todos eles. Acuam um dos radicais num canto e enchem-no de perguntas.

– E como os radicais se portam?

– Ah, moderadamente bem. Burne é um excelente argumentador e é tão evidentemente sincero que não se consegue levar vantagem sobre ele. É tão evidente que sair do clube significa muito mais para ele do que evitar isso significa para nós que eu me senti frívolo enquanto discutíamos. Finalmente, adotei uma posição brilhantemente neutra. Na verdade, acho que Burne pensou durante um momento que tinha me convertido.

– E você diz que quase um terço dos calouros vai renunciar?

– Diga um quarto, se quiser se aproximar mais da verdade.

– Santo Deus! Quando eu julgaria isso possível!

Ouviram uma batida forte na porta e o próprio Burne entrou no quarto.

– Olá, Amory... Olá, Tom.

Amory levantou-se.

– Boa noite, Burne. Não se preocupe se parecer que estou com pressa; preciso dar um pulo até o Renwick's.

– Você provavelmente sabe sobre o que desejo falar com Tom, não se trata de nada particular. Gostaria que você ficasse.

– Ficarei, com muito prazer.

Tornou a sentar-se, e enquanto Burne se empoleirava na mesa e começava a argumentar com Tom, observou aquele revolucionário mais atentamente do que nunca. Testa larga e mandíbulas vigorosas, olhos cinzentos, belos e honestos como os de Kerry, Burne era um indivíduo que dava logo a impressão de força e segurança; teimoso, isso era evidente, mas sua obstinação nada tinha de indiferente, e após ter falado por cinco minutos Amory se convenceu de que seu entusiasmo era sincero, sem diletantismo.

A viva energia que Amory mais tarde sentiu em Burne Holiday diferia da admiração que alimentara por Humbird. Dessa vez a coisa começou como um interesse puramente mental. Os outros homens que ele a princípio considerara de primeira classe o haviam atraído, antes de mais nada, por suas personalidades; em Burne, porém, deixara de observar aquele magnetismo imediato a que ele, em geral, jurava lealdade. Naquela noite, porém, Amory ficou impressionado com a intensa convicção de Burne, qualidade que estava acostumado a associar apenas a uma tremenda estupidez, e com o grande entusiasmo que tocou algumas fibras mortas de seu coração. Burne representava vagamente uma terra em direção à qual Amory esperava estar se dirigindo... e já era tempo de essa terra surgir no horizonte. Tom, Amory e Alec haviam chegado a um impasse; não pareciam jamais ter qualquer nova experiência em comum, pois Tom e Alec haviam se entregado cegamente a seus comitês e conselhos, enquanto Amory vivia mergulhado em sua ociosidade, e os assuntos que tinham para discutir – vida universitária, personalidades contemporâneas e coisas afins – já haviam sido talhados e retalhados durante um sem-número de refeições frugais.

Dessa vez falaram dos clubes até meia-noite e, de modo geral, concordaram com Burne. Para os dois companheiros de quarto, aquilo não parecia uma questão tão vital quanto lhes parecera dois anos antes, mas a lógica das objeções de Burne ao sistema social diferia tão completamente de tudo que eles tinham pensado que mais interpelaram que arguiram seu interlocutor, invejando a sanidade mental que lhe permitia colocar-se daquela maneira contra todas as tradições.

Amory enveredou, então, por outro caminho e verificou que Burne era profundo também em outras coisas. A economia o interessara, e estava se tornando socialista. O pacifismo assomava no fundo de sua mente, e ele lia fielmente o *Masses* e Leon Tolstoi.

– E o que me diz da religião? – perguntou-lhe Amory.

– Não sei. Sinto-me confuso a respeito de uma porção de coisas... Acabo de descobrir que possuo um espírito e estou começando a ler.

– A ler o quê?

– Tudo. Tenho, claro, que selecionar e escolher as minhas leituras, mas, na maior parte das vezes, o que me faça pensar. Estou lendo agora os quatro Evangelhos e *Varieties of Religious Experience*.*

– E o que foi que mais o impressionou?

– Wells, acho eu. E Tolstoi... E um sujeito chamado Edward Carpenter. Venho lendo há mais de um ano... apenas sobre certos assuntos. Aqueles que me parecem essenciais.

– E poesia?

– Bem, francamente, não aquilo que vocês chamam poesia, ou levado pelas mesmas razões que vocês. Vocês dois escrevem e, é claro, encaram as coisas de modo diferente. Whitman é o homem que me atrai.

– Whitman?

– Exatamente. Ele constitui uma força ética definitiva.

– Bem, envergonha-me dizer que nada sei a respeito de Whitman. E você, o que me diz, Tom?

Tom concordou humildemente.

– É possível, claro – prosseguiu Burne – deparar com alguns poemas enfadonhos, mas eu me refiro ao conjunto de sua obra. Ele é tremendo... como Tolstoi. Ambos encaram as coisas de frente e, embora sejam diferentes, defendem, de certo modo, as mesmas coisas.

– Você me deixou desnorteado, Burne – admitiu Amory. – Li *Ana Karenina* e *A sonata a Kreutzer*, é claro, mas, no que me diz respeito, acho que o melhor de Tolstoi se encontra no original russo.

– É o maior homem dos últimos séculos! – exclamou, entusiasticamente, Burne. – Você já viu uma fotografia da sua velha e hirsuta cabeça?

---

*Famosa obra de William James. (*N. do T.*)

Conversaram até as três da madrugada, passando da biologia para a religião organizada, e quando Amory se meteu na cama, tiritando de frio, tinha o cérebro alvoroçado de ideias e uma sensação de espanto ao pensar que alguém descobrira o caminho que ele poderia ter trilhado. Burne Holiday estava, era evidente, se desenvolvendo intelectualmente... e Amory julgara que estava fazendo o mesmo! Ele havia mergulhado num profundo cinismo em relação a tudo com que deparava em seu caminho, convencido da imperfeição do homem; entrementes, lia Shaw e Chesterton o suficiente para afastar sua mente da beira da decadência... E agora, subitamente, parecia-lhe que todo o seu processo mental do último ano e meio era algo antiquado e inútil... uma meta insignificante em si mesma... e, como um sombrio segundo plano, havia o incidente da primavera anterior, que enchia suas noites de um tremendo terror e o impedia de rezar. Ele nem sequer era católico. Não obstante, aquela era a única sombra de um código que ele possuía, o pomposo, ritualístico e paradoxal catolicismo cujo profeta era Chesterton, cujos *claqueurs* eram devassos aposentados da literatura como Huysmans e Bourget, cujo patrocinador americano era Ralph Adams Cram, com seu entusiasmo pelas catedrais do século XIII – um catolicismo que Amory achava conveniente e lugar-comum, sem sacerdotes, sacramentos ou sacrifícios.

Não conseguia dormir, de modo que acendeu sua lâmpada de leitura e, apanhando *A sonata a Kreutzer*, pôs-se a procurar com cuidado os germes do entusiasmo de Burne. Ser Burne tornou-se, de repente, algo muito mais real do que ser inteligente. Não obstante, suspirou: talvez ali estivesse apenas outro ídolo de pés de barro.

Recordou os últimos dois anos; pensou em Burne como um calouro apressado, nervoso, inteiramente submerso na personalidade do irmão. Depois, lembrou-se de um incidente ocorrido no segundo ano, no qual se desconfiava que Burne tivesse desempenhado o papel principal.

Certo dia, um grande grupo de alunos ouviu uma discussão entre o reitor Hollister e o motorista de táxi que o trouxera da estação. Durante a altercação, o reitor observara que, com aquela quantia, ele "bem poderia comprar o táxi". Pagou e entrou, mas na manhã seguinte, ao chegar a seu escritório, encontrou o próprio táxi no lugar habitualmente ocupado por sua mesa de trabalho, com um cartaz no qual se lia: "Propriedade do reitor Hollister. Comprado e pago." Dois mecânicos hábeis levaram meio dia para desmontar o automóvel em suas mínimas partes e retirá-lo dali, o que bastava para provar a rara energia do humor dos segundanistas quando eficientemente dirigidos.

Depois, novamente naquele outono, Burne causou sensação. Uma tal Phyllis Styles, frequentadora de bailes intercolegiais, não recebera seu convite anual para o jogo Harvard-Princeton.

Jesse Ferrenby a levara poucas semanas antes a um jogo menos importante, forçando Burne a envolver-se no assunto... para ruína da misoginia deste último.

– Você vem ao jogo com Harvard? – perguntou-lhe indiscretamente Burne, apenas para iniciar conversa.

– Se você me convidar – apressou-se a responder Phyllis.

– É claro que a convido – respondeu Burne com a voz débil.

Ele não era versado nas artes de Phyllis, e julgou que se tratasse apenas de uma brincadeira sem graça. Mas, antes que transcorresse uma hora, percebeu que estava de fato comprometido. Phyllis obrigou-o a cumprir a promessa, informando-o acerca do trem no qual deveria chegar – o que o deprimiu sobremaneira. Além de detestar Phyllis, desejava faltar àquele jogo a fim de recepcionar alguns amigos de Harvard.

– Ela vai ver! – informou ele a uma delegação de alunos que chegou a seu quarto com o intuito de zombar dele. – Esse será o último jogo ao qual ela vai persuadir um inocente a levá-la!

– Mas, Burne, por que você a *convidou* se não queria a companhia dela?

– Burne, você *sabe* que na verdade está loucamente apaixonado por ela... Eis a *verdadeira* complicação.

– O que você pode fazer, Burne? O que *você* pode fazer diante da Phyllis?

Burne, apenas abanou a cabeça e murmurou ameaças que consistiam principalmente em uma única frase:

– Ela vai ver, ela vai ver!

A alegre Phyllis desceu alegremente do trem, exibindo seus 25 verões, mas na plataforma deparou com uma visão medonha. Lá estavam Burne e Fred Sloane vestidos, até os mínimos detalhes, como figuras melodramáticas de universidade. Tinham comprado vistosos trajes com enormes calças em forma de funil e ombreiras gigantescas. Traziam na cabeça divertidos chapéus da universidade, de aba erguida na frente e ostentando vibrantes fitas pretas e laranja, enquanto de seus colarinhos de celuloide surgiam flamejantes gravatas alaranjadas. Traziam no braço faixas negras com um "P" cor de laranja, e bengalas, nas extremidades das quais ondulavam ao vento flâmulas de Princeton, tudo isso completado por meias e lenços das mesmas cores. Preso a uma corrente ruidosa, arrastavam um grande e enfurecido gato, pintado de modo a representar um tigre.

Uma boa metade da multidão que se encontrava na estação já tinha os olhos voltados para eles, dividida entre um sentimento de horrorizada piedade pelo animal e estrondosa hilaridade, e quando Phyllis, o delicado queixo um tanto caído diante daquele insólito espetáculo, se aproximou, os dois fizeram uma reverência e gritaram em alto e bom som vivas universitários, acrescentando no final o nome "Phyllis". Ela foi ruidosamente saudada e escoltada com entusiasmo pelo *campus*, seguida de meia centena de garotos da cidade, isso tudo em meio aos risos abafados de centenas de alunos e visitantes, metade dos quais não fazia a mínima ideia de que se tratava de um gracejo, julgando apenas que Burne e Fred eram dois universitários divertidos que procuravam proporcionar à jovem uma recepção calorosa.

Pode-se bem imaginar o que Phyllis sentia ao desfilar diante das arquibancadas de Harvard e Princeton, onde estavam dezenas de seus ex-namorados. Procurava caminhar um pouco à frente, caminhar um pouco atrás, mas eles permaneciam perto dela para que não houvesse dúvida de com quem ela estava, falando alto com seus amigos da equipe de rúgbi, até chegar a um ponto em que ela quase podia ouvir seus conhecidos sussurrarem entre si:

– Phyllis Styles deve estar numa *situação terrível* para vir à festa em companhia *desses dois*.

Tudo isso se devia a Burne, dinamicamente jocoso, fundamentalmente sério. Dessa raiz florescera a energia que ele agora procurava orientar...

Assim passaram as semanas, chegou março, e os pés de barro que Amory esperava descobrir não apareceram. Cerca de uma centena de novatos e veteranos pediu demissão de seus clubes numa fúria final de probidade, e os clubes, em seu desamparo, voltaram contra Burne sua melhor arma: o ridículo. Todos que o conheciam gostavam dele, mas o que ele defendia (e começou a defender cada vez mais) caiu sob as vergastadas de muitas línguas, a tal ponto que um homem mais frágil do que ele teria sido esmagado diante de tão grande oposição.

– Você não se importa de perder prestígio? – perguntou-lhe, certa noite, Amory.

Costumavam agora visitar-se várias vezes por semana.

– Claro que não. O que é o prestígio, afinal de contas?

– Algumas pessoas dizem que você não passa de um político um tanto original.

Burne contorceu-se de tanto rir.

— Foi o que Fred Sloane me disse outro dia. Acho que vou ter complicações.

Certa tarde mergulharam num assunto que vinha interessando Amory havia muito: a questão dos atributos físicos na formação de um homem. Burne, que penetrara na biologia do assunto, disse:

— É claro que a saúde conta: um homem saudável tem duas vezes mais chance de ser bom.

— Não concordo com você... Não acredito em "cristianismo muscular".

— Eu acredito. Acredito que Cristo era dotado de grande vigor físico.

— Ah, não! — protestou Amory. — Ele trabalhou demais para que pudesse ser fisicamente vigoroso. Imagino que, quando morreu, era um homem bastante alquebrado... E os grandes santos também não eram fortes.

— A metade deles era.

— Bem, mesmo concordando com isso, não acho que a saúde tenha algo a ver com a bondade; claro que é útil para um grande santo poder suportar grandes esforços, mas essa moda dos pregadores populares de andar por aí simulando virilidade e apregoando que os exercícios calistênicos vão salvar o mundo... Ah, não, Burne, não caio nessa!

— Bem, vamos deixar isso de lado, já que não vai nos levar a conclusão alguma; além disso, ainda não me decidi claramente a respeito. Mas eis algo que *eu sei*: a aparência pessoal contribui muito para isso.

— A cor da pele? — indagou vivamente Amory.

— Exatamente.

— Foi o que o Tom e eu imaginamos — concordou Amory. — Apanhamos os álbuns de fotografias dos últimos dez anos e examinamos os retratos dos membros do conselho dos veteranos. Sei que você não tem em grande conta essa augusta assembleia, mas, de modo geral, ela representa o êxito aqui na universidade. Bem, acho que apenas cerca de 35 por cento de cada classe é constituído de louros, de gente de tez realmente clara... Mas *dois terços* dos representantes de cada classe são constituídos de gente de tez clara. Examinamos fotografias correspondentes a dez anos, veja bem. Isso significa que, dentre cada *quinze* sujeitos louros do último ano, *um* pertence ao conselho dos veteranos, sendo que entre os de cabelos escuros a proporção é de apenas *um* em *cinquenta*.

– É verdade – concordou Burne. – O tipo louro é um tipo superior, de modo geral. Certa vez, fiz o mesmo com os presidentes dos Estados Unidos, e constatei que mais da metade deles era constituída de homens louros... Mas pense no número predominante de morenas em nossa raça.

– Inconscientemente, as pessoas admitem esse fato – disse Amory. – A gente nota que *se espera* que uma pessoa loura fale. Se uma garota loura não fala, dizemos que é uma "boneca"; se um sujeito louro permanece calado, dizemos que é estúpido. Não obstante, o mundo está cheio de "homens morenos silenciosos" e de "langorosas morenas" que não têm miolos, mas que, por alguma razão, jamais são acusados de escassez de inteligência.

– Boca grande, queixo largo e nariz mais ou menos grande são, indubitavelmente, sinais de um rosto superior.

– Não estou muito certo disso.

Amory era inteiramente a favor dos traços clássicos.

– Ah, é claro que sim. Eu vou lhe mostrar.

E Burne tirou da gaveta de sua mesa uma coleção de fotografias de celebridades barbudas, hirsutas: Tolstoi, Whitman, Carpenter e outros.

– Não são maravilhosos?

Amory procurou delicadamente apreciá-los, mas desistiu, rindo:

– Burne, acho que eles constituem o grupo de pessoas mais feias com que já deparei. Isso parece um álbum de fotografias de um asilo de velhos.

– Oh, Amory! Olhe a testa de Emerson; veja os olhos de Tolstoi.

Seu tom era cheio de censura.

Amory balançou a cabeça.

– Não! Pode chamá-los de homens de aspecto extraordinário se quiser, mas que são feios, são.

Imperturbável, Burne passou amorosamente a mão pela ampla testa e após empilhar as fotografias tornou a guardá-las.

Passear a pé, à noite, era uma de suas distrações prediletas, e certa noite persuadiu Amory a acompanhá-lo.

– Detesto a escuridão – objetou Amory. – Eu nunca saía à noite... a não ser quando me sentia particularmente imaginativo, mas agora saio para passear de vez em quando, como um idiota.

– Isso nada adianta.

– É possível.

– Vamos seguir para o leste – sugeriu Burne. – Por aqueles caminhos que atravessam os bosques.

– Isso não me parece muito atraente – admitiu relutantemente Amory –, mas, de qualquer modo, vamos.

Partiram num bom passo e durante uma hora mergulharam em viva discussão, até que as luzes de Princeton se converteram, atrás deles, em pontos vivos e luminosos.

– Qualquer pessoa de imaginação está sujeita a ter medo – disse com vivacidade Burne. – E este passeio noturno é uma das coisas que eu temia. Vou dizer-lhe por que razão posso agora andar por toda parte sem sentir medo.

– Diga – insistiu com avidez Amory.

Aproximavam-se, agora, dos bosques, e a voz nervosa e entusiástica de Burne se animou ao abordar o assunto.

– Eu costumava vir aqui sozinho à noite... Já faz uns três meses, e sempre me detinha junto àquela encruzilhada pela qual passamos. À minha frente erguiam-se os bosques, como neste momento; cães uivavam, havia sombras e não se via vivalma. Eu, naturalmente, povoava a floresta de coisas fantasmagóricas, justamente como você está fazendo agora, não está?

– Estou – admitiu Amory.

– Bem, pus-me a analisar a coisa... A minha imaginação insistia em encher de horrores a escuridão... de modo que eu colocava a minha imaginação na escuridão e deixava que ela me olhasse... Deixava que ela fizesse o papel de um cão sem dono, de um prisioneiro fugitivo ou de um fantasma, e via a mim mesmo me aproximando pela estrada. Isso resolvia tudo... como sempre resolve tudo projetar-se completamente no lugar de outro. Sabia que se eu fosse o cão, o fugitivo ou o fantasma, jamais seria uma ameaça a Burne Holiday, assim como ele tampouco constituiria uma ameaça para mim. Depois pensei no meu relógio. Eu teria preferido voltar, deixá-lo e depois ir até os bosques. Não; decidi que de modo geral seria melhor perder um relógio do que voltar... E entrei nos bosques. Segui não apenas o caminho através deles, mas também me embrenhei neles até perder completamente o medo... Uma noite cheguei mesmo a adormecer, e vi que não tinha mais medo da escuridão.

– Santo Deus! – respirou Amory. – Eu não seria capaz de fazer isso. Teria chegado até a metade do caminho e depois, na primeira vez que passasse um automóvel e as trevas se tornassem mais densas quando suas luzes desaparecessem, eu sairia da mata.

– Bem – disse Burne subitamente, após um momento de silêncio, quando estavam na metade do caminho –, vamos voltar.

Na volta, iniciaram uma discussão acerca da vontade.

– É a única coisa – afirmou ele –, a única linha divisória entre o bem e o mal. Jamais encontrei um homem que levasse uma vida miserável e que não tivesse vontade fraca.

– E os grandes criminosos?
– São em geral loucos. Caso contrário, são fracos. Não existe criminoso forte e são.
– Burne, discordo inteiramente. O que me diz do super-homem?
– E o que tem?
– O super-homem é mau, acho eu, mas não é estúpido nem louco.
– Jamais encontrei um super-homem, mas aposto que é idiota ou louco.
– Eu já encontrei muitos... e eles não são nada disso. Por isso é que acho que você está errado.
– Tenho certeza de que não estou... E é por isso que não acredito em prisão, a não ser para os loucos.

Com isso Amory não podia concordar. Parecia-lhe que a vida e a história estavam cheias de exemplos de criminosos vigorosos, ardentes, mas que não raro iludiam a si mesmos; na política e nos negócios, encontrava-os entre antigos estadistas, reis, generais. Contudo, Burne não concordava, e o curso de suas argumentações começou nessa altura a divergir.

Burne afastava-se cada vez mais do mundo que o cercava. Renunciou à vice-presidência da classe dos veteranos e entregou-se quase exclusivamente a suas leituras e seus passeios. Comparecia voluntariamente a preleções de filosofia e biologia e fitava todos os colegas com uma expressão um tanto patética, como se aguardasse algo que o professor jamais abordaria. Às vezes, Amory via-o contorcer-se nervosamente em seu lugar, então, seu rosto se iluminava. Era quando estava ansioso por debater determinado ponto.

Tornava-se cada vez mais distraído na rua, chegando mesmo a ser acusado de esnobismo, mas Amory sabia que não se tratava disso – e certa vez, quando Burne passou a dois passos dele, absolutamente alheio, o espírito a mil milhas de distância,

Amory quase perdeu o fôlego diante da alegria romântica de observá-lo. Burne pareceu-lhe estar galgando alturas que outros jamais seriam capazes de alcançar.

– É como eu lhe digo – desse Amory a Tom. – Ele é o primeiro contemporâneo com que deparei que considero, confesso, superior a mim em capacidade intelectual.

– É um mau momento para admitir isso... O pessoal já está começando a dizer que ele é esquisito.

– Ele está muito acima de todos eles... Você sabe que pensa assim quando conversa com ele... Santo Deus, Tom! Você *costumava* ficar contra certas pessoas. O sucesso transformou-o num sujeito inteiramente convencional!

Tom mostrou-se um tanto irritado:

– O que ele está tentando fazer? Ser excessivamente virtuoso?

– Não! Não como as pessoas que você conhece... Jamais entrou para a Philadelphian Society. Ele não acredita naquela imundície. Não acredita que piscinas públicas e uma palavra amável, proferida a tempo, possam corrigir os males do mundo. Além disso, ele toma um drinque sempre que tem vontade.

– Com certeza, ele está saindo do eixo.

– Tem conversado com ele ultimamente?

– Não.

– Então não pode ter a menor ideia a respeito dele.

A discussão não levou a coisa alguma, mas Amory notou que mais do que nunca os sentimentos em relação a Burne se haviam modificado no *campus*.

– É estranho – disse Amory a Tom, certa noite, numa ocasião em que se mostravam mais cordiais em relação ao assunto – que as pessoas violentamente contrárias ao radicalismo de Burne pertençam distintamente à classe dos fariseus... quero dizer, que sejam as mais bem-educadas da universidade, colaboradores de jornais, como você e Ferrenby, os professores mais jovens... Os atletas analfabetos como Langueduc acham que ele está ficando excêntrico, mas dizem apenas: "O bom e pobre Burne tem algumas ideias esquisitas na cabeça", e seguem adiante. Mas o grupo dos fariseus, caramba!, procura ridicularizá-lo impiedosamente.

Na manhã seguinte, Amory encontrou Burne, que seguia apressadamente, após uma sabatina oral, pela rua McCosh.

– Para onde está indo, czar?

– Para a redação do *Princetonian*, ver Ferrenby – respondeu Burne, agitando no ar um exemplar da edição matinal.
– Ele escreveu este editorial.

– Vai esfolá-lo vivo?

– Não, mas ele me deixou desorientado. Ou eu o julguei mal, ou ele se tornou dos piores radicais do mundo.

Burne afastou-se apressado, e só vários dias depois Amory teve conhecimento da conversa que se seguiu. Burne entrara na sala do redator-chefe exibindo alegremente o jornal.

– Olá, Jesse!

– Olá, Savonarola!

– Acabo de ler o seu editorial.

– Bom rapaz! Não sabia que você descia tão baixo.

– Jesse, você me surpreendeu.

– Como assim?

– Não tem medo de que a faculdade se volte contra você se continuar a publicar coisas assim tão irreligiosas?

– Como?

– Como o artigo desta manhã.

– O que diabos você quer dizer? O editorial se refere ao sistema de estudos.

– Sim, mas aquela citação...

Jesse empertigou-se:

– Que citação?

– Você sabe: "Quem não está comigo está contra mim."

– Bem... e o que tem isso?

Jesse estava intrigado, mas não alarmado.

– Bem, você diz aqui... deixe-me ver... – Burne abriu o jornal e leu: – "*Quem não está comigo está contra mim*, como disse aquele cavalheiro notoriamente capaz apenas de distinções grosseiras e generalidades pueris."

– E o que tem isso? – indagou Ferrenby, que começava a alarmar-se. – Oliver Cromwell disse isso, não disse? Ou foi Washington... ou um dos santos? Santo Deus, esqueci!

Burne caiu na gargalhada.

– Oh, Jesse! Meu bom e amável Jesse!

– Quem disse isso, pelo amor de Deus?

– Bem – respondeu Burne, recobrando a voz. – São Mateus atribui isso a Cristo.

– Santo Deus! – exclamou Jesse, recuando e tropeçando na cesta de papéis.

Amory escreve um poema

Passaram-se duas semanas. De vez em quando, Amory dava um pulo até Nova York, na esperança de encontrar um ônibus verde e cintilante, de que sua fascinação açucarada influísse em sua disposição de espírito. Certa feita, aventurou-se a assistir ao espetáculo de um grupo teatral que estava representando uma peça cujo título lhe era ligeiramente familiar. Ergueu-se a cortina, e ele ficou olhando, indiferente, a entrada de uma jovem em cena. Umas poucas frases soaram em seus ouvidos e tocaram uma leve corda em sua memória. Onde havia...? Quando...?

De repente, pareceu-lhe ouvir uma voz sussurrando a seu lado, uma voz muito suave, vibrante: "Ah, não passo de um pobre tolo; *por favor*, diga-me quando eu estiver agindo mal."

A solução surgiu-lhe num piscar de olhos – e assaltou-lhe rápida e alegre a lembrança de Isabelle.

Descobriu um espaço em branco em seu programa e pôs-se a garatujar rapidamente:

Aqui, na simbólica escuridão, observo, uma vez mais,
Lá, além da cortina, desenrolam-se os anos.
Dois anos passam... Houve, em nossas vidas, um dia
Indolente, em que os finais felizes não perturbavam
Nossas almas tranquilas. Eu podia adorar
Seu rosto ávido, os olhos grandes, felizes,
A revelar-me todo um tesouro, enquanto, do palco, a
   pobre peça
Chegava até mim como uma débil onda que se quebra na
   praia.

Bocejando e olhando, aqui estou eu, sozinho,
A noite toda... Mas alguém, claro, papagueando,
Estraga a única cena que, de certo modo, tinha encanto;
Você chorou um pouco, e eu fiquei tão triste por você,
Mesmo aqui! Enquanto isso, um Sr. X defende o divórcio
E Uma-não-sei-quem desmaia em seus braços.

Ainda calma

– Os fantasmas são absolutamente estúpidos – disse Alec. – Retardados mentais. Sempre consigo tapear um fantasma.

– De que modo?

– Bem, depende do lugar. Tomemos um quarto, por exemplo. Se formos um pouco discretos, um fantasma jamais poderá nos apanhar num quarto.

– Prossiga – disse Amory, interessado. – Suponhamos que você ache que há um fantasma no seu quarto... Que medidas tomaria ao chegar em casa à noite?

– A gente pega um porrete – respondeu, com ponderado respeito, Alec. – Um porrete do tamanho de um cabo de vassoura. Depois, a primeira coisa a fazer é *desobstruir* o quarto. Para fazê-lo é preciso entrar no quarto com os olhos fechados e acender a luz. Depois, a gente se aproxima do armário e, com cautela, corre o porrete três ou quatro vezes pela porta. Depois, se nada acontecer, espia-se o seu interior. Mas *sempre, sempre*, vasculhando primeiro, energicamente, com um porrete... *Nunca* se deve olhar primeiro!

– Essa é, claro, a velha escola celta – comentou, em tom grave, Tom.

– Sim... mas eles, em geral, rezam primeiro. De qualquer modo, emprega-se esse método para examinar os armários e a parte de trás das portas...

– E a cama – sugeriu Amory.

– Oh, Amory, não! – exclamou, horrorizado, Alec. – Não é esse o sistema... A cama requer uma tática diferente... Mas deixemos a cama de lado por ora... Se houver um fantasma no quarto, o que acontece apenas um terço das vezes, ele está *quase sempre* debaixo da cama.

– Bem... – começou Amory.

Com um gesto, Alec impôs-lhe silêncio.

– É *claro*, nunca olha. Fica-se no meio do quarto e, antes que o fantasma perceba, pula-se para a cama em um movimento rápido... Nunca se deve andar até perto dela: para um fantasma, os nossos tornozelos são a parte mais vulnerável... Uma vez na cama, estamos em segurança; ele pode ficar embaixo da cama a noite toda, mas estamos perfeitamente seguros. Se ainda tivermos dúvidas, poderemos cobrir a cabeça com as cobertas.

– Tudo isso é muito interessante, Tom.

– Não é? – exclamou, orgulhoso e radiante, Tom. – Uma técnica inteiramente minha... o Sir Oliver Lodge do novo mundo.

Amory estava de novo apreciando imensamente a faculdade. A impressão de que seguia uma linha reta, determinada, voltara; a juventude tornava a animar-se e a criar novas plumagens. Armazenara, mesmo, um estoque extra de energia, que lhe permitiu adotar uma nova atitude.

– Que ideia é essa de bancar o distraído, Amory? – perguntou-lhe, certo dia, Alec. E como Amory fingisse estar mergulhado, como que envolto numa névoa, na leitura de um livro, acrescentou: – Ah, não tente agir comigo como se fosse Burne, o místico!

Amory olhou-o com ar inocente.

– Como?

– Como? – imitou-o Alec. – Você está querendo se transformar numa rapsódia com... deixe-me ver esse livro.

Arrancou-lhe o livro da mão e fitou-o desdenhosamente.

– E então? – indagou Amory, um tanto empertigado.

– *Vida de Santa Teresa* – leu Alec em voz alta. – Oh, Santo Deus!

– Diga-me uma coisa, Alec.

– O quê?

– Isso o incomoda?

– O que me incomoda?

– O fato de eu parecer aéreo e tudo mais?

– Oh, não... Claro que não me *incomoda*.

– Bem, então não estrague a coisa. Se me agrada andar por aí dizendo para as pessoas sinceramente que me acho um gênio, permita que eu o faça.

– Você está adquirindo reputação de excêntrico – disse Alec, rindo –, se é isso que você pretende.

O argumento de Amory finalmente prevaleceu, e Alec concordou em aceitar em presença de outros o que Amory fingia ser, contanto que ele lhe concedesse alguns períodos de trégua quando estivessem a sós. E, assim, Amory executou a coisa em grande escala, convidando para jantar os tipos mais excêntricos, alunos pós-graduados de olhos esbugalhados, professores adjuntos com estranhas teorias acerca de Deus e do governo, o que causava cínico espanto nos desdenhosos membros do Cottage Club.

À medida que fevereiro, fustigado pelo sol, se encaminhava alegremente para março, Amory fez algumas visitas de fim de semana a monsenhor Darcy. Numa delas, levou Burne consigo, com grande êxito, pois experimentava igual orgulho e prazer em exibi-los um ao outro. Monsenhor Darcy levou-o várias vezes à casa de Thornton Hancock, e uma ou duas vezes à residência da Sra. Lawrence, um tipo de americana obcecada por Roma com quem Amory simpatizou imediatamente.

Um dia, chegou uma carta de monsenhor Darcy contendo um interessante P.S.:

Sabia que sua prima em terceiro grau, Clara Page, que enviuvou há seis meses e é muito pobre, está morando na Filadélfia? Não creio que a conheça, mas gostaria que fosse vê-la, como um favor para mim. Ela é, na minha opinião, uma mulher notável, mais ou menos da sua idade.

Amory suspirou e decidiu ir vê-la, como um favor...

Clara

Clara era imemorial... Ele não estava à altura dela, daquela Clara de cabelos louros ondulados, mas na verdade nenhum homem estava. Sua bondade estava acima da prosaica moral da mulher que procura marido, e nada tinha a ver com a insípida literatura da virtude feminina.

Cercava-a uma leve tristeza, e quando Amory a viu na Filadélfia, pensou que seus olhos, de um azul acerado, continham somente felicidade; um vigor latente e uma espécie de realismo pareciam ter se desenvolvido plenamente diante dos fatos que ela se vira obrigada a enfrentar. Estava só no mundo, com dois filhos pequenos, pouco dinheiro e, o que era ainda pior, cercada por uma legião de homens. Viu-a naquele inverno, na Filadélfia, numa noite em que recebeu muitos convidados masculinos, e quando ele sabia que ela não tinha criados em casa, a não ser uma menina negra que cuidava das crianças no andar superior. Viu um dos maiores libertinos da cidade, um homem que vivia habitualmente embriagado e que era conhecido tanto na cidade quanto no estrangeiro, sentado a noite toda diante dela, falando sobre *internatos para meninas* com uma espécie de inocente entusiasmo. Que agilidade de espírito possuía Clara! Podia tornar fascinante, quase magnífico, o mais tênue assunto, ainda que pairasse pela sala.

A ideia de que a jovem estivesse vivendo na pobreza impressionara muito Amory. Chegou na Filadélfia esperando que lhe dissessem que o nº 921 da rua Ark ficava situado numa viela de casebres. Ficou desapontado ao ver que não se tratava de nada disso. Era uma velha casa que havia muitos anos pertencia à família de seu marido. Uma tia idosa, que se opusera a que a casa fosse vendida, deixara com um advogado dinheiro suficiente para pagar os impostos por um período de dez anos, e partira para Honolulu, deixando a encargo de Clara lutar da melhor maneira que pudesse com o problema do aquecimento central. De modo que não foi uma mulher desgrenhada, com uma criança faminta no colo e ar de uma triste Amélia que o recebeu. Em vez disso, Amory bem poderia pensar, pela maneira com que Clara lhe deu as boas-vindas, que ela não tinha preocupação alguma no mundo.

A energia calma e o temperamento sonhador contrastavam com seu espírito equilibrado – e era nesse estado de espírito que ela, às vezes, penetrava, como num refúgio. Podia fazer as coisas mais prosaicas (embora fosse bastante sensata para não se embrutecer com "trabalhos domésticos" como tricô e bordados), mas logo depois tomava um livro e deixava que a imaginação divagasse, como uma nuvem sem forma levada pelo vento. O mais profundo de tudo em sua personalidade era a dourada irradiação que se espalhava em torno dela. Como uma lareira acesa numa sala na penumbra lança romance e *páthos* nos rostos tranquilos que se acham junto dela, também ela lançava sua luz e suas sombras nos aposentos em que se encontrava, até transformar seu corriqueiro e velho tio num homem de estranho e meditativo encanto, e o extraviado estafeta do telégrafo numa criatura de deliciosa originalidade, que lembrava Puck. A princípio, suas qualidades irritavam Amory, de certo modo. Ele considerava suficiente sua própria *singularidade* e sentia-se um tanto embaraçado quando ela procurava descobrir nele novos interesses, para benefício de seus outros admiradores presentes. Amory sentia-se como se um delicado mas insistente diretor de cena estivesse tentando fazer com que ele desse nova interpretação a um papel que, havia anos, sabia de cor.

Contudo, a maneira de falar de Clara, o seu modo de contar a história insignificante de um alfinete de chapéu, do homem embriagado e dela... As pessoas procuravam, depois, repetir suas anedotas, mas estas não soavam jamais como ela própria as contava. Dedicavam-lhe uma espécie de atenção inocente e os melhores sorrisos que a maioria deles tinha dado em muito tempo; quase não havia, no que contava, coisas lacrimosas, mas as pessoas sorriam-lhe com olhos marejados.

Muito raramente, Amory permanecia ainda uns momentos em sua companhia depois que o restante da corte se retirava – e costumavam tomar chá e comer pão com geleia à tarde, ou então, à noite, fazer "merendas de bordo,"* como ela as chamava.

---

*Espécie de melado feito de açúcar obtido mediante a cristalização da seiva de bordo, árvore da família das aceráceas. (*N. do T.*)

– Oh, você *é* notável! – exclamou uma tarde Amory, que já se tornava banal, sentado ao centro da mesa de jantar.

– Nem um pouco – respondeu ela, enquanto apanhava os guardanapos no aparador. – Na verdade, sou inteiramente comum e prosaica. Uma dessas pessoas que não têm outro interesse senão os filhos.

– Diga isso a outro – zombou Amory. – Você sabe que é radiante. – E pediu a única coisa que, sabia, talvez a embaraçasse. Aquilo que a primeira pessoa enfadonha disse a Adão:

– Fale-me de você.

E ela deu-lhe a resposta que Adão talvez tenha dado:

– Nada tenho a dizer.

Entretanto, é provável que eventualmente Adão tenha falado à pessoa enfadonha sobre os pensamentos que o assaltavam à noite, quando os gafanhotos saltitavam na relva arenosa, observando, com ar de superioridade, quão *diferente* ele era de Eva, esquecendo-se de quão diferente ela era dele... De qualquer modo, naquela noite Clara contou muito a Amory a respeito de si própria. Tivera uma vida tumultuada a partir dos 16 anos e sua educação se interrompera assim que terminara sua existência despreocupada. Mexendo em sua biblioteca, Amory encontrou um velho livro cinzento, do qual caiu uma folha de papel amarelecida, que ele impudentemente abriu. Era um poema que ela escrevera na escola acerca de um dia plúmbeo, do muro cinzento de um convento e de uma menina de casaco marrom sentada sobre ele, pensando no mundo multicolorido. Via de regra, tais sentimentos o enfadavam, mas aqueles versos tinham sido feitos com tanta simplicidade e atmosfera que lhe trouxeram à mente uma visão de Clara – Clara num dia assim frio e cinzento, com os penetrantes olhos azuis fitando a distância, procurando ver suas tragédias a marchar em sua direção pelos jardins exteriores. Sentiu inveja daquele poema. Como teria adorado aproximar-se e vê-la sobre o muro, e falar com ela sobre coisas tolas ou românticas enquanto ela lá permanecesse, empoleirada no ar! Começou a sentir-se tremendamente enciumado de tudo que dizia respeito a Clara: seu passado, seus filhos, os homens e as mulheres que vinham em bandos beber de sua fresca bondade e descansar nela seus espíritos fatigados, como numa absorvente peça teatral.

– Parece que *ninguém* a aborrece – objetou ele.

– Cerca da metade do mundo me aborrece – admitiu Clara –, mas acho que essa é uma boa média, não lhe parece?

E dizendo isso procurou em Browning uma citação que se aplicava ao caso. Clara era a única pessoa que ele conhecera que conseguia procurar trechos e citações de livros em meio a uma conversa sem levá-lo a uma irritante distração. Ela o fazia, constantemente, com tão sério entusiasmo que ele passou a gostar de ver seus cabelos dourados debruçados sobre um livro, a testa um tanto contraída, enquanto procurava uma frase.

No início de março, deu para passar os fins de semana em Filadélfia. Quase sempre lá encontrava alguma outra pessoa, e Clara não parecia ansiosa por vê-lo a sós, já que se apresentavam muitas ocasiões em que uma simples palavra por parte dela lhe teria proporcionado outra deliciosa meia hora de adoração. Ele, porém, apaixonou-se aos poucos e passou a meditar furiosamente sobre casamento. Embora esse desígnio fluísse de seu cérebro para seus lábios, percebeu mais tarde que esse desejo não estava profundamente enraizado. Certa feita, sonhou que o casamento se realizara e despertou banhado de suor, pois em seu sonho surgira uma Clara estúpida, de cabelos de um louro descorado, proferindo insípidas banalidades em tom de desafio. Mas ela era a primeira mulher fina que ele conhecera, e uma das poucas criaturas por quem se interessara. A bondade de Clara era uma vantagem a seu favor; quanto a Amory, estava convencido de que a maior parte das pessoas bondosas ou arrastava sua bondade atrás de si como uma obrigação ou, então, a deformava, convertendo-a numa genialidade artificial – isso sem se falar dos sempre presentes presumidos e fariseus... (mas Amory jamais incluía essas pessoas entre as que conseguiam a salvação).

Santa Cecília

>Sobre suas cinzentas vestes de veludo,
>Sob seus cabelos lisos e corridos,
>Uma cor-de-rosa, alheia à aflição,
>Flui e esmaece e torna-a bela;
>Enche o ar entre ela e ele
>De luz e langor e pequenos suspiros,
>Tão sutilmente que ele mal o percebe...
>Risonho lampejo cor-de-rosa.

– Você gosta de mim?
– Claro que gosto – respondeu, com seriedade, Clara.
– Por quê?
– Bem, temos algumas qualidades em comum. Coisas que são espontâneas em nós... ou que eram, antes.
– Você está querendo dizer que não procedi muito bem? Clara hesitou.
– Bem, não posso julgar. Um homem, é claro, tem de passar por muito mais coisas, e eu tenho vivido ao abrigo delas.
– Oh, não dificulte as coisas, por favor, Clara – interrompeu-a Amory. – Fale comigo um pouco, eu lhe peço.
– É claro. Eu adoraria.
– É muita bondade sua. Primeiro, responda a algumas perguntas. Você me acha tremendamente presunçoso?
– Bem... não. Você é tremendamente vaidoso, mas isso diverte as pessoas que percebem a preponderância da vaidade em você.

— Compreendo.

— Na realidade, você no fundo é humilde. Mergulha num inferno de depressão quando julga que alguém o menosprezou. Na verdade, não possui muito respeito por si próprio.

— Atingiu duas vezes o alvo, Clara. Como consegue fazê-lo? Você nunca me deixa dizer uma palavra.

— Claro que não... Não consigo formar opinião a respeito de um homem enquanto ele está falando. Mas ainda não terminei. A verdadeira razão por que você tem tão pouca confiança em si próprio, embora viva anunciando com ar grave ao filisteu ocasional que é um gênio, é que você atribui a si próprio todo tipo de culpas atrozes e está procurando viver de acordo com a sua própria opinião. Você está sempre dizendo, por exemplo, que é um escravo do uísque.

— E sou, potencialmente.

— E você diz que tem caráter fraco, que não possui força de vontade.

— Nem um pouquinho de força de vontade... Sou escravo das minhas emoções, dos meus gestos, do meu ódio pelo tédio, da maior parte dos meus desejos...

— Não é! — exclamou ela, pousando uma das mãos sobre a outra. — Você só é escravo, escravo irremediável, de uma coisa no mundo: da sua imaginação.

— Isso certamente me interessa. Se o assunto não a aborrece, prossiga.

— Noto que quando deseja ficar um dia a mais longe da universidade, você o faz com toda a segurança. Jamais decide, a princípio, se os méritos de ir ou ficar estão bastante claros em seu espírito. Você deixa que a sua imaginação brilhe durante algumas horas a favor dos seus desejos, depois é que decide. Naturalmente, a sua imaginação, após um pouco de liberdade, arquiteta um milhão de razões segundo as quais você deveria ficar, de modo que a sua decisão, quando você a toma, não é verdadeira. É influenciada pelos seus desejos.

– Sim – objetou Amory –, mas não será falta de força de vontade deixar que a minha imaginação se incline para o lado errado?

– Meu caro rapaz, aí é que está o seu erro. Isso nada tem a ver com força de vontade... que é, de qualquer modo, uma expressão tola, inútil. A sua falta de julgamento, o julgamento para decidir imediatamente, ao perceber que a sua imaginação vai lhe pregar uma peça, constitui metade da evidência do que estou dizendo.

– Caramba! Maldição! – exclamou Amory, surpreso. – Essa era a última coisa que eu esperava!

Clara não tripudiou. Mudou de assunto imediatamente, mas fez com que ele começasse a pensar e acreditar que ela estava, em parte, certa. Sentia-se como um dono de fábrica que, após acusar um empregado de desonestidade, descobre que seu próprio filho adulterava, uma vez por semana, os livros de contabilidade. Sua pobre e maltratada vontade, que ele vinha expondo ao desprezo de si próprio e de seus amigos, aparecia inocente diante dele, enquanto seu próprio julgamento se dirigia para a prisão, tendo a seu lado o diabrete inconfinável de sua imaginação, dançando com alegria ao lado dele; o conselho de Clara fora o único que ele pedira a alguém sem que tivesse antes ele próprio ditado a resposta, exceto talvez em suas conversas com monsenhor Darcy.

Como ele adorava fazer qualquer coisa em companhia de Clara! Fazer compras com ela constituía um sonho raro, epicúreo. Em todas as lojas a que ela costumava ir, referiam-se a ela, aos sussurros, como a bela Sra. Page.

– Aposto que não vai continuar sozinha por muito tempo.

– Mas não precisa dizer isso aos berros. Ela não está pedindo conselho a ninguém.

– Oh, mas como é linda!

(Aproxima-se o gerente... Silêncio, até que ela se afasta, sorrindo.)

– Ela é da sociedade, não é?
– É, mas está pobre agora, acho... Pelo menos é o que dizem.
– Puxa! Mas ela é de tirar o fôlego, meninas!

E Clara tratava todos com seu sorriso radiante. Amory supunha que lhe davam descontos nas casas comerciais, às vezes com seu conhecimento, outras vezes sem que ela o soubesse. Sabia que ela se vestia muito bem, tinha em sua casa tudo o que havia de melhor e era, inevitavelmente, atendida pelos próprios gerentes das casas em que comprava.

Às vezes, aos domingos, iam à missa juntos, e ele, caminhando a seu lado, se regalava ao fitar-lhe as faces úmidas pelo ar matinal. Clara era muito devota, sempre fora, e só Deus sabia a que alturas chegava em suas preces e de que novas energias se revigorava ao ajoelhar-se e curvar a cabeça dourada sob a luz dos vitrais.

– Santa Cecília! – disse Amory em voz alta certa vez, de modo involuntário, fazendo com que as pessoas se voltassem para ele, o padre fizesse uma pausa em seu sermão e tanto ele quanto Clara ficassem muito vermelhos.

Esse foi o último domingo que saíram juntos, pois Amory estragou tudo naquela noite; não pôde evitar.

Caminhavam juntos em meio ao crepúsculo de março, tão cálido como se estivessem em junho, e a alegria da juventude enchia-lhe a alma, de modo que achou que devia falar.

– Acho – disse ele – que, se perdesse a fé em você, perderia a fé em Deus.

Clara olhou-o com tão grande espanto que ele perguntou o que estava acontecendo.

– Nada – respondeu ela, lentamente. – Apenas isto: cinco homens já me disseram o mesmo antes, e isso me assusta.

– Oh, Clara, então é esse o seu destino?
Ela não respondeu.
– Acho que o amor para você é... – começou ele.
Ela se voltou bruscamente:
– Jamais me apaixonei.
Continuaram andando, e ele foi lentamente compreendendo quanto Clara lhe havia revelado... Jamais se apaixonara... Subitamente, ela lhe pareceu apenas uma criatura solitária, filha da luz. Amory sentiu que seu próprio eu era excluído do plano em que ela pairava e desejava apenas tocar-lhe o vestido, quase com a percepção que José deve ter tido da importância eterna de Maria. Contudo, de modo inteiramente mecânico, viu-se dizendo:
– E eu a amo... Qualquer grandeza latente que eu possa ter... Oh, não posso falar, mas se eu voltar dentro de dois anos numa situação em que possa me casar com você...
Ela balançou a cabeça.
– Não. Jamais tornarei a me casar. Tenho os meus dois filhos e quero me guardar para eles. Gosto de você... gosto de todos os homens inteligentes, e, mais do que qualquer outro, de você... Mas você me conhece o bastante para saber que jamais me casarei com um homem inteligente...
Interrompeu-se subitamente.
– Amory...
– Diga.
– Você não está apaixonado por mim. Jamais pensou em casar-se comigo, não é?
– Foi o crepúsculo – respondeu ele, pensativo. – Não percebi que estava pensando em voz alta. Mas eu a amo... eu a adoro... eu a venero...
– Aí está você folheando todo o seu catálogo de emoções em cinco segundos.
Ele sorriu contrafeito.

– Não me transforme num inepto, Clara. Você, às vezes, é deprimente.

– Em primeiro lugar, você não é nenhum inepto – disse ela com ardor, tomando-lhe o braço e arregalando os olhos, cuja bondade ele podia ver no lusco-fusco da tarde que morria. – Um inepto é uma eterna negação.

– Sente-se tanto a primavera no ar... e há uma doçura tão preguiçosa no seu coração!

Ela largou o braço dele.

– Você está estupendo neste momento, e eu me sinto maravilhosamente bem. Dê-me um cigarro. Nunca me viu fumar, não é? Mas eu às vezes fumo, cerca de um cigarro por mês...

E, então, aquela criatura maravilhosa e Amory correram para um canto, como duas crianças entusiasmadas, enlouquecidas pelo crepúsculo azul-pálido.

– Vou passar o dia de amanhã no campo – anunciou ela ao parar arquejante e em segurança além do clarão da lâmpada da esquina. – Esses dias são esplêndidos demais para serem desperdiçados, embora talvez eu os sinta mais na cidade.

– Oh, Clara! – exclamou Amory. – Que demônio você não poderia ser se Deus houvesse inclinado um pouquinho a sua alma para outra direção!

– Talvez – respondeu ela. – Mas acho que não. Jamais me senti nem me sinto realmente impetuosa. Essa pequena explosão deveu-se unicamente à primavera.

– Você também é uma primavera!

Estavam andando lado a lado agora.

– Não... Você está enganado de novo. Como pode alguém que tem em tão alta conta o seu próprio cérebro estar tão constantemente enganado a meu respeito? Sou o oposto de tudo aquilo que a primavera representa. É lamentável que eu tenha uma aparência que teria agradado um escultor grego velho e piegas, mas asseguro-lhe que se não fosse pelo meu rosto, eu seria uma freira tranquila encerrada num convento, caso não tivesse... – Pôs-se a correr, e sua voz, agora mais alta, chegou flutuando até ele, que tentava acompanhá-la, poucos passos atrás. – ...os meus preciosos filhos, para os quais preciso voltar já.

Clara era a única moça dentre todas as que conhecia em cuja presença podia compreender que ela preferisse outro homem. Amory encontrava com frequência senhoras casadas que conhecera como debutantes e, ao fitá-las intensamente, julgava ler em seu rosto algo que lhe dizia: "Ah, se eu tivesse conseguido *você*!" Ah, a enorme vaidade dos homens!

Aquela noite, porém, parecia uma noite de estrelas e canções, e a cintilante alma de Clara ainda faiscava nos caminhos que haviam percorrido.

Dourado, dourado é o ar – cantava ele para as pequenas poças d'água. – *Dourado é o ar, douradas as notas de áureos bandolins, douradas lamúrias de áureos violinos, belos, oh!, lassamente belos. Meadas a cair de cestos, emaranhadas, que os mortais não deslindam; oh!, que jovem e extravagante Deus saberia disso ou o exigiria? Quem poderia conceder tanto ouro...*

Amory ressentido

Lenta e inevitavelmente, mas afinal com grande ímpeto, enquanto Amory falava e sonhava, a guerra chegou rapidamente àquelas plagas e, como um vagalhão, varreu as areias em que Princeton se divertia. Todas as noites ecoavam passos no ginásio de esportes, enquanto pelotões marchavam pelas quadras de basquete. Quando Amory foi para Washington, na semana seguinte, conseguiu apreender algo do espírito da crise, que se converteu em repulsa no carro Pullman em que voltava, pois as cabinas que tinha à sua frente estavam ocupadas por estrangeiros malcheirosos – gregos, supôs ele, ou russos. Quão mais fácil fora o patriotismo, refletiu, para uma raça mais homogênea! Quão mais fácil teria sido lutar como as colônias lutaram, ou como a Confederação lutara! Não dormiu naquela noite; ficou ouvindo as gargalhadas e os roncos estrangeiros que enchiam o vagão com o cheiro mais recente da América.

Em Princeton, todos gracejavam em público e diziam a si próprios, intimamente, que suas mortes pelo menos seriam heroicas. Os estudantes literatos liam, apaixonadamente, Rupert Brooke; os elegantes de salão preocupavam-se em saber se o governo permitiria que os oficiais usassem uniforme de corte inglês; uns poucos sujeitos irremediavelmente indolentes escreviam a obscuros ramos do Departamento da Guerra, à procura de uma comissão fácil e de um leito macio.

Então, decorrida uma semana, Amory viu Burne, e percebeu imediatamente que qualquer discussão seria inútil: Burne tornara-se um pacifista. As revistas socialistas, uma grande ingestão de Tolstoi, bem como seu próprio e ardente desejo de dedicar-se a uma causa que trouxesse à tona o que quer que pudesse haver nele de energia, fizeram com que se dedicasse finalmente a pregar a paz como ideal subjetivo.

– Se quando os alemães entraram na Bélgica, os habitantes tivessem tratado pacificamente de seus assuntos – começou ele –, o exército alemão teria se desorganizado em...

– Eu sei – atalhou Amory. – Já ouvi tudo isso. Mas não vou falar de propaganda com você. É provável que você tenha razão... mas, mesmo assim, estamos vivendo centenas de anos antes da época em que a não resistência pode chegar a ser para nós uma realidade.

– Amory, ouça...

– Burne, nós não faríamos senão discutir...

– Muito bem.

– Apenas uma coisa... Não peço que pense na sua família nem nos seus amigos, pois eles nada representam para você se comparados ao seu senso do dever... mas, Burne, como você sabe que as revistas que você lê, as sociedades às quais pertence e esses idealistas com quem se avista não são simplesmente *alemães*?

– Alguns são, é claro.

– Como você sabe que eles não são pró-Alemanha... simplesmente um bando de criaturas frouxas, com nomes judeus-alemães?

– Há possibilidade, claro, de que seja assim – respondeu lentamente Burne. – Se estou adotando essa posição, muito ou pouco, devido à propaganda que ouvi, é algo que não sei. Penso, naturalmente, que se trata da minha mais profunda convicção... um caminho que, neste momento, se estende diante de mim.

Amory sentiu o coração afundar.

– Pense na inutilidade de tudo isso... Na verdade, ninguém vai fazer de você um mártir por ser pacifista... Isso apenas o lançará entre a pior...

– Duvido.

– Bem, isso me cheira a coisa da vida boêmia de Nova York.

– Entendo o que você quer dizer, e é justamente por isso que acho que vou agitar as massas.

– Você é um homem sozinho, Burne... que vai falar para pessoas que não vão lhe dar atenção... com todos os dotes que Deus lhe concedeu.

– Isso é o que Stephen deve ter pensado há muitos anos, mas ele pregou o seu sermão e o mataram. Enquanto estava morrendo, talvez tenha pensado na inutilidade de tudo aquilo. Mas, veja você, eu sempre achei que a morte de Stephen foi como o que aconteceu a Paulo na estrada de Damasco, levando-o a pregar para o mundo a palavra de Cristo.

– Continue.

– Isso é tudo... Esse é o dever que me compete. Mesmo que eu não esteja certo, sou apenas um peão... estou me sacrificando. Santo Deus! Amory, você não pode achar que *eu* aprecio os alemães!

– Bem, nada mais tenho a dizer... Cheguei ao fim de toda a minha lógica sobre a não resistência, e aí, como um meio excluído, está o enorme espectro de um homem, como é e sempre será. E esse espectro coloca-se ao lado da necessidade lógica de Tolstoi e da outra necessidade lógica de Nietzsche... – Interrompeu-se subitamente e indagou: – Quando vai partir?

– Na semana que vem.

– Eu o verei, claro.

Ao afastar-se, pareceu a Amory que a expressão no rosto de Burne assemelhava-se muitíssimo à de Kerry ao despedir-se, sob o Blair Arch, dois anos antes. Amory perguntou a si mesmo, sentindo-se infeliz, por que não podia ele jamais entregar-se a coisa alguma com a honestidade primitiva revelada por aqueles dois companheiros.

– Burne é um fanático – disse a Tom –, e está completamente errado, não passa de um fantoche inconsciente nas mãos de editores anarquistas e agitadores pagos pelos alemães... Mas ele me intriga... Deixar tudo o que vale a pena...

Burne partiu, de maneira tranquilamente dramática, uma semana depois. Vendeu tudo o que possuía e foi despedir-se deles montado numa velha bicicleta, na qual pretendia ir até sua casa, na Pensilvânia.

– Pedro, o ermitão, despedindo-se do Cardeal Richelieu – disse Alec, que estava deitado no sofá junto à janela enquanto Burne e Amory trocavam um último aperto de mão.

Amory, porém, não estava em um estado de espírito que lhe permitisse apreciar essas brincadeiras, e ao ver as longas pernas de Burne impelindo sua ridícula bicicleta até perder-se de vista, além de Alexander Hall, sentiu que iria passar uma péssima semana. Não que duvidasse da guerra... A Alemanha representava tudo o que ele considerava repugnante – o materialismo e a direção de tremendas forças licenciosas; mas o que acontecia era que o rosto de Burne não lhe saía da memória, e ele já estava enojado da histeria que começava a chegar-lhe aos ouvidos.

— De que diabos adianta criticar Goethe? — disse ele a Alec e a Tom. — Por que escrever livros destinados a provar que ele começou a guerra... ou que o estúpido e superestimado Schiller é um demônio disfarçado?

— Você já leu alguma coisa deles? — perguntou astutamente Tom.

— Não — confessou Amory.

— Nem eu — disse Tom, rindo.

— O povo vai gritar — comentou tranquilamente Alec —, mas Goethe vai continuar em sua velha estante na biblioteca... pronto para aborrecer qualquer um que queira lê-lo!

Amory acalmou-se e o assunto foi deixado de lado.

— O que você vai fazer, Amory?

— Infantaria ou aviação. Ainda não consegui me decidir... Odeio mecânica, mas não há dúvida de que a aviação é o melhor para mim...

— Penso como Amory — disse Tom. — Infantaria ou aviação. Aviação soa assim como o lado romântico da guerra... como costumava ser, antigamente, a cavalaria. Mas, como Amory, não sei distinguir um cavalo-vapor de uma haste de pistão.

A insatisfação de Amory diante de sua falta de entusiasmo culminou, de certo modo, numa tentativa de jogar a culpa da guerra nos ancestrais de sua geração... em todos os que tinham aplaudido a Alemanha em 1870... todos os materialistas ferozes, todos os adoradores da ciência e da eficiência alemã. Assim, certo dia, durante uma preleção de inglês, ouviu o professor citar *Locksley Hall* e mergulhou no estudo, sentindo vivo desprezo por Tennyson e por tudo o que ele representava, pois o considerava um representante dos vitorianos.

Vitorianos, vitorianos, que jamais aprenderam a chorar,
Que semearam a amarga safra que seus descendentes irão colher...

garatujou Amory em seu caderno. O professor dizia algo acerca da solidez de Tennyson e cinquenta cabeças achavam-se curvadas tomando notas. Amory virou a página do caderno e tornou a escrever:

> Estremeceram ao ver o que o Sr. Darwin significava,
> Estremeceram quando surgiu a valsa e Newman os
> abandonou...

A valsa, porém, surgira muito antes. Riscou a frase.
– ...e intitulada *A Song in the Time of Order* – chegou até ele a voz monótona do professor.
"Tempo de Ordem"... Santo Deus! Tudo atulhado no caixote e os vitorianos sentados sobre a tampa, sorrindo tranquilamente... e Browning, em sua *villa* italiana, exclamando bravamente: "Tudo para melhor!"
Amory tornou a escrever:

> Vós vos ajoelhastes no templo e ele se inclinou para ouvir-
> vos rezar,
> Agradecestes os "gloriosos ganhos" e o censurastes por
> haver escrito "Cathay".

Por que razão não conseguia escrever mais do que duas linhas de cada vez? Agora precisava de alguma coisa que rimasse:

> Vós os manteríeis na linha com a ciência, embora Ele tivesse
> errado antes...
> Bem, enfim...
> Encontrastes vossos filhos em vossa casa... Eu a construí!,
> exclamastes.
> Precisastes, para isso, de cinquenta anos de Europa e depois
> virtuosamente... morrestes.

– Eis em grande parte a ideia de Tennyson – dizia o professor. – *A Song in the Time of Order,* de Swinburne, bem poderia ter sido o título de um poema de Tennyson. O seu ideal era o da ordem contra o caos, contra a improdutividade.

Por fim, Amory conseguiu o que desejava. Virou outra página e escreveu vigorosamente durante os vinte minutos que faltavam para terminar a preleção. Depois, dirigiu-se à mesa do professor e lá depositou a página arrancada do caderno.

– Eis uns versos para os vitorianos, professor – disse, friamente.

Curioso, o professor apanhou o papel, enquanto Amory saía rapidamente da sala.

Eis o que Amory escrevera:

> Canções de tempos ordeiros
> Nos destes para cantar,
> Professores com "excluídos termos médios",
> Respostas rimadas para a vida,
> As chaves do carcereiro
> E velhos sinos para dobrar;
> O tempo era o fim do enigma,
> Nós éramos o fim do tempo...
>
> Aqui jaziam oceanos domésticos
> E um céu que podíamos alcançar,
> Canhões e uma fronteira vigiada,
> Castigos militares – mas nada de desertar.
> Milhares de antigas emoções,
> Cada qual mais sediciosa;
> Canções de tempos ordeiros...
> E línguas, para que as pudéssemos cantar.

O fim de muitas coisas

O começo de abril passou como num sonho – um sonho de longas noitadas no terraço do clube, com o gramofone tocando "Poor Butterfly"... pois "Poor Butterfly" fora a canção daquele ano. A guerra mal parecia afetá-los e aquela bem poderia ter sido uma das primaveras passadas dos que cursavam o último ano, salvo pelas instruções militares todas as tardes. Contudo, Amory percebia vivamente que aquela era a última primavera sob o velho regime.

– Esse é o grande protesto contra o super-homem – comentou Amory.

– Acho que sim – concordou Alec.

– Ele é absolutamente irreconciliável com qualquer Utopia. Enquanto ele existir, vai haver complicações, e todos os males latentes que fazem com que as multidões ouçam e oscilem enquanto ele fala.

– Não obstante tudo isso, ele é um homem bem-dotado, destituído de qualquer senso moral.

– Eis tudo. Acho que a pior coisa que se pode contemplar é isto: tudo já aconteceu antes, e quanto tempo vai se passar antes que torne a acontecer? Cinquenta anos depois de Waterloo, Napoleão era um herói tão grande para os colegiais ingleses quanto Wellington. Como vamos saber se os nossos netos não vão idolatrar, do mesmo modo, von Hindenburg?

– E o que produz isso?

– O tempo, maldição! E os historiadores. Se pudéssemos ao menos aprender a encarar o mal *como* mal, que se apresentasse em andrajos ou monotonia, ou em vestes magníficas...

– Santo Deus! Acaso por quatro anos não andamos revolvendo o universo em busca de minas?

Depois chegou a noite que deveria ser a última. Tom e Amory, que seguiriam pela manhã para acampamentos diferentes, palmilhavam, como sempre, os passeios umbrosos, parecendo ainda ver em torno de si os rostos dos homens que conheciam.

– Esta noite a relva está cheia de fantasmas.
– O *campus* todo está animado por eles.

Pararam junto a Little e ficaram vendo e admirando a lua que surgia, prateando o teto de ardósia de Dood e dando matizes azulados às árvores farfalhantes.

– Sabe de uma coisa? – sussurrou Tom. – O que sentimos agora é a sensação de toda a esplêndida juventude que causou tumulto por aqui durante duzentos anos.

Uma erupção de cantos inundou o ar, vinda de Blair Arch – vozes entrecortadas de alguma longa despedida.

– E o que deixamos aqui é mais do que esta classe; é toda a herança da juventude. Somos apenas uma geração... e estamos rompendo todos os elos que pareciam ligar-nos a altas e imprecisas gerações. Caminhamos de braços dados com Burr e com Harry Lee da Cavalaria Ligeira durante a metade dessas noites profundamente azuis.

– Eis o que elas são – divagou Tom. – Profundamente azuis... Um pouquinho mais de cor, e elas se estragariam, tornando-se exóticas. Cúspides, tendo por fundo um céu que é uma promessa de alvorada, e luzes azuis nos telhados de ardósia... Isso, de certo modo, é pungente...

– Adeus, Aaron Burr – gritou Amory em direção ao edifício deserto de Nassau Hall. – Você e eu conhecemos estranhos recantos da vida.

Sua voz ecoou no silêncio.

– As tochas estão apagadas – sussurrou Tom. – Ah, Messalina, as longas sombras constroem minaretes no estádio...

Durante um instante a voz dos calouros os envolveu, e eles se fitaram com os olhos levemente úmidos de lágrimas.

– Raios!
– Raios!

A derradeira claridade se extingue e paira sobre a terra – a baixa, extensa terra, a ensolarada terra das cúspides; os fantasmas da noite tangem de novo suas liras e perambulam, cantando, em bando lamentoso, pelos longos corredores de árvores; pálidos clarões refletem a noite de cume a cume das torres: Oh, sono que sonha, e sonho que nunca se cansa; esprema das pétalas das flores de lótus algo disso para ficar, a essência de uma hora.

Não mais a aguardar o crepúsculo e a lua neste vale recluso de estrelas e cúspides, pois uma manhã eterna de desejo passa para o tempo e para a tarde terrena. Aqui, Heráclito, encontraste no fogo e nas coisas mutáveis a profecia que lançaste através dos anos mortos; nesta meia-noite o meu desejo verá, obscurecidos pelas cinzas, envoltos em chamas, todo o esplendor e toda a tristeza do mundo.

Interlúdio

Maio de 1917 – Fevereiro de 1919

Uma carta datada de janeiro de 1918, escrita por monsenhor Darcy a Amory, segundo-tenente do 17º Regimento de Infantaria, Porto de Embarque, Camp Mills, Long Island.

Meu caro rapaz,

Tudo o que você precisa dizer-me a seu respeito é que ainda existe; pois o restante eu simplesmente procuro em minha lembrança inquieta, um termômetro que só marca febres, e o comparo ao que eu era na sua idade. Mas os homens continuarão a tagarelar, e você e eu ainda gritaremos um para o outro, através do palco, as nossas futilidades até que a última e estúpida cortina caia – zás! – sobre as nossas cabeças inclinadas. Você, porém, está começando o atabalhoado espetáculo de lanterna mágica da vida, com o mesmo estoque de *slides* com que eu também comecei, de modo que preciso escrever-lhe, quanto mais não seja, apenas para referir-me estridentemente à colossal estupidez das pessoas...

Isso é o fim de uma coisa: para o seu bem ou o seu mal, você jamais será de novo inteiramente o Amory Blaine que conheci; jamais tornaremos a nos encontrar como antes, pois a sua geração se está tornando dura, muito mais dura do que a minha jamais se tornou, alimentada como foi pelas coisas do fim do século passado.

Amory, ultimamente reli Ésquilo, e na divina ironia do *Agamenon* encontrei a única resposta para esta amargurada época: o mundo todo desmoronando em nossos ouvidos, e o mais próximo paralelo, em eras já extintas, reside nessa irremediável resignação. Há ocasiões em que penso nos homens que lá estão como legionários romanos, a milhas de distância de sua corrupta cidade, fazendo recuar as hordas inimigas... hordas um pouco mais ameaçadoras, em todo caso, do que a sua corrupta cidade... outro golpe cego contra a raça, violências com que passamos, em meio de ovações, muitos anos atrás, por sobre aqueles cadáveres que triunfantemente abatemos durante toda a era vitoriana...

E, depois, um mundo inteiramente materialista – e a Igreja Católica. Pergunto a mim mesmo em qual deles você se enquadra. De uma coisa estou certo: celta você viverá, e celta morrerá; de modo que, se não usar o céu como um *referendum* contínuo para as suas ideias, vai considerar a Terra um incessante chamado para as suas ambições.

Amory, descobri, subitamente, que sou um velho. Como todos os velhos, tenho tido, às vezes, alguns sonhos, e vou contá-los. Desfrutei da alegria de pensar que você era meu filho; que talvez, quando jovem, tivesse caído num estado de coma e gerado você – e, ao voltar a mim, não tinha lembrança disso... É o instinto paternal, Amory: o celibato penetra mais profundamente do que a carne...

Às vezes, acho que a explicação da nossa profunda semelhança reside em algum ancestral comum e descubro que o único sangue que os Darcy e os O'Hara têm em comum é o dos O'Donahue... Ele se chamava Stephen, creio eu...

Quando um raio atinge um de nós, atinge ambos: você mal havia chegado ao porto de embarque quando recebi os meus papéis para partir para Roma, e estou aguardando que me digam a qualquer momento onde tomar o navio. Mesmo antes de você receber esta carta, já estarei em alto-mar; depois, chegará a sua vez. Você foi para a guerra como competia a um cavalheiro, assim como foi para o ginásio e para a universidade; pois era o que devia fazer. É melhor que se deixe para a classe média o heroísmo trêmulo e fanfarrão; seus membros sabem fazer isso melhor do que nós.

Lembra-se daquele fim de semana no mês de março último em que você levou Burne Holiday de Princeton para me conhecer? Que rapaz magnífico! Causou-me tremenda surpresa quando você me escreveu depois, dizendo que ele me considerava uma pessoa esplêndida. Como pôde ele equivocar-se tanto? Esplêndido é algo que nem você nem eu somos. Somos muitas outras coisas: incomuns, inteligentes e, poder-se-ia dizer, creio eu, brilhantes. Podemos atrair pessoas, criar uma "atmosfera" e até mesmo quase perder as nossas almas celtas em sutilezas célticas... Podemos, ainda, quase sempre, agir à nossa própria maneira. Mas esplêndidos? Não, isso não.

Parto para Roma com um dossiê maravilhoso e cartas de apresentação que abrangem todas as capitais da Europa – e certamente a minha chegada não deixará de "causar sensação". Como me agradaria que você fosse comigo! Este parágrafo soa um tanto cínico, e não algo que um clérigo de meia-idade deveria escrever a um jovem prestes a partir para a guerra. A única desculpa é que o clérigo de meia-idade está falando consigo mesmo. Há coisas profundas em nós, e você sabe tão bem quanto eu quais são elas. Temos grande fé, embora a sua, no momento, esteja cristalizada; possuímos uma terrível honestidade, que nenhuma das nossas sofisticações pode destruir, sobretudo uma simplicidade infantil que nos impede de ser realmente maldosos.

Escrevi para você a elegia que se segue. Lamento que o seu estado de espírito não se coadune com a minha descrição, mas você vai fumar vários cigarros e ler a noite toda...

Seja como for, ei-la:

Lamento para um filho adotivo que vai para a guerra lutar contra o Rei Estrangeiro

Ochone
Foi-se-me o filho do meu espírito
E ele está em sua juventude dourada como Angus Oge
Angus dos pássaros brilhantes
E a sua mente é forte e sutil como a mente de Cuchilin
    em Muirtheme.

Awirra sthrue
Sua fronte é alva como o leite das vacas de Maeve
E suas faces assemelham-se às cerejas da árvore
E estão curvadas para Maria, que alimenta o Filho de Deus.

Aveelia Vrone
Seus cabelos são como o colar de ouro dos Reis em Tara
E seus olhos assemelham-se aos quatro mares cinzentos
    de Erin.
E choram com as névoas da chuva.

Mavrone vai a Gudyo
Participará da alegre e rubra batalha
Entre os capitães – e eles estarão entregues a grandes
    feitos de coragem.
Sua vida o abandonará
E as fibras da minha própria alma serão dilaceradas.

A Vich Deelish
O meu coração está no coração do meu filho
E a minha vida, certamente, está na sua vida.

Um homem só pode ser duas vezes
Na vida de seus filhos.

Jia du Vaha Alanav
Possa o filho de Deus estar acima e embaixo dele, diante
   e atrás dele.
Possa o Deus dos elementos lançar a névoa nos olhos do
   Rei Estrangeiro.
Possa a Rainha das Graças conduzi-lo pela mão através
   da névoa de seus inimigos – e que estes não o vejam.
Possam Patrício da Escócia e Collumb das Igrejas e os
   cinco mil Santos de Erin ser melhores para ele do que
   uma couraça.
E ele vai para a luta.
Och Ochone.

Amory... Amory... sinto que, de certo modo, isto é tudo; um de nós... ou talvez ambos, não vai durar até o fim dessa guerra... Venho procurando dizer-lhe quanto essa reencarnação de mim mesmo em você tem significado nestes últimos anos... Somos curiosamente parecidos... curiosamente diferentes.
Adeus, meu caro rapaz, e que Deus o acompanhe.

Thayer Darcy

Embarque à noite

Amory seguiu pelo convés até encontrar um banco debaixo de uma lâmpada elétrica. Procurou no bolso seu caderno de notas e um lápis e pôs-se a escrever, lentamente, laboriosamente:

> Partimos esta noite...
>   Silenciosos, enchemos a rua quieta, deserta,

Uma coluna vagamente cinzenta,
E fantasmas despertavam, assustados, ao som
da cadência abafada
Pelo caminho sem lua;
Nos estaleiros sombrios ecoavam os passos
Que se aproximavam noite e dia.

E assim permanecemos nos tombadilhos sem vento,
A observar a costa espectral;
Sombras de milhares de dias, pobres náufragos
   enastrados de cinza...
Oh, acaso devemos deplorar
Esses anos inúteis?
Vede como o mar é branco!
As nuvens se abriram e os céus queimam
Cavernosos caminhos de saibrosa claridade;
O quebrar das ondas na popa
Converte-se em volumoso noturno...
Partimos esta noite.

Uma carta de Amory, datada de "Brest, 11 de março de 1919", ao tenente T. P. D' Invilliers, Acampamento Gordon, Geórgia.

Meu caro Baudelaire,
Vamos nos encontrar em Manhattan no dia 30 deste mês; procuraremos, então, alugar um elegante apartamento, você, eu e Alec, que está aqui ao meu lado enquanto escrevo. Não sei o que vou fazer, mas alimento o vago sonho de entrar para a política. Por que os mais distintos jovens ingleses de Oxford e Cambridge entram para a política, enquanto nós, nos Estados Unidos, a deixamos entregue aos grosseirões, a criaturas criadas à sombra dos chefes políticos, educadas nas Assembleias e enviadas ao Congresso

Federal, sacos barrigudos de corrupção, destituídos "tanto de ideias como de ideais", como costumavam dizer certos oradores? Ainda há quarenta anos, tínhamos bons homens na política, mas nós somos criados para amealhar um milhão "e mostrar de que fibra somos feitos". Às vezes gostaria de ser inglês; a vida americana é terrivelmente idiota, estúpida e saudável.

Já que a pobre Beatrice morreu, provavelmente vou herdar um pouco de dinheiro – mas muito pouco, com os diabos! Posso perdoar quase tudo à minha mãe, menos o fato de que, tomada no fim de uma súbita crise de religiosidade, tenha gastado metade do que lhe sobrara em vitrais de igreja e contribuições para seminários. O Sr. Barton, meu advogado, escreve-me informando que os meus milhares de dólares estão quase todos empregados em ações de carris urbanos, e que os referidos carris estão perdendo dinheiro devido às passagens de 5 centavos. Imagine uma renda que dá apenas 350 dólares mensais a um homem que não sabe ler e escrever! Não obstante, acredito nessa renda, embora tenha visto algo que constituía antes uma fortuna considerável evaporar entre especulações, extravagâncias, administração democrática e imposto de renda... Isso deixa um cristão maluco, caramba!

Seja lá como for, disporemos de acomodações verdadeiramente de arrasar... Você poderá arranjar um emprego em alguma revista elegante, e Alec poderá entrar para a Companhia de Zinco, ou como quer que se chame aquilo que a família dele possui... Está espiando por cima de meu ombro e dizendo-me que se trata de uma companhia de produtos de bronze, mas não me parece que isso importe muito, não acha? Há, provavelmente, tanta corrupção em dinheiro ganho com zinco quanto em dinheiro ganho com bronze. Quanto ao renomado Amory, escreveria literatura imortal se estivesse convencido de que há algo a arriscar falando aos outros sobre isso. Não há dádiva mais perigosa para a posteridade do que algumas trivialidades ditas com inteligência.

Tom, por que você não se torna católico? É claro que para ser um bom católico você teria de renunciar a essas violentas intrigas que costumava contar-me, mas escreveria melhor poesia se estivesse ligado aos longos castiçais dourados e aos longos cantos gregorianos, e mesmo que os sacerdotes americanos sejam um tanto burgueses, como Beatrice costumava dizer, você precisaria apenas frequentar igrejas elegantes, e eu o apresentarei a monsenhor Darcy, que é realmente um espanto.

A morte de Kerry foi um golpe, como também o foi, até certo ponto, a de Jesse; e tenho grande curiosidade de saber que estranho recanto do mundo engoliu Burne. Você acha que ele esteja na prisão, sob um falso nome? Confesso-lhe que a guerra, em vez de tornar-me ortodoxo, que é a reação correta, fez de mim um ardente agnóstico. A Igreja Católica teve as suas asas tão frequentemente cortadas nos últimos tempos que o que restou é algo timidamente insignificante – e eles não têm mais bons escritores. Estou farto de Chesterton.

Conheço apenas um soldado que passou por essas tão anunciadas crises espirituais, como esse tal Donald Hankey, e o que conheci já estava se preparando para o ministério, de modo que estava maduro para a coisa. Penso, sinceramente, que tudo isso está bastante podre, embora pareça ter proporcionado conforto espiritual às nossas famílias; e possa fazer com que pais e mães apreciem seus filhos. Essa religião inspirada por crises é bastante sem valor e, na melhor das hipóteses, passageira. Acho que de cada quatro homens que descobriram Paris, apenas um descobriu Deus.

Mas nós – você, eu e Alec – vamos arranjar um mordomo japonês, vamos nos vestir a rigor para o jantar, tomar vinho à mesa e levar uma vida tranquila, contemplativa, até decidirmos usar metralhadoras a favor dos donos da propriedade... ou lançar bombas ao lado dos bolchevistas. Santo Deus! Espero, Tom, que algo aconteça. Estou inquieto como o diabo e tenho horror de engordar, apaixonar-me e tornar-me doméstico.

A propriedade de Lake Geneva está para alugar, mas quando eu tiver os pés em terra vou para o Oeste ver o Sr. Barton e acertar alguns pormenores. Escreva-me aos cuidados da Blackstone, Chicago.

Seu para sempre, meu caro Boswell,
Samuel Johnson

Livro II
A educação de um personagem

1
A debutante

A época é fevereiro. O lugar é um grande e elegante quarto de dormir na residência dos Connage, na rua 68, Nova York. Quarto de moça: paredes e cortinas cor-de-rosa e uma colcha cor-de-rosa estendida sobre uma cama creme. Cor-de-rosa e creme são as cores predominantes, mas o único móvel é uma luxuosa penteadeira com tampo de vidro e três espelhos. Nas paredes há uma reprodução cara de Cherry Ripe, *alguns cães corteses pintados por Landseer e o* King of the Black Isles, *de Maxfield Parrish.*

Grande desordem, consistindo dos seguintes itens: 1) sete ou oito caixas de papelão vazias, com línguas de papel de seda pendendo, arquejante das laterais; 2) diversos vestidos de passeio misturados com seus irmãos de noite, todos sobre a mesa, todos evidentemente novos; 3) um monte de tule que perdera toda a sua dignidade e se enroscava tortuosamente em torno de tudo, e 4) sobre duas pequenas cadeiras uma coleção de lingerie *que excedia qualquer descrição. Dava vontade de ver a quanto montava a conta referente a toda aquela exibição de coisas finas, bem como a princesa beneficiada por... Atenção! Eis alguém! Decepção! É apenas a criada à procura de alguma coisa... Ergue um monte de uma cadeira... Não, não está ali; outro monte, a penteadeira, as gavetas do* chiffonier. *Ergue várias e lindas camisolas, bem como um pijama surpreendente, mas isso não a satisfaz... Sai do quarto.*

Vem do aposento contíguo um murmúrio indistinto de palavras.

Agora a coisa está ficando quente. É a mãe de Alec, a Sra. Connage, grande, altiva, maquiada, tanto quanto pode estar uma viúva, e bastante abatida. Seus lábios movem-se significativamente enquanto procura a COISA. Sua busca é menos completa que a da empregada, mas há nela algo de furioso, que compensa seu caráter perfunctório. Tropeça no monte de tule, e o seu "raios!" é bem audível. Retira-se de mãos vazias.

Novo murmúrio do lado de fora, e uma voz de moça, de criatura muito mimada, diz: "De todas as criaturas estúpidas..."

Após uma pausa, entra à procura da mesma coisa uma terceira pessoa, não a da voz mimada, mas alguém mais jovem. É Cecília Connage, 16 anos, bonita, inteligente e constitucionalmente bem-humorada. Está usando um vestido cuja evidente simplicidade talvez a aborreça. Dirige-se à pilha mais próxima, escolhe uma pequena peça do vestuário cor-de-rosa e examina-a com ar de aprovação.

CECÍLIA: Cor-de-rosa?

ROSALIND *(do lado de fora)*: Sim!

CECÍLIA: *Bem* moderno?

ROSALIND: Exatamente!

CECÍLIA: Achei!

(Examina-se no espelho da penteadeira e põe-se a dançar entusiasticamente).

ROSALIND *(de fora)* O que você está fazendo? Experimentando-o?

(CECÍLIA para de dançar e sai, carregando a peça sobre o ombro direito. Pela outra porta, entra ALEC CONNAGE. Lança um rápido olhar em torno e grita a plenos pulmões: Mamãe! Há um coro de protestos vindo do aposento contíguo e, encorajado, ALEC caminha para ele, mas é repelido por outro coro.)

ALEC: Então *é aí* que vocês estão! Amory Blaine está aqui.

CECÍLIA *(rapidamente)*: Leve-o para baixo.

ALEC: Ele *está* lá embaixo.

SRA. CONNAGE: Bem, você pode mostrar onde é o quarto dele. Diga-lhe que sinto não poder vê-lo agora.

ALEC: Ele ouviu falar muito a seu respeito. Eu gostaria que você se apressasse. Papai está conversando com ele a respeito da guerra e ele está inquieto. É um tanto temperamental.

(Isso basta para trazer CECÍLIA ao quarto.)

CECÍLIA *(sentando-se sobre a lingerie)*: Temperamental? O que você quer dizer? Você costumava dizer isso nas suas cartas.

ALEC: Ah, ele escreve coisas.

CECÍLIA: Ele toca piano?

ALEC: Acho que não.

CECÍLIA *(especulativamente)*: Bebe?

ALEC: Sim... Não há nada de estranho nele.

CECÍLIA: Tem dinheiro?

ALEC: Santo Deus! Pergunte a ele. Tinha muito; agora tem uma certa renda.

(SRA. CONNAGE *aparece*.)

SRA. CONNAGE: Alec, é claro que temos prazer em receber qualquer amigo seu...

ALEC: Você devia ir dar as boas-vindas a Amory.

SRA. CONNAGE: É claro que quero fazê-lo, mas me parece tão infantil você abandonar uma casa perfeitamente confortável e ir morar com dois garotos em algum apartamento inacreditável. Espero que vocês não planejem beber tanto quanto desejam. *(Faz uma pausa.)* Ele vai ser deixado um tanto de lado esta noite. Como você sabe, esta é a semana de Rosalind. Quando uma moça vem passar as férias em casa, precisa de *toda* a atenção.

ROSALIND *(de fora)*: Bem, prove isso vindo aqui me ajudar a fechar o vestido.

(A SRA. CONNAGE *sai*.)

ALEC: Rosalind não mudou nada.

Cecília *(em voz baixa)*: Ela é terrivelmente mimada.

Alec: Esta noite ela vai encontrar alguém que combina com ela.

Cecília: Quem? O Sr. Amory Blaine?

(Alec *faz um sinal afirmativo com a cabeça.*)

Cecília: Rosalind ainda está para encontrar um homem que a deixe para trás. Francamente, Alec, ela trata os homens muitíssimo mal. Maltrata-os, ofende-os, falta aos encontros marcados, boceja na cara deles... e eles ainda voltam.

Alec: Eles adoram isso.

Cecília: Eles detestam. Ela é... uma espécie de vampiro, acho. Consegue fazer com que as outras garotas façam o que ela quer, embora as odeie.

Alec: Personalidade é um traço de nossa família.

Cecília *(resignadamente)*: Mas eu acho que se extinguiu antes de chegar a mim.

Alec: Rosalind sabe comportar-se?

Cecília: Não particularmente bem. Ela é como as outras garotas, em geral. Às vezes fuma, toma ponche, deixa-se beijar com frequência... Ah, sim... conhecimentos comuns... Um dos efeitos da guerra, como você sabe.

(*Entra a* Sra. Connage.)

Sra. Connage: Rosalind está quase pronta, de modo que posso descer para conhecer o seu amigo.

(Alec *e a mãe saem.*)

Rosalind *(de fora)*: Oh, mamãe...

Cecília: Mamãe já desceu.

(Então, Rosalind *entra*). Rosalind *é... inteiramente* Rosalind. *É uma dessas garotas que não precisam fazer o menor esforço para que os homens se apaixonem por elas. Dois tipos de homem raramente o fazem: os estúpidos, em geral, temem a sua inteligência, e os intelectuais receiam quase sempre a sua beleza. Todos os outros lhe pertencem por prerrogativa natural.*

Se ROSALIND *pudesse ser mimada, o processo a essa altura já estaria completo, e na verdade seu temperamento não é, de modo algum, o que deveria ser; quer o que quer e no momento em que o quer, e quando não consegue o que deseja, tende a tornar bastante infelizes aqueles que a cercam – mas no verdadeiro sentido não é uma menina mimada. Seu vivo entusiasmo, seu desejo de crescer e aprender, sua crença infindável na inesgotabilidade dos casos românticos, sua coragem e sua honestidade fundamental – essas coisas não estavam arruinadas.*

Há longos períodos em que odeia cordialmente toda a família. É inteiramente destituída de princípios; sua filosofia é a do CARPE DIEM *para si própria e a do* LAISSEZ FAIRE *para os outros. Adora histórias chocantes: possui para isso essa inclinação que se encontra, em geral, em naturezas que são, ao mesmo tempo, refinadas e vigorosas. Deseja que as pessoas a apreciem, mas se elas não o fazem, isso jamais a preocupa ou muda sua maneira de ser.*

Não é, de modo algum, um caráter-modelo.

A educação de todas as mulheres belas depende do conhecimento dos homens.

ROSALIND *decepcionara-se com homem após homem como indivíduo, mas tinha grande fé nos homens como sexo. Quanto às mulheres, detestava-as. Representavam qualidades que sentia e desprezava em si própria: mesquinhez incipiente, presunção, covardia e mesquinha desonestidade. Disse, certa vez, numa sala repleta de amigas de sua mãe, que a única desculpa para as mulheres era a necessidade de um elemento perturbador entre os homens. Dançava excepcionalmente bem, desenhava hábil mas apressadamente e tinha surpreendente facilidade com as palavras, que eram por ela empregadas em cartas de amor.*

Contudo, qualquer crítica que possa fazer a ROSALIND

termina onde começa a sua beleza. Havia aquele esplêndido tom de ouro em seus cabelos, o desejo de imitar que mantém a indústria das tinturas. Havia aquela eterna boca beijável, pequena, levemente sensual e extremamente perturbadora. Lá estavam os olhos cinzentos e a tez irrepreensível, com dois pontos de cores esmaecentes. Era esguia e atlética, sem nada subdesenvolvido, e era um prazer vê-la mover-se por uma sala, caminhar por uma rua, brandir um taco de golfe ou fazer uma estrela.

Uma última qualificação: sua personalidade viva, ágil, nada tinha de consciente ou teatral, como a que Amory *descobrira em* Isabelle. Monsenhor Darcy *certamente teria dificuldade para decidir se se tratava de uma "personalidade" ou de um "personagem". Ela talvez fosse um misto delicioso, inexprimível, de ambas as coisas, o qual ocorre apenas uma vez em cada século.*

Na noite de seu début, apesar de toda a sua estranha e errante experiência, estava feliz como uma menininha. A criada da mãe acabou de arrumar-lhe o cabelo, mas ela decidiu, impacientemente, que poderia fazer um trabalho melhor ela mesma. Está agora demasiado nervosa para ficar parada. A isso se deve sua presença no quarto em desordem. Ela vai falar. Os tons altos da voz de Isabelle *tinham sido como um violino, mas se o leitor pudesse ouvir* Rosalind *diria que sua voz era musical como uma cascata.*

Rosalind: Francamente, só existem no mundo dois trajes que gosto de usar... *(Penteando o cabelo diante do toucador.)* Um é uma saia armada com pantalonas; o outro, um maiô de uma única peça. Em qualquer um deles fico encantadora.

Cecília: Feliz por estar sendo apresentada à sociedade?

Rosalind: Estou. E você?

Cecília *(cinicamente)*: Você está contente porque pode casar-se e ir morar em Long Island com os *jovens casais estáveis.*

Você quer que a vida seja uma série de flertes, em que cada elo represente um homem.

ROSALIND: *Quero* que seja? Você quer dizer que a minha vida é assim!

CECÍLIA: Ah!

ROSALIND: Cecília, querida, você não sabe que provação é ser... como eu. Preciso conservar o meu rosto como uma pedra na rua para que os homens não pisquem para mim Se rio um pouco mais alto na primeira fila de um teatro, os comediantes representam para mim durante o resto da noite. Se baixo a voz, os olhos ou deixo cair o meu lenço num baile, o meu par passa a telefonar-me todos os dias durante uma semana.

CECÍLIA: Isso deve ser um esforço terrível.

ROSALIND: O que há de desafortunado nisso tudo é que os únicos homens que me interessam são inteiramente inelegíveis. Se eu fosse pobre, entraria para o teatro.

CECÍLIA: Sem dúvida, você deveria ganhar pelos papéis que representa.

ROSALIND: Às vezes, quando me sinto particularmente radiante, pergunto a mim mesma: por que desperdiçar tudo com um único homem?

CECÍLIA: E, não raro, quando você está particularmente rabugenta, eu pergunto a mim mesma por que deveria você desperdiçar tudo isso apenas em uma família. *(Levantando-se.)* Acho que vou descer para conhecer o Sr. Amory Blaine. Gosto de homens temperamentais.

ROSALIND: Não existem homens temperamentais. Os homens não sabem ser realmente irascíveis ou realmente felizes... e os que sabem acabam despedaçados.

CECÍLIA: Bem, alegra-me não ter todas as suas preocupações. Estou comprometida.

ROSALIND *(com um sorriso desdenhoso):* Comprometida? Ora essa, sua lunática! Se mamãe ouvir você falando assim, ela a despacha para um colégio interno, que é onde você deveria estar.

CECÍLIA: Mas você não vai contar nada a ela, porque sei de coisas que eu poderia contar... E você é demasiado egoísta!

ROSALIND (*um pouco aborrecida*): Continue, garotinha! Com quem você está comprometida? Com o entregador de gelo? Com o homem da confeitaria?

CECÍLIA: Espírito inferior... Até mais, querida, nos vemos mais tarde.

ROSALIND: Oh, com certeza... Você me ajuda tanto!

Sai CECÍLIA.

ROSALIND *termina de ajeitar os cabelos e levanta-se, cantarolando. Aproxima-se do espelho e começa a dançar diante dele, sobre o tapete macio. Observa não os pés, mas os olhos... que não são jamais despreocupados, mas sempre "intencionais", mesmo quando ela ri. A porta se abre subitamente e fecha-se com uma batida atrás de* AMORY, *elegante e bonito como sempre.* AMORY *mostra-se instantaneamente confuso.*)

ELE: Oh, desculpe-me. Pensei...

ELA (*sorrindo, radiante*): Você é Amory Blaine, não é?

ELE (*olhando-a atentamente*): E você é Rosalind?

ELA: Vou chamá-lo de Amory... Entre... não há nada de mau... Mamãe estará aqui dentro de um momento... (*baixinho, para si mesma*) infelizmente.

ELE (*olhando em torno*): Isso, para mim, é uma espécie de truque novo.

ELA: Isto é a Terra de Ninguém.

ELE: Aqui é onde você... onde você... (*pausa*).

ELA: Sim... todas essas coisas. (*Dirige-se à penteadeira.*) Veja, aqui está o meu ruge... os meus lápis para os olhos.

ELE: Eu não sabia que você era assim.

ELA: O que você esperava?

ELE: Pensei que você fosse... pouco feminina... do tipo que gosta de nadar e jogar golfe.

ELA: Eu faço tudo isso... mas não em horas de trabalho.
ELE: De trabalho?
ELA: Das seis às duas... pontualmente.
ELE: Eu gostaria de possuir algumas ações da sua companhia.
ELA: Ah, não é uma companhia... É apenas "Rosalind Ilimitada"; 51 por cento das ações, nome, boa vontade e tudo monta a 25 mil dólares por ano.
ELE *(em tom de reprovação):* Proposição um tanto fria.
ELA: Bem, Amory, você não se importa, não é verdade? Quando eu encontrar um homem que após duas semanas de convívio não me mate de tédio, talvez a coisa seja diferente.
ELE: É estranho, o mesmo ponto de vista que tenho acerca das mulheres você tem acerca dos homens.
ELA: Na verdade, não sou muito feminina... em meu espírito.
ELE *(interessado):* Continue.
ELA: Não, continue você... Você me fez falar de mim mesma. Isso é contra as regras.
ELE: Regras?
ELA: As minhas próprias regras... Mas você, ouvi dizer que você é um rapaz brilhante. A família espera *muito* de você.
ELE: Isso é animador!
ELA: Alec me disse que você o ensinou a raciocinar. É verdade? Não acreditava que alguém pudesse fazê-lo.
ELE: Não. Sou, na verdade, bastante obtuso.

(Evidentemente, ele não pretende que isso seja levado a sério.)

ELA: Mentiroso.
ELE: Sou... religioso... um literato. Escrevi até mesmo versos!
ELA: Versos brancos... Esplêndidos! *(Declama.)*

> As árvores são verdes,
> Os pássaros cantam nas árvores,
> A garota sorve o seu veneno.
> O pássaro afasta-se, a garota morre.

Ele *(rindo)*: Não, não dessa espécie.
Ela *(subitamente)*: Eu gosto de você.
Ele: Não goste.
Ela: É modesto também...
Ele: Tenho medo de você. Sempre tenho medo de uma garota... até beijá-la.
Ela *(enfaticamente)*: Meu caro rapaz, a guerra já acabou.
Ele: Então, sempre terei medo de você.
Ela *(um tanto triste)*: Acho que sim.
(Ligeira hesitação de ambas as partes.)
Ele *(após meditar devidamente)*: Ouça. Isto é algo terrível para se pedir.
Ela *(sabendo o que vinha)*: Depois de cinco minutos.
Ele: Mas você vai... me beijar? Ou tem medo?
Ela: Jamais tenho medo... mas as suas razões são tão insatisfatórias.
Ele: Rosalind, eu realmente quero beijá-la.
Ela: Eu também.
(Beijam-se... definitiva e completamente.)
Ele *(após um ofegante segundo)*: Bem, satisfez a sua curiosidade?
Ela: E você?
Ele: Não. Isso serviu apenas para despertar minha curiosidade.
(O ar de Amory é de quem diz a verdade.)
Ela *(sonhadoramente)*: Já beijei dezenas de homens. Acho que beijarei ainda algumas dezenas.
Ele *(absorto)*: Sim, acho que você poderia... desse jeito.
Ela: Quase todos gostam da minha maneira de beijar.
Ele *(lembrando-se do beijo)*: Deus do céu, é claro! Beije-me mais uma vez, Rosalind.
Ela: Não... A minha curiosidade em geral se satisfaz logo da primeira vez.

ELE *(desanimado)*: E essa é uma das suas regras?
ELA: Estabeleço as minhas regras de acordo com o caso.
ELE: Você e eu somos, de certo modo, parecidos... Só que tenho alguns anos a mais de experiência.
ELA: Quantos anos você tem?
ELE: Quase 23. E você?
ELA: Dezenove... exatamente.
ELE: Imagino que você seja produto de alguma escola grã-fina.
ELA: Não... Sou matéria bastante bruta. Fui expulsa da Spence... não me lembro por quê.
ELE: Qual é a sua tendência geral?
ELA: Sou sagaz, inteiramente egoísta, emocional quando estimulada, gosto de ser admirada...
ELE *(subitamente)*: Não quero me apaixonar por você...
ELA *(levantando as sobrancelhas)*: Ninguém lhe pediu que o fizesse.
ELE *(prosseguindo friamente)*: Mas é provável que eu me apaixone. Adoro a sua boca.
ELA: Silêncio! Por favor, não se apaixone pela minha boca... Pelos meus cabelos, meus olhos, meus ombros, meus sapatos, tudo bem, mas pela minha boca, *não*! Todo mundo se apaixona pela minha boca.
ELE: Ela é maravilhosa.
ELA: Demasiado pequena.
ELE: Não, não é... Deixe-me ver.
(Torna a beijá-la com o mesmo arrebatamento.)
ELA *(um tanto perturbada)*: Diga-me algo doce.
ELE *(assustado)*: Deus me ajude!
ELA *(recuando)*: Bem, então não diga... se lhe custa tanto.
ELE: Acha que devemos fingir? Tão cedo assim?
ELA: O nosso padrão de tempo é diferente do das outras pessoas.
ELE: Então já existem... as outras pessoas.

Ela: Façamos de conta...

Ele: Não, não posso... Trata-se de algo que diz respeito ao sentimento.

Ela: E você não é sentimental?

Ele: Não. Sou romântico... Uma criatura sentimental acha que as coisas vão durar... Uma criatura romântica espera, mesmo contra toda esperança, que não durem... O sentimento é emocional.

Ela: E você não é? *(Com os olhos semicerrados)* Você provavelmente julga, para lisonjear a si próprio, que essa é uma atitude superior.

Ele: Bem... Rosalind, Rosalind, não argumente... Beije-me de novo.

Ela *(agora completamente fria)*: Não... Não tenho vontade alguma de beijá-lo.

Ele *(apanhado inteiramente de surpresa)*: Ainda há um minuto você queria beijar-me.

Ela: Mas agora não quero.

Ele: É melhor que eu me retire.

Ela: Acho que sim.

(Ele se encaminha para a porta.)

Ela: Oh!

(Ele se volta.)

Ela *(rindo)*: Resultado... Time da casa 5 a 0.

(Ele torna a aproximar-se.)

Ela *(rapidamente)*: Chuva... não haverá jogo.

(Ele sai.)

(Ela se dirige calmamente ao chiffonier, *apanha uma cigarreira e esconde-a na gaveta da escrivaninha. A mãe entra, um caderno de notas na mão.)*

Sra. Connage: Bem... Estava esperando para falar-lhe antes que você desça.

Rosalind: Santo Deus! Você me assustou!

SRA. CONNAGE: Rosalind, você tem gastado demais.

ROSALIND *(resignadamente)*: Tenho.

SRA. CONNAGE: E sabe que já não temos o que tínhamos antes.

ROSALIND *(com ar de desagrado)*: Ah, por favor, não fale em dinheiro.

SRA. CONNAGE: Nada se pode fazer sem ele. Este é o nosso último ano nesta casa... e a menos que as coisas mudem, Cecília não terá as mesmas vantagens que você.

ROSALIND *(impaciente)*: Bem... do que se trata?

SRA. CONNAGE: Assim sendo, peço-lhe o favor de prestar atenção a várias coisas que anotei na minha agenda. A primeira é: não desapareça com rapazes. Talvez chegue um momento em que isso valha a pena, mas por ora quero que você fique na sala, onde eu possa encontrá-la. Há alguns homens que desejo que você conheça e não me agrada nada encontrá-la em algum canto do salão de música trocando frases tolas com qualquer um, ou ouvindo-as.

ROSALIND *(sarcasticamente)*: Sim, *ouvindo-as* soa melhor.

SRA. CONNAGE: E não desperdice muito tempo com esse grupo da faculdade... rapazes de 19 e 20 anos. Não me importo que você vá a festas ou a jogos de rúgbi, mas isso de você evitar a companhia de pessoas convenientes para ir comer em pequenos cafés na cidade em companhia de Tom, Dick e Harry...

ROSALIND *(apresentando seu código de conduta, que é, à sua maneira, tão elevado quanto o de sua mãe)*: Mamãe, esse tempo já passou... Não se pode mais viver agora como se vivia no começo do século.

SRA. CONNAGE *(sem lhe dar atenção)*: Há vários amigos solteiros do seu pai que quero que você conheça esta noite... Homens ainda jovens.

ROSALIND *(acenando a cabeça com ar experiente)*: Jovens de uns 45 anos?

Sra. Connage *(rispidamente)*: E por que não?

Rosalind: Ah, que ótimo... Eles conhecem a vida e têm um ar tão admiravelmente cansado... *(balança a cabeça)*, mas *vão dançar*.

Sra. Connage: Ainda não estive com o Sr. Blaine, mas não creio que você se interesse por ele. Parece que não se trata de um homem de dinheiro.

Rosalind: Eu nunca *penso* em dinheiro, mamãe.

Sra. Connage: Você nunca conserva uma relação tempo suficiente para que possa pensar em dinheiro.

Rosalind *(suspira)*: Sim, acho que algum dia vou me casar com uma tonelada de dinheiro... por puro fastio.

Sra. Connage *(referindo-se à sua agenda)*: Recebi um telegrama de Hartford. Dawson Ryder vem aí. Eis um jovem que aprecio, e que nada em dinheiro. Parece-me que, já que você parece cansada de Howard Gillespie, bem poderia dar alguma esperança ao Sr. Ryder. Essa é a terceira vez que ele vem aqui este mês.

Rosalind: Como é que você soube que eu estou cansada de Howard Gillespie?

Sra. Connage: O pobre rapaz parece muito infeliz cada vez que vem aqui.

Rosalind: Ele é um desses rapazes românticos de antes da guerra. Todos eles são errados.

Sra. Connage *(usando uma de suas expressões prediletas)*: Ao menos nos deixe orgulhosos de você esta noite.

Rosalind: Não acha que estou bonita?

Sra. Connage: Você sabe muito bem que está.

(Vindo de baixo, ouve-se o som de um violino e o rufar de uma bateria. A Sra. Connage *volta-se rapidamente para a filha.)*

Sra. Connage: Vamos!

Rosalind: Um minuto!

(A Sra. Connage *retira-se.* Rosalind *dirige-se ao espelho, no qual se mira com grande satisfação. Beija a própria mão e toca com ela os lábios refletidos no espelho. Depois, apaga as luzes e sai do quarto. Por um momento, faz-se silêncio. Alguns acordes de piano, um rufar discreto de bateria, o farfalhar de seda nova, tudo se mistura do lado de fora, na escada, e penetra através da porta entreaberta. Grupos de pessoas passam pelo saguão iluminado. Os risos vindos de baixo aumentam, multiplicam-se. Depois, alguém entra no quarto, fecha a porta e acende as luzes. É* Cecília. *Aproxima-se do chiffonier, examina as gavetas, hesita... Em seguida, dirige-se à penteadeira, apanha a cigarreira e tira um cigarro. Acende-o e, depois, expelindo a fumaça, aproxima-se do espelho.*)

Cecília (*com sotaque tremendamente sofisticado*): Oh, sim, ser uma debutante é uma tremenda farsa hoje em dia. Na verdade, a gente se diverte tanto antes dos 17 anos que isso é, positivamente, um anticlímax. (*Cumprimentando um nobre de meia-idade imaginário.*) Sim, Alteza, creio que a minha irmã já me falou a seu respeito. Dê umas bafora-das... Estes charutos são muito bons. São... são Coronas. Não fuma? Que pena! O rei não permite, imagino. Oh, sim, dançarei!

(E, *assim, ela dança pelo quarto, ao som da música que vem de baixo, os braços estendidos para um par imaginário; o cigarro oscilando em sua mão.*)

Várias horas depois

Um canto discreto no andar de baixo, ocupado por um sofá de couro muito confortável. Em cada um dos lados há um pequeno abajur e, no meio, acima do sofá, está dependurado um retrato a óleo de um cavalheiro muito digno, período 1860. Vindo de fora, ouve-se um foxtrote.

Rosalind *está sentada no sofá, tendo a seu lado* Howard Gillespie, *um jovem insípido de cerca de 24 anos. Ele está evidentemente muito infeliz, e ela, bastante entediada.*

Gillespie *(debilmente):* O que você quer dizer ao afirmar que eu mudei? Sinto o mesmo em relação a você.

Rosalind: Mas você não parece o mesmo para mim.

Gillespie: Mas há três semanas você costumava dizer que gostava de mim porque eu era tão *blasé*, tão indiferente... Pois ainda o sou.

Rosalind: Mas não no que se refere a mim. Eu gostava de você porque você tinha olhos castanhos e pernas finas.

Gillespie *(desanimado):* Mas ainda tenho olhos castanhos e pernas finas. Uma vampira é o que você é!

Rosalind: A única coisa que sei acerca de vampiros é o que se encontra na partitura para piano. O que confunde os homens é o fato de eu ser inteiramente natural. Achava que você jamais seria ciumento. Agora você não faz outra coisa senão me seguir por toda parte com o olhar.

Gillespie: Eu a amo.

Rosalind *(friamente):* Eu sei.

Gillespie: E você não me beija há duas semanas. Eu achava que depois que a gente beijava uma garota ela estava... estava... conquistada.

Rosalind: Essa época já passou. Eu tenho de ser conquistada de novo todas as vezes que você me encontra.

Gillespie: Está falando sério?

Rosalind: Mais ou menos, como sempre. Antigamente, havia dois tipos de beijo: o primeiro, quando a garota era beijada e desprezada; o segundo, quando ficava noiva. Agora, há um terceiro tipo, em que o homem é beijado e deixado de lado. Antigamente, se um Sr. Jones qualquer se vangloriava de haver beijado uma moça, todos sabiam que ele não tinha mais nada com ela. Se um Sr. Jones de 1919 se vangloria da mesma coisa, todos sabem que é porque ele não pode mais beijá-la. Dispondo de um começo decente, qualquer moça pode derrotar um homem hoje em dia.

GILLESPIE: Então, por que você se diverte com os homens?

ROSALIND (*inclinando-se para ele, confidencialmente*): Por causa daquele primeiro momento, quando o homem está interessado. Há um momento... pouco antes do primeiro beijo, uma palavra sussurrada, algo que faz com que a coisa valha a pena.

GILLESPIE: E depois?

ROSALIND: Depois, a gente faz com que ele fale a respeito de si próprio. Não passa muito tempo e ele não pensa noutra coisa a não ser em estar a sós com a gente... Fica taciturno, não quer lutar, não quer brincar... Vitória!

(*Entra* DAWSON RYDER, *26 anos, bonito, rico, leal a si mesmo, talvez enfadonho, mas perseverante e seguro de seu sucesso.*)

RYDER: Creio que esta é a minha dança, Rosalind.

ROSALIND: Bem, Dawson, então você me reconhece! Agora sei que não me pintei demais. Sr. Ryder, este é o Sr. Gillespie.

(*Trocam um aperto de mão e* GILLESPIE *afasta-se, tremendamente abatido.*)

RYDER: Não há dúvida, a sua festa é um sucesso!

ROSALIND: Você acha? Não tenho visto ultimamente. Estou cansada... Você se importaria se nos sentássemos?

RYDER: Se me importaria? Ficaria encantado. Você sabe que eu detesto essa correria. Ver sempre uma garota, ontem, hoje, amanhã.

ROSALIND: Dawson!

RYDER: Diga.

ROSALIND: Às vezes, pergunto a mim mesma se você sabe que me ama.

RYDER (*surpreso*): O quê?... Você sabe que é uma garota notável.

Rosalind: Porque você sabe que eu sou um caso complicado. Alguém que se casasse comigo teria bastante trabalho. Eu sou cruel... muito cruel.
Ryder: Eu não diria isso.
Rosalind: Oh, sim, sou... Principalmente com as pessoas que me são mais chegadas. *(Levanta-se)* Venha... vamos sair daqui. Mudei de ideia e quero dançar. Mamãe provavelmente está tendo um ataque.

(Saem. Entram Alec e Cecília.*)*

Cecília: É sorte minha ter o meu próprio irmão como par.
Alec *(sombriamente)*: Se você quiser, eu dou o fora.
Cecília: Santo Deus, não! Com quem eu começaria a próxima dança? *(Suspira)* Falta colorido aos bailes desde que os oficiais franceses foram embora.
Alec *(pensativo)*: Não quero que Amory se apaixone por Rosalind.
Cecília: Ora essa! Achei que era justamente isso que você queria.
Alec: Eu queria, mas depois de ver todas essas garotas, não sei... Sou tão ligado a Amory. Ele é muito sensível e não quero que sofra por causa de alguém que não se interessa por ele.
Cecília: Ele é muito bonito.
Alec *(ainda pensativo)*: Ela não vai se casar com ele, mas uma garota não precisa casar-se com um homem para que ele sofra.
Cecília: Como assim? Gostaria de saber o segredo.
Alec: Oh, sua gatinha insensível! Alguns têm sorte por Deus ter lhe dado um narizinho arrebitado.

(Entra a Sra. Connage.*)*

Sra. Connage: Onde está Rosalind?
Alec *(brilhantemente)*: Você a está procurando exatamente onde devia, mamãe! Ela sem dúvida estaria em *nossa* companhia.

SRA. CONNAGE: O seu pai reuniu oito solteirões milionários para que a conheçam.

ALEC: Poderiam formar um pelotão e marchar pelas salas.

SRA. CONNAGE: Estou falando sério... Não me surpreenderia nada se ela, na noite de seu *début,* estivesse em Cocoanut Grove com um jogador de rúgbi. Vocês a procuram por este lado e eu...

ALEC *(desrespeitosamente):* Não seria melhor mandar o mordomo ver se ela não está na adega?

SRA. CONNAGE *(com toda a seriedade):* Você acha que ela poderia estar lá?

CECÍLIA: Ele está apenas brincando, mamãe.

ALEC: Mamãe tinha um retrato dela tomando uma caneca de cerveja em companhia do corredor de barreiras.

SRA. CONNAGE: Vamos procurá-la já.

(*Saem.* ROSALIND *entra acompanhada de* GILLESPIE.)

GILLESPIE: Rosalind... Pergunto mais uma vez: não gosta nem um pouquinho de mim?

(AMORY *entra subitamente.*)

AMORY: Esta é a minha dança.

ROSALIND: Sr. Gillespie, este é o Sr. Blaine.

GILLESPIE: Já encontrei o Sr. Blaine. É de Lake Geneva, não é?

AMORY: Exatamente.

GILLESPIE: Já estive lá. É no Meio Oeste, não é?

AMORY *(em tom brejeiro):* Aproximadamente. Mas sempre achei que preferia ser uma pamonha quente provinciana a ser uma sopa sem tempero.

GILLESPIE: Como?

AMORY: Sem ofensa.

(GILLESPIE *inclina-se ligeiramente e retira-se.*)

ROSALIND: Ele é demasiado cheio de si.

AMORY: Certa vez me apaixonei por uma criatura assim.

ROSALIND: Verdade?

Amory: Verdade... Chamava-se Isabelle. Não possuía nada demais, exceto o que eu lhe atribuía.

Rosalind: E o que aconteceu?

Amory: Finalmente eu a convenci de que ela era mais esperta do que eu. E ela me deu o fora. Disse-me que eu era crítico e nada prático.

Rosalind: Prático? O que você quer dizer com isso?

Amory: Ah... um sujeito que dirige um automóvel mas não troca um pneu.

Rosalind: E o que você pretende fazer?

Amory: Não sei... Candidatar-me a presidente, escrever...

Rosalind: Greenwich Village?

Amory: Santo Deus, não! Eu disse "escrever", não "beber".

Rosalind: Gosto de homens de negócios. Os homens inteligentes são em geral muito domésticos.

Amory: Tenho a impressão de que já a conheço há séculos.

Rosalind: Ah, você vai começar com a história das pirâmides?

Amory: Não... Ia começar com a França. Eu era Luís XIV e você uma das minhas... *(Mudando de tom)* Suponhamos que nos apaixonássemos...

Rosalind: Eu já sugeri que fizéssemos de conta.

Amory: Se isso acontecesse, seria algo grande.

Rosalind: Por quê?

Amory: Porque as criaturas egoístas são, de certo modo, terrivelmente capazes de grandes amores.

Rosalind *(oferecendo-lhe os lábios):* Façamos de conta, então. *(Beijam-se deliberadamente.)*

Amory: Não sei dizer coisas doces, mas você é linda!

Rosalind: Ah, não!

Amory: O quê, então?

Rosalind *(com tristeza):* Ah, nada... Eu só desejo sentimento, sentimento verdadeiro, e jamais encontro.

Amory: E eu não encontro outra coisa no mundo... E detesto isso.

Rosalind: É tão difícil encontrar um homem que satisfaça o nosso gosto artístico...

(Alguém abriu uma porta e os acordes de uma valsa penetram na sala. Rosalind levanta-se.)

Rosalind: Ouça! Estão tocando "Kiss Me Again."

(Ele a olha.)

Amory: E então?

Rosalind: E então?

Amory *(suavemente, perdendo a batalha)*: Eu a amo.

Rosalind: Eu o amo... agora.

(Beijam-se.)

Amory: Oh, meu Deus, o que eu fiz?

Rosalind: Nada. Oh, não fale. Beije-me de novo.

Amory: Eu não sei por que, nem como, mas eu a amo... desde o primeiro momento em que a vi.

Rosalind: Eu também. Eu... eu... esta noite é esta noite.

(O irmão de Rosalind entra, detém-se sobressaltado e diz em voz alta: "Oh, desculpem-me", e sai.)

Rosalind *(mal movendo os lábios)*: Não me deixe... Pouco me importa que saibam o que estou fazendo.

Amory: Diga de novo.

Rosalind: Eu o amo... neste momento. *(Afastam-se.)* Oh, sou muito jovem, graças a Deus... e bastante bonita, graças a Deus... e feliz, graças a Deus... *(Faz uma pausa e, num estranho assomo de profecia, acrescenta)* Pobre Amory!

(Ele a beija novamente.)

Kismet

Passadas duas semanas, Amory e Rosalind estavam profundamente apaixonados. O espírito de crítica que lhes arruinara, tanto para um como para o outro, dezenas de romances, fora anulado pela grande onda emocional que os envolvia.

– Pode ser que seja um caso de amor insano – disse ela a sua ansiosa mãe –, mas não é vazio.

A onda levou Amory, no início de março, a uma agência de publicidade, onde ele alternava entre surpreendentes irrupções de trabalho excepcionalmente bom e sonhos malucos de se tornar subitamente rico e viajar pela Itália com Rosalind.

Viviam constantemente juntos; no almoço, no jantar e quase todas as noites – sempre numa espécie de pressa ofegante, como se temessem que a qualquer momento o feitiço pudesse desfazer-se e expulsá-los daquele paraíso de rosas e chamas. Mas o encantamento converteu-se num êxtase, parecendo aumentar a cada dia; começaram a falar em se casar em julho... em junho. Viam a vida através do prisma de seu amor; toda a experiência, todos os desejos, todas as ambições foram anulados; o senso de humor que possuíam se recolhera a um canto, a dormir; seus amores anteriores lhes pareciam ligeiramente risíveis, coisas de uma juventude que mal lamentavam.

Pela segunda vez na vida Amory passou por uma transformação completa, e começava, apressadamente, a se alinhar com sua geração.

Um pequeno interlúdio

Amory subia lentamente a avenida e pensava na noite como inevitavelmente sua – a pompa e o carnaval do rico crepúsculo e das ruas obscuras... Parecia-lhe que havia finalmente fechado o livro das harmonias evanescentes e penetrado nos caminhos vibrantes e sensuais da vida. Por toda parte, aquelas luzes incontáveis, aquela promessa de uma noite de ruas e canções... Em meio à multidão, mergulhava num leve devaneio, como se esperasse encontrar Rosalind correndo a seu encontro, com pés ligeiros, a cada esquina... Como todas as inesquecíveis faces do crepúsculo se misturariam nela – enquanto miríades de passos, mil prelúdios, se confundiriam com o ruído de seus pés, e haveria mais embriaguez que a do vinho na suavidade de seus olhos ao encontrar os dele. Até mesmo seus sonhos eram, agora, como lânguidos violinos flutuando como melodias estivais, no ar de verão.

A sala estava mergulhada em sombras, exceto pela ponta incandescente do cigarro de Tom, sentado junto à janela aberta. Quando a porta se fechou atrás dele, Amory ficou um momento parado com as costas apoiadas nela.

– Olá, Benvenuto Blaine! Como foi hoje o negócio de publicidade?

Amory estendeu-se sobre um sofá.

– Detestei-o, como sempre!

A visão momentânea da fervilhante agência foi rapidamente substituída por outra imagem.

– Meu Deus! Ela é maravilhosa!

Tom suspirou.

– Não consigo dizer – prosseguiu Amory – quanto ela é maravilhosa. Não quero que você saiba. Não quero que ninguém saiba.

Outro suspiro veio da janela, um suspiro bastante resignado.

– Ela é vida, esperança e felicidade... É todo o meu mundo agora.

Sentiu nas pálpebras o tremor de uma lágrima.

– Oh, Deus do céu, Tom!

Agridoce

– Sente-se como costumamos – sussurrou ela.

Ele se sentou na grande poltrona e estendeu os braços para que ela pudesse aninhar-se neles.

– Eu sabia que você viria esta noite – disse ela baixinho –, como o verão, justamente quando eu precisava mais de você... querido... querido...

Os lábios de Amory moveram-se preguiçosamente pelo rosto dela.

– Como é bom o seu *gosto* – suspirou ele.

– O que você quer dizer, meu amor?

– Que você é doce, doce... – respondeu Amory, apertando-a mais.

– Amory – murmurou ela –, quando você quiser, eu me caso com você.

– Não teremos muito, a princípio.

– Não! – exclamou ela. – Magoa-me quando você se censura pelo que não pode me dar. Tenho o seu precioso ser... e isso basta para mim.

– Diga-me...

– Você sabe, não sabe? Oh, você sabe!

– Sei, mas quero ouvir você dizer.

– Eu o amo, Amory, com todo o meu coração.

– E vai me amar para sempre?

– Toda a minha vida... Oh, Amory...

– O quê?

– Quero pertencer a você. Quero que a sua família seja a minha família. Quero ter filhos seus.

– Mas eu não tenho família.

– Não ria de mim, Amory. Apenas beije-me.

– Farei o que você quiser.

– Não. Eu é que farei o que *você* quiser. Nós somos *você*, não eu. Oh, você é uma parte tão grande, uma parte tão grande de toda a minha pessoa...

Ele fechou os olhos.

– Sinto-me tão feliz que tenho medo. Não seria medonho se isso fosse... o ponto máximo?

Ela o fitou, sonhadoramente.

– A beleza e o amor passam, eu sei... E há a tristeza, também. Acho que toda grande felicidade é um pouco triste. A beleza significa a fragrância das rosas e a morte das rosas...

– A beleza significa a agonia do sacrifício e o fim do sacrifício...

– E, Amory, nós somos belos, eu sei. Tenho certeza de que Deus nos ama...

– Ele ama você. Você é a coisa mais preciosa que eu possuo.

– Eu não sou Dele, sou sua. Amory, eu pertenço a você. Pela primeira vez, lamento todos os outros beijos; hoje sei quanto um beijo pode significar.

Depois fumavam, e ele contava a ela como fora o dia no escritório – e onde eles poderiam morar. Às vezes, quando ele se mostrava particularmente loquaz, ela adormecia em seus braços, mas ele amava aquela Rosalind – todas as Rosalinds – como jamais no mundo amara qualquer outra pessoa. Horas intangivelmente fugidias, imemoráveis.

Incidente aquático

Certo dia, Amory e Howard Gillespie, encontrando-se por acaso na cidade, almoçaram juntos, e Amory ouviu uma história que o encantou. Depois de vários coquetéis, Gillespie soltou a língua; começou por dizer a Amory que tinha certeza de que Rosalind era ligeiramente excêntrica.

Fora em companhia dela a uma festa aquática em Westchester County, e alguém disse que Annette Kellerman estivera lá certa vez e mergulhara do telhado de uma velha casa de verão de 9 metros de altura que lá havia. Imediatamente, Rosalind insistira com ele para que subissem ambos ao telhado para ver como era. Um minuto depois, enquanto ele estava sentado à beira do telhado, balançando as pernas, um vulto passou a seu lado; Rosalind, os braços estendidos num belo mergulho de cisne, voou pelo ar e mergulhou nas águas límpidas.

– Claro que depois daquilo eu *precisava* fazer o mesmo... e quase me matei. Achei que tinha sido um gesto de coragem da minha parte ter pelo menos tentado. Bem, depois Rosalind teve a coragem de me perguntar por que eu me encolhera ao mergulhar. "Aquilo de modo algum tornou o salto mais fácil", disse-me ela. "Apenas tirou toda a coragem da coisa." E agora eu lhe pergunto: o que é que se pode fazer com uma garota assim? Uma coisa desnecessária como aquela...

Gillespie não compreendeu por que Amory sorriu tão alegremente durante todo o almoço. Julgou que ele talvez fosse um daqueles otimistas vazios.

Cinco semanas depois

Novamente na biblioteca da residência dos Connage. ROSALIND *está sentada sozinha no sofá, olhando de modo estranho e infeliz para o vazio. Mudou perceptivelmente... Por um lado está um pouco mais magra; a luz de seus olhos não é mais tão brilhante; parece bem um ano mais velha.*
Sua mãe entra, envolta num mantô, pronta para ir à Ópera. Examina ROSALIND *com um olhar nervoso.*

SRA. CONNAGE: Quem vem esta noite?

(ROSALIND *não a ouve ou pelo menos não lhe dá atenção.*)

SRA. CONNAGE: O Alec vai me levar ao teatro para ver a peça desse tal Barrie, *Et tu, Brutus*. (*Percebe que está falando sozinha.*) Rosalind! Perguntei quem vem aqui esta noite?

ROSALIND (*estremecendo*): Oh... o quê?... Oh... O Amory...

SRA. CONNAGE (*ironicamente*): Você tem *tantos* admiradores ultimamente que não consegui imaginar *qual deles* seria. (ROSALIND *não responde.*) Dawson Ryder é mais paciente do que eu supunha. Você ainda não lhe concedeu uma noite esta semana.

ROSALIND (*com uma expressão de esgotamento que lhe é inteiramente nova*): Mamãe... por favor...

SRA. CONNAGE: Oh, *eu* não vou interferir. Você já desperdiçou mais de dois meses com um gênio teórico que não tem um níquel, mas continue... Desperdice a sua própria vida. *Eu* não vou interferir.

ROSALIND (*como se repetisse uma lição cansativa*): Você sabe que ele tem uma pequena renda... e que está ganhando 35 dólares por semana numa agência de publicidade...

SRA. CONNAGE: O que não bastaria para comprar os seus vestidos. (*Faz uma pausa, mas* ROSALIND *não responde.*) Tenho no meu coração os seus melhores interesses quando lhe digo para não dar um passo do qual se arrependerá para o resto dos seus dias. E quanto ao seu pai, não poderia ajudá-la. As coisas não têm corrido bem para ele ultimamente, e ele já tem idade. Você dependeria exclusivamente de um sonhador, um rapaz simpático, bem-nascido, mas que não passa de um sonhador, simplesmente *inteligente*. (*Essas suas palavras implicam que tais qualidades, por si sós, não são lá muito boas.*)

ROSALIND: Pelo amor de Deus, mamãe...

(*Uma criada aparece, anunciando a chegada do Sr. Blaine, que se apresenta imediatamente. Os amigos de* AMORY *têm-lhe dito nos últimos dez dias que ele "parece a ira do Senhor", e de fato é assim. Na verdade, não conseguiu comer quase nada nas últimas 36 horas.*)

AMORY: Boa noite, Sra. Connage.

SRA. CONNAGE (*num tom que não era indelicado*): Boa noite, Amory.

(AMORY E ROSALIND *trocam olhares – e* ALEC *entra. A atitude de* ALEC *tem sido inteiramente neutra. Crê, no fundo de seu coração, que o casamento tornará* AMORY *medíocre e* ROSALIND, *infeliz, mas sente grande simpatia por ambos.*)

ALEC: Olá, Amory!

AMORY: Olá, Alec! Tom disse que vai encontrar você no teatro.

ALEC: Sim. Acabo de vê-lo. Como foram os anúncios hoje? Escreveu alguma coisa brilhante?

AMORY: Ah, mais ou menos a mesma coisa. Tive um aumento... *(Todos o olham de maneira um tanto ansiosa)* de 2 dólares por semana. *(Desânimo geral)*

SRA. CONNAGE: Vamos, Alec, estou ouvindo o automóvel.

(Um boa-noite, um tanto gélido em certos aspectos. Depois que a SRA. CONNAGE e ALEC saem, há uma pausa. ROSALIND ainda contempla pensativamente a lareira. AMORY aproxima-se dela e passa-lhe o braço pela cintura.)

AMORY: Garota querida.

(Beijam-se. Outra pausa e, então, ela toma a mão dele, cobre-a de beijos e leva-a ao coração.)

ROSALIND *(tristemente)*: Mais do que qualquer outra coisa, amo as suas mãos. Vejo-as com frequência quando você está longe de mim... tão cansadas. Conheço todas as linhas delas. Mãos queridas!

(Seus olhos se encontram por um segundo e ela começa a chorar... um choro sem lágrimas.)

AMORY: Rosalind!

ROSALIND: Oh, somos tão dignos de pena!

AMORY: Rosalind!

ROSALIND: Eu quero morrer!

AMORY: Mais uma noite como esta e eu vou enlouquecer! Você já está assim há quatro dias. Precisa encorajar-me mais, do contrário, não conseguirei trabalhar, comer nem dormir. *(Olha em torno atarantadamente, como se procurasse novas palavras para vestir suas frases velhas e desbotadas.)* Precisamos começar. *Agrada-me* que comecemos juntos. *(Sua esperança forçada se dissipa ao ver que ela não reage.)* Qual é o problema? *(Levanta-se subitamente e põe-se a andar de um lado para outro.)* É Dawson Ryder, não há dúvida. Ele está mexendo com os seus nervos. Várias pessoas me disseram que têm visto vocês juntos, e eu tenho de sorrir, fazer um sinal afirmativo com a cabeça e fingir que isso não tem a menor importância para mim. E você não me diz uma palavra sobre como vão as coisas.

ROSALIND: Amory, se você não se sentar vou começar a gritar.

AMORY *(sentando-se subitamente ao lado dela)*: Oh, Deus do céu!

ROSALIND *(tomando-lhe docemente a mão)*: Você sabe que eu o amo, não sabe?

AMORY: Sei.

ROSALIND: Sabe que eu sempre o amarei...

AMORY: Não fale assim; você me assusta. Soa-me como se fôssemos nos separar. *(Ela chora um pouco e, erguendo-se do sofá, dirige-se à poltrona.)* Senti, durante toda a tarde, que as coisas estão piores. Quase fiquei maluco no escritório... Não conseguia escrever uma linha. Conte-me tudo.

ROSALIND: Nada há a contar, estou dizendo. Estou apenas nervosa.

AMORY: Rosalind, você está considerando a ideia de se casar com Dawson Ryder.

ROSALIND *(após uma pausa)*: Ele me pediu o dia todo.

AMORY: Bem, ele tem coragem!

ROSALIND *(após outra pausa)*: Gosto dele.

AMORY: Não me diga isso. Isso me fere.

ROSALIND: Não seja um idiota estúpido. Você sabe que é o único homem que já amei, que sempre amarei.

AMORY *(rapidamente)*: Rosalind, vamos nos casar... na semana que vem.

ROSALIND: Não podemos.

AMORY: Por que não?

ROSALIND: Oh, não podemos. Eu seria sua mulher... metida em algum lugar horrível.

AMORY: Temos, tudo contado, 275 dólares por mês.

ROSALIND: Querido, isso não daria, de modo geral, nem para cuidar dos meus cabelos.

AMORY: Eu cuidaria deles para você.

ROSALIND *(entre um sorriso e um soluço)*: Obrigada.

AMORY: Rosalind, você *não pode* estar pensando em se casar com outro. Diga! Você me deixa completamente às escuras! Só vou poder ajudá-la a lutar contra isso se você me disser tudo.

ROSALIND: Trata-se apenas... de nós. Somos dignos de pena... nada mais. As próprias qualidades que eu amo em você são as que farão de você sempre um fracasso.

AMORY *(severamente)*: Continue.

ROSALIND: Bem... Trata-se de Dawson Ryder. Ele é tão confiável... Quase chego a pensar que ele seria um grande apoio.

AMORY: Você não o ama.

ROSALIND: Eu sei, mas eu o respeito. Além disso, ele é um homem bom e forte.

AMORY *(relutante)*: Sim... ele é.

ROSALIND: Bem... eis um pequeno fato. Na última terça-feira, à tarde, em Rye, encontramos um menininho pobre... e Dawson o pôs no colo, conversou com ele e prometeu-lhe um sári indiano... No dia seguinte, lembrou-se da promessa, comprou-o e... oh, foi tudo tão doce que não pude deixar de pensar nos nossos filhos... sendo tratados assim... sem que eu precisasse me preocupar.

AMORY *(desesperado)*: Rosalind! Rosalind!

ROSALIND *(com um pouco de maldade)*: Não precisa ficar com um ar assim tão sofredor!

AMORY: Que capacidade nós temos de nos ferir!

ROSALIND *(começando de novo a soluçar)*: Tem sido tão perfeito... você e eu. Como um sonho ao qual aspirei e que jamais pensei encontrar. A primeira coisa verdadeiramente não egoísta que experimentei em toda a minha vida. E não posso vê-la dissipar-se numa atmosfera incolor!

AMORY: Não vai se dissipar! Não vai se dissipar!

ROSALIND: Preferiria conservar isso como uma linda recordação... oculta no meu coração.

AMORY: Sim, as mulheres podem fazer isso... mas não os homens. Eu me lembrarei sempre não da beleza disso enquanto durou, mas da amargura, da longa amargura.

ROSALIND: Não!

AMORY: Todos os anos sem vê-la, sem beijá-la, como um portão fechado e trancado... Você não tem coragem de ser minha mulher.

ROSALIND: Não... não... Estou tomando o caminho mais difícil, o caminho mais duro. O meu casamento com você seria um fracasso, e eu jamais falho... Se você não parar de andar de um lado para outro, vou gritar!

(Novamente, AMORY afunda-se desesperadamente no sofá.)

AMORY: Venha aqui e me beije.

ROSALIND: Não.

AMORY: Você *não quer* me beijar?

ROSALIND: Esta noite quero que você me ame calma e friamente.

AMORY: O começo do fim.

ROSALIND *(num assomo de compreensão)*: Amory, você é jovem. Eu sou jovem. As pessoas desculpam as nossas atitudes e vaidades... Desculpam-nos por tratar os outros como se fossem Sanchos e não sofrer as consequências. Desculpam-nos, agora. Mas muitos obstáculos o aguardam...

AMORY: E você tem medo de enfrentá-los na minha companhia.

ROSALIND: Não, não é isso. Há um poema, que li em algum lugar... Você vai dizer Ella Wheeler Wilcox e rir, mas ouça:

> Pois isso é sabedoria – amar e viver,
> Aceitar o que o destino ou os deuses possam dar-nos;
> Não fazer perguntas, não orar,
> Beijar os lábios e acariciar os cabelos,
> Apressar a maré da paixão e saudar o seu fluxo,
> Ter e reter e, no devido tempo, deixar ir.

AMORY: Mas nós não tivemos.
ROSALIND: Amory, eu sou sua... você sabe. Houve ocasiões, no mês passado, em que eu teria sido inteiramente sua se você me pedisse. Mas não posso me casar com você e arruinar as nossas vidas.
AMORY: Precisamos arriscar e tentar ser felizes.
ROSALIND: Dawson diz que eu aprenderei a amá-lo.
(Com a cabeça afundada entre as mãos, AMORY não responde. A vida parece tê-lo abandonado subitamente.)
ROSALIND: Meu amado! Meu amado! Não posso passar sem você; não consigo imaginar a vida sem você.
AMORY: Rosalind, estamos muito nervosos. É só que estamos muito tensos, e esta semana...
(Sua voz é curiosamente velha. Ela vai até ele, toma-lhe o rosto entre as mãos e beija-o.)
ROSALIND: Não posso, Amory. Não posso me afastar das árvores e das flores, e ficar encerrada num apartamentozinho à sua espera. Você me odiaria num ambiente apertado. Faria com que você me odiasse.
(Cegam-na de novo lágrimas incontroláveis.)
AMORY: Rosalind...
ROSALIND: Oh, querido, vá embora... Não torne as coisas mais difíceis! Não posso suportar isso...
AMORY *(o rosto contraído, a voz tensa)*: Você sabe o que está dizendo? Quer que eu vá embora para sempre?
(Há uma certa mudança em seu sofrimento.)

ROSALIND: Você não compreende...

AMORY: Receio não poder compreender, se você me ama. Está com medo de arriscar dois anos na minha companhia.

ROSALIND: Eu não seria a Rosalind que você ama.

AMORY *(um tanto histericamente)*: Não posso renunciar a você! Não posso, eis tudo! Preciso tê-la para mim!

ROSALIND *(uma certa inflexão dura na voz)*: Agora, você está agindo como uma criança.

AMORY *(impetuosamente)*: Pouco me importa! Você está arruinando as nossas vidas!

ROSALIND: Estou fazendo o que é sensato, a única coisa a fazer.

AMORY: Você vai se casar com Dawson Ryder?

ROSALIND: Oh, não me pergunte! Você sabe que, em certos sentidos, sou adulta e, noutros, apenas uma menina. Gosto do sol, das coisas belas e da alegria... e tenho horror à responsabilidade. Não quero pensar em panelas, cozinhas e vassouras. Quero pensar apenas se as minhas pernas vão ficar bronzeadas e lisas quando eu nadar no verão.

AMORY: E você me ama.

ROSALIND: É justamente por isso que tem que acabar. Viver despreocupadamente dói muito. Não podemos ter mais cenas como esta.

(Tira do dedo o anel e devolve-o a AMORY. Ambos estão novamente com os olhos cheios de lágrimas.)

AMORY *(os lábios colados à face úmida de ROSALIND)*: Não! Guarde-o, por favor... Não me dilacere o coração!

(Ela põe delicadamente o anel na mão dele.)

ROSALIND *(a voz entrecortada)*: É melhor você ir.

AMORY: Adeus...

(Ela fita-o mais uma vez, com infinita ânsia, infinita tristeza.)

ROSALIND: Não me esqueça jamais, Amory...

AMORY: Adeus...

(Ele se dirige à porta e procura às cegas a maçaneta... Abre-a... Ela o vê jogar a cabeça para trás e retirar-se. Tudo acabado... Ela quase se levanta, num arroubo, do sofá; mas depois afunda a cabeça nas almofadas.)

ROSALIND: Oh, meu Deus, quero morrer! *(Decorrido um momento, levanta-se e encaminha-se de olhos fechados para a porta. Depois, volta-se e olha uma vez mais a sala. Era ali que eles se sentavam e sonhavam; ali estava a bandeja que ela tantas vezes enchera de fósforos para ele; ali estava a cortina que eles tantas vezes baixaram, discretamente, em longas tardes de domingo. Olhos enevoados, ela fica ali parada, recordando... E diz em voz alta)* Oh, Amory, o que foi que eu lhe fiz?

(E sob a dolorida tristeza, que passará com o tempo, ROSA-LIND sente que perdeu alguma coisa, não sabe bem o quê, não sabe bem por quê.)

2
Experimentos em convalescença

O Knickerbocker bar, alegrado pelo jovial e colorido *Old King Cole*, de Maxfield Parrish, estava lotado. Amory deteve-se à entrada e consultou seu relógio de pulso; queria particularmente saber as horas, pois algo em sua mente – que catalogava e classificava as coisas – gostava de dividir tudo com clareza. Mais tarde, ficaria satisfeito de uma maneira vaga por poder pensar que "determinada coisa terminara exatamente às oito e vinte de uma manhã de quinta-feira, dia 10 de junho de 1919". Isso incluía a caminhada que fizera desde a casa dela – uma caminhada da qual ele não teria, mais tarde, a mais leve lembrança.

Encontrava-se numa situação um tanto grotesca: dois dias de preocupação e nervosismo, de noites em claro, sem quase tocar em alimentos, tinham culminado naquela crise emocional e na decisão abrupta de Rosalind – e a tensão de tudo isso entorpecera sua mente, levando-o a um misericordioso estado de alheamento. Enquanto ele mexia desajeitadamente nas azeitonas que acompanhavam o couvert, um homem se aproximou dele e falou-lhe, fazendo com que as azeitonas caíssem de sua mão nervosa.

– E então, Amory?

Era alguém que ele conhecera em Princeton, mas não tinha a menor ideia do nome do sujeito.

– Olá, meu velho – disse automaticamente.

– O meu nome é Jim Wilson... Vejo que você esqueceu.

– Claro que não esqueci, Jim. Lembro-me bem.

– Você vai à reunião?

– Lógico!

Percebeu no mesmo instante que não ia a reunião alguma.

– Esteve no exterior?

Amory acenou afirmativamente com a cabeça, fitando o outro com ar estranho. Ao recuar para deixar alguém passar, bateu no prato de azeitonas, que se espatifou no chão.

– É pena – murmurou. – Aceita um drinque?

Wilson, diplomaticamente hábil, deu-lhe uma palmadinha nas costas.

– Você já bebeu bastante, meu velho!

Amory ficou a olhá-lo, taciturno, até que o outro se sentiu embaraçado diante de tal escrutínio.

– Bastante, uma ova! – exclamou, afinal. – Ainda não bebi nada hoje.

Wilson pareceu incrédulo.

– Aceita ou não um drinque? – indagou rudemente.

Juntos, encaminharam-se para o bar.

– Um uísque duplo!

– Vou tomar apenas um Bronx.

Wilson tomou outro; Amory, vários. Resolveram sentar-se. Às dez horas, Wilson foi substituído por Carling, da turma de 1915. Amory, a cabeça girando esplendidamente, acumulando camada após camada de suave satisfação sobre os lugares contundidos de seu espírito, discorria voluvelmente sobre a guerra.

– Um desperdício mental – insistia ele, em sua sabedoria de coruja. – Dois anos da minha vida desperdiçados em pleno vácuo... Perdido o idealismo, converti-me em um animal – continuou, agitando o dedo expressivamente na direção de *Old King Cole*. – É preciso ser prussiano a respeito de tudo... principalmente de mulheres... Na universidade, eu costumava ser correto com as mulheres; agora, não dou a mínima... – Exprimiu sua falta de princípios lançando um jato de água com gás no chão, num gesto largo, mas sem interromper seu discurso. – Procuremos o prazer onde pudermos encontrá-lo, pois amanhã morreremos. Eis a minha filosofia daqui para a frente.

Carling bocejou, mas Amory prosseguiu brilhantemente:

– Eu costumava refletir sobre muitas coisas... a acomodação satisfeita das pessoas diante da vida, essa atitude metade-metade. Agora não penso mais, não penso mais...

Tornou-se tão enfático em sua tentativa de fazer Carling compreender que já não pensava, que perdeu o fio do discurso e concluiu anunciando para todo o bar que era agora um animal.

– O que você está comemorando, Amory?

Amory inclinou-se para ele, em tom confidencial:

– Estou comemorando a falência da minha vida. A grande falência da minha vida. Não posso dizer mais a respeito...

Ouviu a voz de Carling, dirigindo-se ao garçom:

– Dê a ele um sal de fruta.

Amory balançou a cabeça, indignado.

– Nada disso!

– Ouça, Amory! Assim você vai passar mal. Já está branco como um fantasma.

Amory refletiu sobre o caso. Tentou ver-se no espelho, mas mesmo erguendo um olho não conseguia divisar nada além de uma fileira de garrafas atrás do bar.

– Gostaria de alguma coisa sólida. Vamos comer... uma salada.

Ajeitou o paletó, procurando adotar um ar displicente, mas o simples esforço para sair do bar era demasiado para ele – e tropeçou numa cadeira.

– Vamos ao Shanley's – sugeriu Carling, oferecendo-lhe o braço.

Com a ajuda dele, Amory conseguiu dar às duas pernas movimento suficiente para que atravessassem a rua 42.

O restaurante estava bastante escuro. Amory percebeu que estava falando alto, de maneira sucinta e convincente, pensava ele, sobre seu desejo de esmagar com os pés as pessoas que encontrava. Devorou três sanduíches enormes, engolindo-os como se não fossem maiores do que um bombom de chocolate. Então, Rosalind começou a insinuar-se de novo em seu espírito, e sentiu que o nome dela se formava repetidamente em sua mente. Depois, sentiu-se sonolento e teve uma vaga e brumosa sensação de que pessoas vestidas a rigor, provavelmente garçons, se reuniam em torno da mesa... Estava num quarto, e Carling dizia-lhe algo acerca de um nó no cordão de seu sapato.

– Não importa – conseguiu responder, sonolento. – Dormirei com eles...

Ainda alcoólico

Despertou rindo e correu os olhos preguiçosamente pelo ambiente, com certeza um quarto e um banheiro num bom hotel. A cabeça rodava, e uma sucessão de imagens formava-se, confundia-se e dissipava-se diante de seus olhos, mas além do desejo de rir não tinha nenhuma reação inteiramente consciente. Estendeu o braço e apanhou o telefone ao lado da cama.

– Alô... que hotel é este? Knickerbocker? Muito bem. Mande-me dois uísques duplos...

Ficou um momento deitado, pensando ociosamente se mandariam uma garrafa ou apenas as duas doses. Depois, com esforço, conseguiu levantar-se e dirigir-se, cambaleante, ao banheiro.

Ao voltar, esfregando-se indolentemente com uma toalha, encontrou o rapaz do bar com as bebidas e sentiu um súbito desejo de gracejar com ele. Mas, pensando melhor, achou que isso não era digno – de modo que fez um sinal para que o rapaz se retirasse.

À medida que o álcool lhe caía de novo no estômago e o aquecia, as imagens isoladas da véspera começaram a formar-se lentamente, como num filme de cinema. Tornou a ver Rosalind encolhida entre as almofadas, a sentir-lhe as lágrimas em seu rosto. As palavras de Rosalind soavam-lhe outra vez nos ouvidos: "Jamais me esqueça Amory... jamais me esqueça..."

– Inferno! – exclamou.

E, engasgando, caiu sobre a cama num espasmo convulsivo de sofrimento. Passado um minuto, abriu os olhos e fitou o teto.

– Maldito idiota! – tornou a exclamar, enojado, e dando um imenso suspiro tornou a aproximar-se da garrafa.

Depois de outro trago, deu-se ao luxo de entregar-se às lágrimas. Evocou propositalmente os pequenos incidentes da primavera que se extinguia, usando de expressões que lhe exacerbariam ainda mais a tristeza.

– Éramos tão felizes – entonou dramaticamente. – Tão felizes!...

Sucumbiu novamente e, ajoelhando-se à beira da cama, afundou a cabeça no travesseiro:

– Minha garota... minha... Oh...

Cerrou os dentes, até que as lágrimas jorraram, em borbotões, de seus olhos.

– Oh... minha garota... tudo que eu possuía, tudo que eu desejava!... Oh, minha pequena, volte, volte! Preciso de você... preciso de você... Somos tão desgraçados... Só trouxemos infelicidade um para o outro... Afastaram-na de mim... Não posso vê-la, não posso ser seu amigo. Tinha de ser assim... tinha de ser assim...

E novamente:

– Fomos tão felizes, tão felizes...

Pôs-se de pé e jogou-se sobre a cama, numa crise de sentimentalismo. Depois lá ficou, exausto, enquanto ia percebendo lentamente que ficara muito bêbado na noite anterior e que sua cabeça voltava a girar vertiginosamente. Riu, levantou-se e dirigiu-se de novo ao Lete...

Ao meio-dia, meteu-se novamente em meio a uma multidão, no bar do Biltmore – e a dissipação recomeçou. Mais tarde, lembrou-se vagamente de que discutira poesia francesa com um oficial inglês, que lhe fora apresentado como o "Capitão Corn, da infantaria de Sua Majestade", e de que tentara durante o almoço declamar "Clair de Lune"; depois dormira até as cinco num grande e macio sofá, onde outra multidão o encontrou e o despertou, após o que se seguiram outras rodadas de bebida, à guisa de preparativo para que suportasse a provação do jantar. No Tyson's reservaram entradas de teatro para uma peça precedida de mais quatro rodadas de bebida –

uma peça de duas vozes monótonas, cenas sombrias e confusas e efeitos de relâmpagos que Amory achou difícil acompanhar numa ocasião em que seus olhos se portavam de maneira tão surpreendente. Imaginou mais tarde que a peça apresentada talvez tivesse sido *The Jest*...

Depois, Cocoanut Grove, onde Amory tornou a dormir num pequeno balcão externo. No Shanley's, em Yonkers, ficou quase lúcido, e, mediante cuidadoso controle das doses de uísque que bebeu, mostrou-se bastante consciente e loquaz. Viu que o grupo consistia de cinco homens, dois dos quais ele conhecia ligeiramente; fez absoluta questão de pagar a sua parte das despesas e insistiu, em voz alta, em arranjar as coisas ali mesmo, divertindo os que estavam nas mesas adjacentes.

– Resolvi me suicidar – anunciou subitamente.

– Quando? No ano que vem?

– Agora. Amanhã cedo. Vou tomar um quarto no Commodore, entrar num banho quente e abrir uma veia.

– Ele está ficando mórbido!

– Você precisa de outro uísque, meu velho!

– Conversaremos sobre isso amanhã.

Mas Amory não seria dissuadido, pelo menos não mediante argumentação.

– Vocês alguma vez se sentiram assim? – perguntou, confidencialmente, em seguida.

– Claro!

– Com frequência?

– É o meu estado crônico.

Isso provocou discussão. Um dos presentes disse que às vezes se sentia tão deprimido que pensava seriamente naquilo. Outro concordou que não havia nada por que valesse a pena viver. O capitão Corn, que de algum modo tornara a juntar-se ao grupo, afirmou que, em sua opinião, quando alguém se sentia assim, era quase sempre porque a saúde não estava boa. A sugestão de Amory foi de que cada qual pedisse um Bronx, misturasse nele vidro moído e o tomasse. Para seu alívio, ninguém aplaudiu a ideia, de modo que, terminando seu uísque, ele equilibrou o queixo na mão e fincou o cotovelo na mesa – numa posição de dormir bastante delicada e que quase não dava na vista, pensou –, mergulhando num profundo estupor.

Foi despertado por uma mulher que se agarrava a ele – uma bela mulher, de cabelos castanhos em desalinho e olhos azuis.

– Leve-me para casa! – exclamou ela.

– Olá! – disse Amory, pestanejando.

– Gostei de você – anunciou ternamente a mulher.

– Também gostei de você.

Percebeu que havia em segundo plano um homem barulhento, e que um dos componentes de seu grupo discutia com ele.

– O sujeito com quem eu estava é um maldito idiota – confidenciou-lhe a mulher de olhos azuis. – Eu o detesto. Quero ir para casa com você.

– Você está embriagada? – indagou, com viva sabedoria, Amory.

Ela respondeu, recatadamente, com um aceno afirmativo de cabeça.

– Vá para casa com ele – aconselhou, com ar grave. – Foi ele quem a trouxe.

A essa altura o homem, que se mantinha afastado, desvencilhou-se dos que o retinham e aproximou-se:

– Ouça! – disse, feroz. – Eu trouxe essa moça comigo, e você está se metendo onde não é chamado.

Amory olhou-o friamente, enquanto a jovem se aconchegava mais a ele.

– Largue a moça! – bradou o ruidoso homem.

Amory deu aos olhos uma expressão ameaçadora.

– Vá para o inferno! – exclamou finalmente, voltando sua atenção para a jovem.
– Amor à primeira vista – disse-lhe.
– Eu o amo – suspirou ela, aconchegando-se ainda mais.
E ela realmente tinha olhos lindos!
Alguém se aproximou e sussurrou ao ouvido de Amory:
– Essa moça é Margaret Diamond. Está bêbada, e esse sujeito a trouxe. É melhor você deixar que ela vá.
– Ele que cuide dela, então! – berrou, furioso, Amory. – Não sou nenhum missionário da Associação Cristã de Moços... Sou? Sou?
– Deixe que ela vá.
– É *ela* quem está se agarrando a mim, com os diabos! Deixe que se agarre!
A multidão em torno da mesa aumentou. Em segundos, um tumulto parecia iminente, mas um garçom polido conseguiu abrir os dedos de Margaret Diamond, até que ela largou Amory. Ela, então, esbofeteou o garçom e lançou os braços em torno do pescoço do esbravejante sujeito em cuja companhia estava.
– Oh, Deus do céu! – exclamou Amory.
– Vamos embora!
– Vamos, os táxis estão rareando!
– Garçom, a conta!
– Vamos, Amory. O seu romance terminou.
Amory riu.
– Você não sabe quanto tem razão. Não faz a menor ideia. E aí é que está todo o problema.

Amory e a questão trabalhista

Dois dias depois, Amory bateu à porta do presidente da agência de publicidade Bascome & Barlow.

– Entre!

Amory entrou sem firmeza.

– Bom dia, Sr. Barlow.

O Sr. Barlow pôs os óculos para examiná-lo melhor e abriu ligeiramente a boca, a fim de que pudesse ouvir melhor.

– E então, Sr. Blaine? Não o vejo há vários dias.

– É verdade – respondeu Amory. – Estou deixando a firma.

– Bem... bem... isto é...

– Isto não me agrada.

– Sinto muito. Julguei que as nossas relações eram bastante... bem... agradáveis. O senhor parecia ser bastante trabalhador... Talvez um tanto inclinado a escrever coisas um pouco extravagantes...

– Cansei-me disso – interrompeu-o rudemente Amory. – A mim pouco me importava que a farinha Harebell fosse melhor que qualquer outra. Na verdade, jamais a experimentei. De modo que me cansei de falar para os outros a respeito dela... Bem, sei que andei bebendo...

A expressão fisionômica do Sr. Barlow adquiriu uma frieza de aço.

– O senhor pediu um emprego...

Com um gesto, Amory fez com que ele se calasse.

– Acho que eu estava sendo muito mal pago. Trinta e cinco dólares por semana... É menos que um bom carpinteiro.

– O senhor estava apenas começando. Nunca trabalhou antes – disse friamente o Sr. Barlow.

– Mas foram gastos 10 mil dólares na minha educação a fim de que eu pudesse escrever essas malditas coisas para o senhor. De qualquer modo, no que se refere ao serviço, o senhor tem aqui datilógrafas com mais de cinco anos de casa que recebem 15 dólares por semana.

– Não vou discutir com o senhor – disse o Sr. Barlow, levantando-se.

– Nem eu. Queria apenas dizer-lhe que estou deixando a firma.

Ficaram um momento olhando um para o outro, impassíveis; depois Amory girou nos calcanhares e deixou o escritório.

Uma pequena trégua

Quatro dias depois, voltou finalmente ao apartamento. Tom estava escrevendo a resenha de um livro para *The New Democracy*, de cuja redação fazia parte. Olharam-se por um momento em silêncio.

– E então?

– E então o quê?

– Santo Deus, Amory. Você está com um olho roxo... E o queixo?

Amory riu:

– Isso não tem a mínima importância. – Tirou o paletó e mostrou os ombros: – Veja isto!

Tom deu um pequeno assobio.

– O que foi que aconteceu?

– Oh, fui agredido por uma porção de gente. Deram-me uma surra – ajuntou, recolocando lentamente a camisa no lugar. – Mais cedo ou mais tarde, isso tinha de acontecer, e eu não o perderia por nada.

– Quem fez isso?

– Bem, havia alguns garçons, dois marinheiros e alguns transeuntes extraviados, acho. É uma sensação extremamente estranha. Para experimentá-la, é preciso ser surrado de verdade. Depois de alguns momentos, você cai e todos se lançam contra você... antes que chegue ao chão. Depois, desferem pontapés.

Tom acendeu um cigarro.

— Passei um dia inteiro procurando-o pela cidade, Amory, mas você parecia estar sempre um passo adiante de mim. Você deve ter estado em alguma festa.

Amory deixou-se cair sobre uma poltrona e pediu um cigarro.

— Está sóbrio agora? — indagou, com ar zombeteiro, Tom.

— Bastante sóbrio. Por quê?

— Bem, Alec foi embora. A família dele vinha insistindo para que voltasse para casa, de modo que ele...

Amory sentiu um aperto no coração.

— É uma pena.

— É uma pena mesmo. Precisamos arranjar outra pessoa se quisermos ficar aqui. O aluguel está subindo.

— Claro. Arranje alguém. Deixo isso ao seu cuidado, Tom.

Amory entrou em seu quarto. A primeira coisa com que deparou foi uma fotografia de Rosalind, que ele pretendia mandar emoldurar, encostada no espelho da cômoda. Olhou-a sem emoção. Depois das vívidas imagens mentais de Rosalind, que habitavam agora seu espírito, o retrato parecia-lhe curiosamente irreal. Voltou ao escritório.

— Você tem uma caixa de papelão?

— Não — respondeu Tom, intrigado. — Por que deveria ter? Ah, sim... Talvez haja alguma no quarto de Alec.

Por acaso, Amory encontrou o que procurava, e voltando à cômoda abriu uma gaveta cheia de cartas, bilhetes, uma correntinha partida, dois lencinhos e alguns instantâneos. Colocou tudo cuidadosamente na caixa, e sua mente flutuou para algum lugar em uma página de um livro em que o herói, após guardar durante um ano um pedaço de sabonete de seu amor perdido, acaba por lavar as mãos com ele. Riu e pôs-se a cantarolar "After you've go"... Mas interrompeu-se de repente.

O barbante rebentou duas vezes. Afinal, conseguiu atar a caixa de papelão e colocou-a no fundo de sua mala; depois, fechou-a com força e voltou ao escritório.

– Vai sair? – indagou Tom, mal ocultando sua preocupação.
– Vou.
– Aonde vai?
– Não saberia dizer, meu velho.
– Vamos jantar juntos.
– Sinto muito. Mas disse a Sukey Brett que jantaria com ele.
– Oh!
– Até mais.

Amory atravessou a rua e tomou um uísque com soda. Depois, rumou para a Washington Square e encontrou um lugar no alto de um ônibus de dois andares. Desceu na rua 43 e dirigiu-se ao bar do Biltmore.

– Olá, Amory!
– O que vai tomar?
– Um uísque duplo! Garçom!

Temperatura normal

O advento da "lei seca" pôs fim à submersão no sofrimento de Amory e, uma manhã, quando, ao despertar, percebeu que seus velhos dias de perambulação de bar em bar haviam terminado, não sentiu nem remorso pelas suas últimas três semanas, nem pesar por não ser possível repeti-las. Adotara o mais violento, ainda que o mais ineficaz, de todos os métodos, a fim de proteger-se das punhaladas da recordação, e embora não fosse um método que ele teria prescrito a outros, a verdade é que verificou no fim que dera resultado: vencera a primeira crise de sofrimento.

Não interpretem mal! Amory amara Rosalind como jamais amaria outra criatura. Ela fora alvo dos primeiros ímpetos de sua juventude, trazendo à tona, das insondáveis profundezas da alma de Amory, ternuras que a ele próprio causavam surpresa, delicadezas e dedicações que jamais tivera com outra pessoa. Tivera outros casos amorosos, mas de outra espécie; nesses últimos casos, regressava ele talvez a um estado de espírito que lhe era mais típico, e nos quais a jovem se tornava um reflexo desse mesmo estado de espírito. Rosalind, porém, fizera surgir nele algo que era mais que uma simples e apaixonada admiração; sentia por ela profundo, imorredouro afeto.

Contudo, ocorrera, quase no fim, tanta tragédia dramática, culminando no fantástico pesadelo daquelas três semanas de orgia, que ele se sentia emocionalmente exausto. As pessoas e os ambientes de que se lembrava como frios ou delicadamente artificiais pareciam prometer-lhe um refúgio. Escreveu um conto cínico, no qual contava o enterro do próprio pai, e enviou-o a uma revista, recebendo em troca um cheque de 60 dólares e o pedido de outras histórias no mesmo tom. Isso lhe fez cócegas na vaidade, mas não o animou a novos esforços.

Lia muito. Sentiu-se não só intrigado como deprimido por *Retrato do artista quando jovem,* interessou-se vivamente por *Joan and Peter* e *The Undying Fire* (O fogo eterno); ficou um tanto surpreso por descobrir, por meio de um crítico chamado Mencken, vários e excelentes romances americanos: *Vandover and the Brute* (Vandover e o animal), *The Damnation of Theron Ware* (A condenação de Theron Ware) e *Jennie Gerhardt.* Mackenzie, Chesterton, Galsworthy, Bennet decaíram em sua apreciação, passando de homens sagazes e geniais, saturados de vida, a contemporâneos divertidos, simplesmente. Apenas a altiva lucidez e a brilhante coerência de Shaw, bem como os esforços gloriosamente inebriados de H. G. Wells, no sentido de introduzir a chave da simetria romântica na evasiva fechadura da verdade, conquistavam sua enlevada atenção.

Desejava ver monsenhor Darcy, a quem escrevera ao desembarcar, mas não recebera notícias dele. Além disso, sabia que uma visita ao monsenhor Darcy o levaria a contar a história de Rosalind, e a ideia de repeti-la enchia-o de gélido horror.

Em sua busca por pessoas ponderadas, lembrou-se da Sra. Lawrence, mulher muito inteligente e digna, convertida ao catolicismo e dedicada amiga de monsenhor Darcy.

Telefonou-lhe certo dia. Sim, ela se lembrava perfeitamente dele; não, monsenhor Darcy não estava na cidade, mas sim em Boston, achava ela; prometera jantar com ela quando voltasse. E ele, poderia almoçar com ela?

— Achei que seria melhor ficar em dia — disse ele, um tanto ambiguamente, ao chegar.

— Ainda na semana passada monsenhor Darcy esteve aqui — informou, pesarosa, a Sra. Lawrence. — Estava muito ansioso por vê-lo, mas havia deixado o seu endereço em casa.

— Será que ele acha que eu mergulhei no bolchevismo? — indagou, interessado, Amory.

— Oh, ele está vivendo dias terrivelmente difíceis!

— Por quê?

— Por causa da República da Irlanda. Acha que lhe falta dignidade.

— É mesmo?

— Com a chegada do presidente da Irlanda, ele foi a Boston, e ficou muitíssimo aborrecido, pois os membros do comitê de recepção, durante o desfile em automóvel, passavam o braço por cima do ombro do presidente.

— Não o censuro por isso.

— Bem, o que mais o impressionou quando esteve no exército? O senhor parece muito mais velho.

— Isso foi devido a outra batalha, mais desastrosa — respondeu Amory, sem conseguir, apesar de tudo, deixar de sorrir. — Mas, quanto ao exército... deixe-me ver... Bem, descobri que a coragem física depende, em grande parte, das condições físicas em que a gente se encontra. Descobri que eu era tão corajoso quanto qualquer um... embora antes isso me preocupasse.

– E o que mais?

– Impressionaram-me também a ideia de que um homem pode suportar o que quer que seja se se habituar à situação em que se encontra, e o fato de eu ter obtido uma nota excelente no exame psicológico.

A Sra. Lawrence riu. Amory sentia que era um grande alívio estar naquela fresca casa em Riverside Drive, longe das partes mais densas de Nova York e daquela sensação de criaturas humanas expelindo grandes quantidades de ar num espaço pequeno. A Sra. Lawrence lembrava-lhe vagamente Beatrice, não por causa do temperamento, mas de sua perfeita graça e dignidade. A casa, os móveis, a maneira de servir o jantar distanciavam-se grandemente do que ele vira nas grandes residências de Long Island, onde os criados constituíam tal estorvo que tinham verdadeiramente de ser empurrados do caminho, ou até mesmo nas casas de famílias mais conservadoras que pertenciam ao Union Club. Perguntava-se se aquele ar de simétrica contenção e aquela delicadeza que lhe parecia europeia não proviriam dos antepassados da Sra. Lawrence, que haviam aportado na Nova Inglaterra, ou se não teriam sido adquiridos em suas longas permanências na Itália e na Espanha.

Dois copos de vinho branco durante o almoço haviam soltado sua língua, e ele falou, com o que parecia ser seu antigo encanto, sobre religião, literatura e o ameaçador fenômeno da ordem social. A Sra. Lawrence mostrava-se ostensivamente satisfeita, e o interesse dela direcionava-se principalmente para sua mente – e Amory desejava que as pessoas voltassem a apreciar sua mente, lugar encantador em que ele, dentro em pouco, talvez pudesse viver.

– Monsenhor Darcy ainda acha que o senhor é a reencarnação dele, e que a sua fé eventualmente vai se iluminar.

– Talvez – assentiu Amory. – No momento, sinto-me bastante pagão. É que a religião parece não ter a menor relação com a vida na minha idade.

Ao sair da casa da Sra. Lawrence, desceu pela Riverside Drive sentindo certa satisfação. Era divertido voltar a discutir assuntos como o jovem poeta Stephen Vincent Benét ou a República da Irlanda. Em meio às acusações rançosas de Edward Carson e do juiz Cohalan, ele esgotou inteiramente a questão da Irlanda; contudo, houve um tempo em que seus traços celtas constituíram os pilares de sua filosofia pessoal.

Pareceu-lhe subitamente que ainda restava muita coisa na vida – se ao menos aquela renovação de antigos interesses não significasse que ele estava se afastando de novo dela... afastando-se da própria vida.

Inquietude

– Estou muito velho e muito entediado, Tom – disse ele certo dia, escarrapachando-se confortavelmente num sofá junto à janela.

Sempre se sentia mais natural na posição horizontal.

– Você costumava ser divertido antes de começar a escrever – continuou. – Agora, guarda todas as ideias que julga que possam ser impressas.

A existência acomodara-se a uma normalidade sem ambições. Tinham resolvido que se economizassem poderiam dar-se ao luxo de conservar o apartamento, ao qual Tom, com a domesticidade de um velho gato, se afeiçoara. Os velhos quadros ingleses de caça pendurados nas paredes eram de Tom, assim como a grande tapeçaria, uma relíquia de decadentes dias universitários, a grande profusão de castiçais desparelhados e a cadeira Luís XV na qual ninguém podia sentar-se por mais de um minuto sem que sofresse severas desordens da coluna... Tom dizia que isso acontecia porque as pessoas se sentavam sobre o fantasma de Montespan... Fosse como fosse, decidiram ficar, devido aos móveis de Tom.

Quase nunca saíam: iam apenas, ocasionalmente, ao teatro, ao Ritz ou ao Princeton Club. Com a lei seca, o grande lugar de encontros sofrera golpes mortais, já não era possível entrar no bar do Biltmore ao meio-dia ou às cinco da tarde e encontrar espíritos afins, e tanto Tom quanto Amory já haviam superado a paixão pela dança com debutantes do Meio Oeste ou de Nova Jersey, no Club-de-Vingt (apelidado "Club de Gink") ou no Salão Cor-de-rosa do Plaza... Além disso, mesmo aquilo requeria vários coquetéis, "para descer ao nível das mulheres presentes", como disse certa vez Amory a uma matrona escandalizada.

Nos últimos tempos, Amory recebera do Sr. Barton, seu advogado, muitas cartas alarmantes: a casa de Lake Geneva era demasiado grande para ser facilmente alugada; o mais alto aluguel que se pudesse conseguir serviria, aquele ano, para pouco mais do que pagar os impostos e fazer as reformas necessárias. Na verdade, o advogado insinuava que aquela propriedade não passava de um elefante branco nas mãos de Amory. Não obstante, embora a propriedade talvez não produzisse um único centavo nos próximos três anos, Amory resolveu, tomado de um vago sentimentalismo, que não venderia a casa.

Esse determinado dia em que anunciou seu aborrecimento a Tom fora um dia bastante típico. Levantara-se ao meio-dia, almoçara com a Sra. Lawrence e depois rumara distraidamente para casa, no topo de um de seus amados ônibus.

– Por que você não deveria estar entediado? – indagou, com um bocejo, Tom. – Por acaso não é esse o estado de espírito convencional dos jovens da sua idade e condição?

– Sim – respondeu Amory, pensativo. – Mas eu estou mais do que entediado. Estou inquieto.

– O amor e a guerra fizeram isso com você.

– Bem – considerou Amory –, não estou certo de que a guerra em si tenha exercido grande influência sobre você ou sobre mim... mas, sem dúvida, abalou os antigos alicerces, de certo modo, matou o individualismo na nossa geração.

Tom olhou-o surpreso.

– É verdade – insistiu Amory. – Talvez tenha extirpado o individualismo do mundo inteiro. Meu Deus, que prazer eu costumava experimentar ao sonhar que poderia ser um grande ditador ou escritor, um líder político ou religioso! E, agora, nem mesmo um Leonardo da Vinci ou um Lorenzo de Médici poderiam deixar de ser um verdadeiro e antiquado entrave no mundo. A vida é demasiado grande e complexa. O mundo está tão pesado que não consegue sequer erguer os próprios dedos, e eu planejava ser um desses dedos importantes...

– Não concordo com você – interrompeu-o Tom. – Nunca homem algum se viu em posição tão egoísta desde... bem, desde a Revolução Francesa.

Amory discordou violentamente.

– Você está confundindo essa época, em que cada maluco é um individualista, com um período de individualismo. Wilson só foi poderoso quando representou; depois, teve de ceder repetidamente. Assim que Trotsky e Lenin tomarem uma posição coerente, definida, se converterão simplesmente em figuras que não vão durar mais do que dois minutos, como Kerensky. Nem mesmo Foch tem sequer a metade da importância de Stonewall Jackson. Antigamente, a guerra costumava ser a busca mais individualista do homem, e, no entanto, os heróis populares da guerra não têm nem autoridade nem responsabilidade: Guynemer e o sargento York. Como um colegial poderia fazer de Pershing um herói? Um grande homem, na verdade, não tem tempo para outra coisa a não ser ficar sentado e ser grande.

– Então você acha que não vai haver mais heróis de guerra permanentes?

– Vai haver, mas na história... não na vida. Carlyle teria dificuldade em conseguir material para um novo capítulo sobre *The Hero as a Big Man*.

– Prossiga. Sou um bom ouvinte hoje.
– As pessoas se esforçam demais para acreditar em líderes hoje em dia... esforçam-se demais, lamentavelmente. Mas assim que surge um reformador popular, um político, um soldado, um escritor ou um filósofo, um Roosevelt, um Tolstoi, um Wood, um Shaw, um Nietzsche, as contracorrentes da crítica o repelem. Deus do céu, homem algum pode aguentar, em nosso tempo, a preeminência! É o caminho mais certo para a obscuridade. As pessoas se cansam de ouvir e repetir incessantemente o mesmo nome.
– E você culpa a imprensa por isso?
– Inteiramente. Olhe para você. Trabalha na redação do *The New Democracy*, considerado o semanário mais brilhante do país, lido por homens que fazem coisas e tudo mais. E qual é a sua função? Ser o mais inteligente, o mais interessante e o mais brilhantemente cínico possível, a respeito de todo homem, de toda doutrina, de todo livro, de toda concepção política de que lhe compete tratar. Quanto mais forte a luz, quanto maior o escândalo que se lança sobre o assunto, mais dinheiro lhe pagam, maior é o número de pessoas que compram o jornal. Você, Tom D'Invilliers, um Shelley gorado, mutável, vário, esperto, inescrupuloso, representa a consciência crítica da raça... Oh, não proteste! Conheço a coisa! Eu costumava fazer crítica literária na universidade; considerava extremamente divertido referir-me ao mais recente, honesto e consciencioso esforço de alguém no sentido de propor uma teoria ou um remédio como "uma contribuição bem-vinda às nossas leituras ligeiras de verão". Vamos, admita que é assim!

Tom sorriu, e Amory continuou, triunfante:
– *Queremos* acreditar. Jovens estudantes procuram crer em autores mais velhos, eleitores procuram crer em seus representantes no Congresso, países procuram crer em seus estadistas... mas *não podem*! Há demasiadas vozes, demasiada

crítica irrefletida, ilógica, dispersa. É pior ainda no caso dos jornais. Qualquer grupo rico, antigo, retrógrado, dotado dessa forma de mentalidade particularmente envolvente, aquisitiva, conhecida como gênio financeiro, pode possuir um jornal que seja o alimento intelectual de milhares de homens fatigados, apressados, demasiado envolvidos na vida moderna, e que não engolem outra coisa além de alimentos pré-digeridos. Por 2 centavos o leitor compra a sua política, os seus preconceitos, a sua filosofia. Um ano depois, há um novo tom político ou uma mudança na direção do jornal. Consequência: mais confusão, mais contradição, uma súbita irrupção de novas ideias, o seu afinamento, a sua destilação, a reação contra elas... – Fez uma pausa, apenas para tomar fôlego, e prosseguiu: – E foi por isso que eu jurei não tomar de pena e papel até que as minhas ideias se aclarem ou me abandonem inteiramente. Já tenho na minha alma pecados mais do que suficientes sem meter na cabeça dos outros epigramas perigosos, superficiais. Talvez eu pudesse fazer com que um pobre e inofensivo capitalista tivesse alguma ligação vulgar com uma bomba, ou fazer com que um bolchevistazinho inocente se visse envolvido com balas de metralhadora...

Tom estava ficando inquieto diante daquele libelo inflamado contra a ligação dele com *The New Democracy*.

– O que tudo isso tem a ver com o fato de você se sentir entediado?

Amory achava que tinha muito a ver.

– De que modo vou me enquadrar nisso? – indagou. – O que eu pretendo? Propagar a raça? Segundo os romances americanos, somos levados a acreditar que o "saudável rapaz americano", dos 19 aos 25 anos, é um animal inteiramente destituído de sexo. Na realidade, quanto mais saudável ele é, menos isso é verdade. A única alternativa que temos é nos interessar por algo violento. Bem, a guerra acabou, e eu acredito demais na responsabilidade de um autor para começar já a escrever. Quanto aos negócios... bem, os negócios falam por si próprios. Não têm a mínima relação com as coisas que sempre me interessaram, a não ser uma ligeira e utilitária relação com a economia. O que eu veria do mundo dos negócios perdido numa empresa de publicidade durante os próximos e melhores dez anos da minha vida teria, para mim, o conteúdo intelectual de um filme feito com fins industriais.

– Experimente a ficção – sugeriu Tom.

– O mal é que me distraio quando me ponho a escrever contos... Fico com medo de estar escrevendo a coisa em vez de vivê-la... Fico pensando que talvez a vida esteja à minha espera nos jardins japoneses do Ritz, em Atlantic City ou em East Side... Seja como for, não sinto uma necessidade vital disso. Eu queria ser uma criatura humana comum, mas aquela garota não conseguia encarar as coisas desse modo.

– Você vai encontrar outra.

– Santo Deus! Tire essa ideia da cabeça. Por que você não me diz que "se a garota valesse a pena teria esperado por mim?". Não, meu caro, a garota que realmente vale a pena não espera por ninguém. Se eu pensasse que haveria outra, perderia a minha fé na natureza humana. É possível que eu ainda me divirta, mas Rosalind era a única garota no mundo com quem eu poderia ter me comprometido.

– Bem – bocejou Tom –, eu fiz o papel de confidente durante uma hora a fio. Mas fico contente por ver que você começa a manifestar opiniões violentas em relação a alguma coisa.

– Começo, de fato – concordou, com relutância, Amory. – Mas quando vejo uma família feliz, sinto uma coisa no estômago...

– As famílias felizes costumam fazer com que a gente se sinta assim – comentou cinicamente Tom.

Tom, o censor

Havia dias em que Amory o escutava. Era nessas ocasiões que Tom, envolto numa nuvem de fumaça, se entregava à destruição da literatura americana. As palavras com frequência o traíam.

– Cinquenta mil dólares anuais – gritava ele. – Deus do céu! Olhe para eles, olhe para eles... Edna Ferber, Gouverneur Morris, Fanny Hurst, Mary Roberts Rinehart... que não produzem, todos reunidos, um único conto ou romance que vá durar dez anos. Esse tal Cobb não me parece nem inteligente, nem divertido... E, sabe do que mais, acho que muitas pessoas pensam assim, exceto os editores. Ele está apenas tonto diante de tanta publicidade... E... oh!... Harold Bell Wright e Zane Grey...

– Eles tentam.

– Não, eles nem sequer tentam. Alguns *sabem* escrever, mas não se sentam para escrever um romance honesto. Muitos deles *sabem* escrever, admito. Acredito que Rupert Hughes procure apresentar um quadro verdadeiro e abrangente da vida americana, mas o seu estilo e a sua perspectiva são grosseiros. Ernest Poole e Dorothy Canfield se esforçam, mas têm contra eles uma absoluta ausência de senso de humor. De qualquer modo, pelo menos concentram sua obra em vez de querer abraçar o mundo com as pernas. Todo escritor deveria escrever como se devesse ser decapitado no dia seguinte, ao terminar o seu livro.

– Isso tem duplo sentido?

– Não me interrompa! Ora, há alguns dentre eles que parecem ter certa base cultural, certa inteligência e muita habilidade literária, mas acontece que não escrevem com honestidade. Todos dizem que não há público para coisas boas. Então, porque diabos Wells, Conrad, Galsworthy, Shaw, Bennett e o restante dependem dos Estados Unidos para mais da metade de suas vendas?

– O que o pequeno Tom acha dos poetas?

Tom sentiu-se vencido. Deixou cair os braços, até que ficaram pendendo frouxamente da lateral da poltrona, e emitiu ligeiros grunhidos.

– Estou escrevendo uma sátira sobre eles, intitulada *Os bardos de Boston e os críticos de Hearst*.

– Vamos ouvi-la! – exclamou avidamente Amory.

– Tenho apenas os últimos versos prontos.

– Isso é muito moderno. Vamos ouvi-los, se são engraçados.

Tom tirou do bolso uma folha de papel e leu-a em voz alta, fazendo, a intervalos, pausas, para que pudessem ver que se tratava de versos livres:

> E assim
> Walter Arensberg,
> Alfred Kreymborg,
> Carl Sandburg,
> Louis Untermeyer,
> Eunice Tietjens,
> Clara Shanafelt,
> James Oppenheim,
> Maxwell Bodenheim,
> Richard Glaenzer,
> Scharmel Iris,
> Conrad Aiken,
> Coloco aqui vossos nomes,
> Para que possais viver
> Quanto mais não seja, como nomes,
> Nomes cor de malva, sinuosos,
> Na Juvenália
> De minhas edições completas.

Amory riu às gargalhadas.

– Você merece um prêmio! Vou lhe pagar um jantar pela arrogância dos dois últimos versos.

Amory não concordava de todo com Tom em sua violenta condenação de romancistas e poetas americanos. Apreciava tanto Vachel Lindsay quanto Booth Tarkington, e admirava a mestria conscienciosa, embora tênue, de Edgar Lee Masters.

– O que eu detesto são sandices como esta: "Sou Deus... sou um homem... cavalgo os ventos... vejo através da fumaça... Sou o sentimento da vida."

– Isso é medonho!

– E gostaria que os romancistas americanos deixassem de fazer do mundo dos negócios algo romanticamente interessante. Ninguém quer ler a respeito disso, a menos que se trate de negócios desonestos. Se esse fosse um tema interessante, comprariam a vida de James J. Hill, não uma dessas longas tragédias de escritório que não se cansam de repisar a importância do tabaco...

– E da melancolia – ajuntou Tom. – Esse é outro tema favorito, embora eu admita que os russos tenham o monopólio disso. A nossa especialidade é a história de meninas que fraturam a espinha e são adotadas por velhos rabugentos apenas porque sabem rir. Parece que somos uma raça de aleijados joviais e que o fim comum do camponês russo era o suicídio...

– Seis horas – disse Amory, olhando para o relógio de pulso. – Vou lhe oferecer um grande jantar em homenagem à Juvenália das suas edições completas.

Recordando

Julho chegou ao fim com uma última semana de calor sufocante, e Amory, tomado de outra crise de inquietude, lembrou-se de que fazia apenas cinco meses que ele e Rosalind se haviam conhecido. Contudo, já era difícil para ele evocar o rapaz sincero que saltara do transporte militar desejando apaixonadamente toda a aventura da vida. Uma noite em que o calor, opressivo e enervante, entrava pelas janelas de seu quarto, debateu-se por várias horas, entregue ao vago esforço de imortalizar toda a pungência daquela época de sua vida.

As ruas de fevereiro, varridas pelo vento noturno, irrompem cheias de umidades estranhas e intermitentes, exibindo, nas calçadas nuas e brilhantes, a neve esmagada que cintila sob as lâmpadas, como o óleo dourado de alguma máquina divina numa hora de degelo e estrelas.

Estranhas umidades... cheias dos olhos de muitos homens, repletas de vida, nascidas ao amainar da nevasca... Oh, eu era jovem, pois podia voltar-me de novo para ti, sumamente finita e sumamente bela, e provar a essência de sonhos mal lembrados, doces e novos em sua boca.

...Havia um travo amargo no ar da noite... O silêncio estava morto e os sons jaziam ainda adormecidos... A vida estalava como gelo!... Uma nota brilhante e, radiante e pálida, lá estavas... e rompera a primavera. (Pendiam dos telhados pequenos pingentes de gelo, e a cidade abandonada desfalecia.)

Os nossos pensamentos eram gélidas névoas ao longo dos beirais; os nossos dois fantasmas se beijavam no alto, na confusão dos fios... Risos sobrenaturais abafados por aqui ecoam, deixando apenas um tolo suspiro para os desejos juvenis; o pesar seguiu atrás das coisas que ela amava, deixando esse grande vazio...

Outro fim

Em meados de agosto chegou uma carta de monsenhor Darcy, que casualmente encontrou o endereço de Amory:

> Meu caro rapaz,
> Sua última carta bastou para me deixar preocupado com você. Lendo nas entrelinhas, eu deveria imaginar que o seu compromisso com essa moça o está deixando bastante infeliz, pois vejo que perdeu tudo o que havia de lírico em

você antes da guerra. Está cometendo um grande erro se pensa que pode ser romântico sem religião. Às vezes, acho que o segredo do sucesso, quando o encontramos, está no elemento místico que existe em nós: flui para nós algo que nos dilata a personalidade, e quando isso se vai, as nossas personalidades encolhem. Eu diria que as suas duas últimas cartas foram bastante secas. Cuidado para não se perder na personalidade de outra criatura, homem ou mulher.

Sua Eminência o cardeal O'Neill e o bispo de Boston são, no momento, meus hóspedes, de modo que é difícil encontrar um momento para escrever, mas gostaria que você desse um pulo até aqui depois, mesmo que seja apenas para passar um fim de semana. Vou esta semana para Washington.

O que vou fazer no futuro ainda está pendente na balança. Aqui entre nós, confidencialmente, não me surpreenderia nada ver o chapéu cardinalício descer, dentro de oito meses, sobre a minha indigna cabeça. De qualquer modo, gostaria de ter uma casa em Nova York, ou em Washington, onde você pudesse passar alguns fins de semana.

Alegra-me, Amory, que estejamos ambos vivos; essa guerra bem poderia ter sido o fim de uma família brilhante. Mas, com respeito ao matrimônio, você se encontra agora num momento extremamente perigoso da sua vida. Poderia casar-se às pressas e arrepender-se em um momento mais tranquilo, mas acho que você não o fará. Pelo que me escreve acerca do calamitoso estado atual das suas finanças, aquilo que você deseja é, naturalmente, impossível. Contudo, se eu o julgasse pelos meios que habitualmente adoto, poderia dizer que você vai passar por algo assim como uma crise emocional no próximo ano.

Escreva-me. Sinto-me desagradavelmente desatualizado em meus contatos com você.

Com grande afeto,
Thayer Darcy

Uma semana após receber essa carta o apartamento que ambos ocupavam foi subitamente por água abaixo. A causa imediata foi a grave e provavelmente crônica enfermidade da mãe de Tom. Guardaram os móveis num depósito, deram instruções para que o apartamento fosse sublocado e despediram-se sombriamente na Pennsylvania Station. Amory e Tom pareciam estar sempre dizendo adeus.

Sentindo-se muito só, Amory cedeu a um impulso e rumou para o sul, com a intenção de encontrar monsenhor Darcy em Washington. Desencontraram-se devido a uma diferença de apenas duas horas, de modo que Amory, decidindo passar alguns dias em companhia de um velho e lembrado tio, viajou pelas luxuriantes campinas de Maryland rumo a Ramilly County. Mas, em vez de lá permanecer apenas dois dias, sua estada estendeu-se desde meados de agosto até quase fins de setembro, pois em Maryland conheceu Eleanor.

3
Ironia juvenil

Anos depois, ao lembrar-se de Eleanor, Amory parecia ainda ouvir o vento assobiando em torno dele, provocando pequenos arrepios em certos recantos de seu coração. Aquela noite em que subiram de automóvel a montanha e ficaram a observar a lua fria flutuando entre as nuvens, ele perdeu outra parte de si próprio que nada poderia restaurar – e, ao perder essa parte, também perdeu a capacidade de lamentar. Eleanor foi, digamos assim, a última vez que o mal se aproximou, rastejante, de Amory, sob a máscara da beleza; o último e fatídico mistério que dele se apoderou com invencível fascinação, deixando sua alma em pedaços.

Junto dela, sua imaginação corria solta, e foi por isso que subiram a montanha mais alta e ficaram admirando a lua funesta vagar na amplidão, pois já sabiam, então, que podiam ver o demônio em suas próprias pessoas. Mas Eleanor... acaso Amory a fantasiara? Mais tarde, seus fantasmas se divertiram, mas tanto um quanto o outro desejavam que suas almas nunca se encontrassem. Foi por acaso a infinita tristeza dos olhos de Eleanor que o atraiu, ou o reflexo de sua própria imagem que ele encontrou na deslumbrante claridade da mente dela? Ela jamais terá outra aventura como a que viveu com Amory, e se ler estas linhas, dirá:

– E Amory jamais terá outra aventura como eu.

Nem ela nem ele suspirarão por isso.

Certa vez, Eleanor tentou descrever o que sentia:

>As coisas desvanecentes que só nós sabemos
>Serão esquecidas...
>Deixadas de lado...
>Desejos que se derreteram com a neve,
>E sonhos que geraram
>Este nosso presente:
>As súbitas alvoradas que saudamos com risos,
>Que todos podiam ver, mas que ninguém compartilhava,
>Serão apenas alvoradas... e se nos encontrarmos,
>Não nos importaremos.
>Querido... nenhuma lágrima rolará por isso...
>Dentro em pouco
>Nenhum pesar
>Haverá por um beijo relembrado...
>Nem mesmo o silêncio,
>Quando nos encontrarmos,

> Dará aos velhos fantasmas um lugar para vagar,
> Ou agitará a superfície do mar...
> Se cinzentas formas surgirem debaixo da espuma,
> Nós não as veremos.

Brigavam perigosamente, porque Amory afirmava que *sea* (mar) e *see* (ver) não podiam, de modo algum, ser usados como rima. E Eleanor tinha um trecho de outro poema para o qual não conseguia encontrar um começo:

> Mas a sabedoria passa... ainda que os anos
> nos deem sabedoria... As estações se repetirão...
> E nós, apesar de todas as nossas lágrimas,
> Não o saberemos.

Eleanor detestava violentamente Maryland. Pertencia à mais antiga das velhas famílias de Ramilly County e vivia numa casa grande e sombria em companhia do avô. Nascera e fora criada na França... Vejo que começo mal. Permita-me começar de novo.

Amory sentia-se entediado, como sempre, quando estava no campo. Fazia longos passeios a pé, sozinho, recitando "Ulalume" para os trigais e congratulando-se com Poe por ter morrido de tanto beber em meio a um ambiente de sorridente complacência. Certa tarde, já caminhara vários quilômetros por uma estrada que não conhecia, enveredando depois, a conselho de uma mulher negra, por um bosque, até que se viu, de repente, completamente perdido. Um aguaceiro passageiro decidiu desabar e, para sua grande impaciência, o céu tornou-se negro como breu, enquanto a chuva começava a cair por entre as árvores, a princípio furtivamente e logo depois com grande violência. Trovões soavam, com estrondos ameaçadores, por sobre o vale, espalhando-se pela floresta como intermitentes descargas de bateria. Ele caminhava às cegas, aos tropeções, à procura de uma saída, e finalmente, através de teias de ramos entrelaçados, divisou uma brecha na mata onde os relâmpagos incessantes lhe permitiram ver um campo aberto. Correu até a beira do bosque e hesitou, sem saber se devia ou não atravessar o campo e procurar abrigo na pequena casa assinalada por uma luz, ao longe, no fundo do vale. Eram apenas cinco e meia da tarde, mas ele não conseguia ver onde punha os pés, a não ser quando os relâmpagos tornavam tudo vívido e grotesco no amplo descampado.

Súbito, chegou-lhe aos ouvidos um estranho som. Era uma cantiga em voz profunda e rouca, voz de moça, e quem quer que cantasse estava muito perto dele. Um ano antes, talvez tivesse rido, ou tremido de medo, mas em seu estado de espírito apenas se deteve, escutando, enquanto as palavras penetravam em sua consciência:

> *Les sanglots longs*
> *Des violons*
> *De l'automne*
> *Blessent mon cœur*
> *D'une langueur*
> *Monotone.**

Os raios fendiam o céu, mas a canção prosseguia, sem o mínimo tremor. A moça estava, evidentemente, no campo, e a voz parecia vir, vagamente, de um monte de feno que se erguia vinte passos adiante.

De repente, cessou; cessou e recomeçou num canto fantástico, que se elevava, pairava no ar e tornava a cair, misturado com a chuva:

---

*Os longos soluços/ Dos violinos/ Do outono/ Magoam meu coração/ Com langor/ Monótono. (*N. do E.*)

> *Tout suffocant*
> *Et blême, quand*
> *Sonne l'heure*
> *Je me souviens*
> *Des jours anciens*
> *Et je pleure...**

– Quem diabos haverá em Ramilly County – murmurou Amory – capaz de recitar Verlaine, em uma canção improvisada, para um monte de feno molhado?

– Quem está aí? – gritou uma voz tranquila. – Quem é você? Manfredo, São Cristóvão ou a rainha Vitória?

– Sou Don Juan! – respondeu Amory num impulso, elevando a voz acima do ruído do vento e da chuva. Um grito de júbilo veio do monte de feno.

– Sei quem você é... Você é o rapaz louro que gosta de "Ulalume". Reconheço sua voz.

– Como posso subir aí? – gritou ele do pé do monte de feno, do qual se aproximara, encharcado.

Uma cabeça surgiu sobre o monte, mas estava tão escuro que Amory pôde perceber apenas uma mecha de cabelos molhados e dois olhos que brilhavam como os de um gato.

– Afaste-se um pouco! – chegou até ele a voz. – Depois, dê uma corrida e pule que eu seguro a sua mão... Não, aí não... Do outro lado.

Amory seguiu as instruções, e ao escarrapachar-se de encontro ao monte, afundado até os joelhos no feno, uma mãozinha branca apareceu e agarrou a dele, ajudando-o a subir até o topo.

---

*Sufocando/ E pálido/ Quando a hora soa/ Recordo/ Os dias passados/ E choro. (*N. do E.*)

– Aí está você, Juan – exclamou a moça de cabelos molhados. – Você se importa se eu omitir o Don?

– O seu polegar se parece com o meu! – exclamou, por sua vez, Amory.

– E você está segurando a minha mão, o que é perigoso sem ver o meu rosto.

Amory largou rapidamente a mão dela.

Como se respondesse às suas preces, um relâmpago iluminou tudo, e ele olhou avidamente a criatura que estava a seu lado, sobre o monte de feno molhado, 3 metros acima do chão. Mas ela cobrira o rosto, e ele não viu senão uma figura esguia, cabelos escuros, encaracolados, encharcados, e mãozinhas cujos polegares se arqueavam para trás como os seus.

– Sente-se – sugeriu ela, delicadamente, quando a escuridão voltou a envolvê-los. – Se você se sentar à minha frente nessa depressão, poderá compartilhar da minha capa de chuva, que eu estava usando como uma tenda à prova d'água até que você, rudemente, me interrompeu.

– Eu fui convidado – respondeu jovialmente Amory. – Você me convidou... sabe que me convidou.

– Don Juan sempre consegue isso – respondeu ela, rindo. – Mas eu não vou chamá-lo mais assim, porque você tem cabelos ruivos. Em vez disso, pode recitar-me "Ulalume", e eu serei Psyche, a sua alma.

Amory sentiu-se enrubescer, feliz por estar invisível, debaixo daquela cortina de vento e chuva. Estavam sentados frente a frente numa pequena depressão existente no monte de feno, a capa de chuva cobrindo-os quase por completo, enquanto a chuva fazia o resto. Amory tentava desesperadamente ver Psyche, mas os relâmpagos recusavam-se a clarear novamente o céu, e ele esperou impacientemente. Santo Deus! Suponhamos que ela não fosse bonita... Suponhamos que tivesse 40 anos e fosse pedante... Deus do céu! Suponhamos... apenas suponhamos...

que ela fosse louca. Mas sabia que não era digno pensar isso dela. A Providência enviara uma jovem para distraí-lo, assim como enviara os assassinos de Benevenuto Cellini, e Amory se perguntava se ela não seria maluca... e isso justamente porque se enquadrava tão bem em seu estado de espírito.

– Não sou – disse ela.

– Não é o quê?

– Não sou maluca. E não pensei que você fosse maluco quando o vi pela primeira vez... de modo que não é justo que pense isso de mim.

– Com os diabos! Como é que você...

Enquanto se conheceram, Eleanor e Amory podiam estar "pensando num assunto" e deixar subitamente de falar sobre o que tinham em mente; no entanto, dez minutos depois, pensavam em voz alta e viam que suas mentes haviam seguido os mesmos canais, que os conduziam a uma ideia paralela, uma ideia que os outros achariam que não tinha relação alguma com a primeira.

– Diga-me – perguntou Amory, inclinando-se avidamente em direção a ela –, como foi que você soube a respeito de "Ulalume"... Como descobriu a cor dos meus cabelos? Qual é o seu nome? O que está fazendo aqui? Responda-me imediatamente!

Súbito, o clarão vivíssimo de um relâmpago iluminou a escuridão – e ele viu Eleanor fitando-o pela primeira vez nos olhos. Oh, ela era magnífica!... Tez pálida como mármore em noite estrelada, testa delicada e olhos que cintilavam, verdes como esmeraldas, sob o lampejo ofuscante. Era uma feiticeira, de talvez 19 anos, pensava ele, alerta, sonhadora, com um sinal de tagarelice que era, ao mesmo tempo, uma fraqueza e um deleite. Amory recostou-se, ofegante, na pilha de feno.

– Agora você já me viu – disse ela –, e suponho que vá dizer que os meus olhos ardem no seu cérebro como brasas.

– De que cor são os seus cabelos? – indagou ele, atento. – São cortados curtos, não são?

– Sim, são curtos. Não sei de que cor – respondeu ela, pensativa. – Muitos homens já me perguntaram isso. Castanhos, acho... Ninguém repara muito nos meus cabelos. Mas tenho belos olhos. Não importa o que você diga, a verdade é que tenho belos olhos.

– Responda a minha pergunta, Madeline.

– Não me lembro de tudo que você me perguntou... Além disso, o meu nome não é Madeline. É Eleanor.

– Eu já devia ter imaginado. Você *parece* Eleanor... tem esse ar de Eleanor. Sabe o que quero dizer.

Fez-se silêncio enquanto ouviam a chuva.

– A chuva está escorrendo pelo meu pescoço, colega lunático – disse ela, finalmente.

– Responda as minhas perguntas.

– Bem... chamo-me Eleanor Savage; moro num velho casarão situado a 1,5 quilômetro daqui, junto à estrada; o meu parente vivo mais próximo é o meu avô, Ramilly Savage; altura: 1,65 metro; número da caixa de meu relógio: 3077 W; nariz, delicadamente aquilino; temperamento, misterioso...

– E eu? – interrompeu-a Amory. – Quando foi que você me viu?

– Ah, você é um *desses homens* – respondeu ela, altivamente. – Quer introduzir-se à força na conversa. Bem, meu rapaz, eu estava atrás de uma sebe na semana passada, tomando um banho de sol, quando de repente surgiu um homem, declamando com voz agradável, presunçosa:

E, agora, quando a noite era senescente
(diz ele)
E os quadrantes indicavam a manhã
No fim de um caminho liquescente
(diz ele)
Nascia um brilho nebuloso.

"Então espiei por cima da sebe, mas você, por alguma razão desconhecida, começara a correr, de modo que vi apenas a sua bela nuca. 'Oh!', disse eu, 'lá vai um homem pelo qual muitas de nós suspirariam', e continuei, no meu melhor sotaque irlandês..."

– Está bem – interrompeu-a Amory. – Agora, torne a falar de você...

– Pois não. Sou uma dessas criaturas que passam pela vida proporcionando aos outros emoções, mas quase não as sentindo eu própria, salvo as que leio nos homens em noites como esta. Tenho a coragem social para subir no palco, mas não a energia para isso. Não tenho paciência para escrever livros e jamais encontrei um homem com quem quisesse me casar. No entanto, tenho apenas 18 anos.

O temporal aos poucos amainava; somente o vento continuava em suas arremetidas, fazendo oscilar o monte de feno. Amory estava arrebatado. Percebia que cada momento era precioso. Jamais conhecera uma garota como aquela... Ela nunca tornaria a ser a mesma. Ele não se sentia de modo algum como se fosse personagem de uma peça teatral, manifestando sentimentos adequados a uma situação nada convencional... Em vez disso, tinha a impressão de que retornara ao lar.

– Acabo de tomar uma grande decisão – disse Eleanor após outra pausa. – E essa decisão é dizer a você por que estou aqui... Com isso, respondo a uma das suas perguntas. Acabo de decidir que não acredito na imortalidade.

– Realmente? Como isso é banal!

– Espantosamente banal – respondeu ela –, mas, não obstante, deprimente. Cediça e nauseantemente deprimente. Vim para cá para ficar molhada... molhada como um pinto. Os pintos molhados têm grande clareza de espírito – concluiu.

– Continue – disse Amory delicadamente.

– Bem, não tenho medo da escuridão... de modo que vesti a minha capa de chuva, as minhas botas, e saí. Devo confessar que sempre tive medo disso antes, de dizer que não acreditava em Deus... pois um raio poderia me atingir... Mas aqui estou, e isso, é claro, não aconteceu. O ponto principal, porém, é que dessa vez não tive mais medo disso do que quando eu era uma Cientista Cristã, como fui no ano passado. De modo que agora sou materialista, e estava confraternizando com o feno quando você apareceu, morrendo de medo, vindo do bosque.

– Ora essa, sua bobinha! – exclamou indignado Amory. – Morrendo de medo de quê?

– *De você!* – gritou ela, pondo-se de pé de um salto, rindo e batendo palmas. – Veja... veja! Consciência... mate-a como a mim! Eleanor Savage, materialista... Nada de sobressaltos, nada de medo... Vim cedo...

– Mas eu *tenho* de ter uma alma – objetou ele. – Não posso ser racional... e não serei molecular.

Ela se inclinou sobre ele, sem afastar dele os olhos ardentes, e murmurou, numa espécie de decisivo romantismo:

– Era o que eu pensava, Juan... Era o que eu temia... Você é sentimental. Não é como eu. Eu sou uma pequena materialista romântica.

– Eu não sou sentimental... Sou romântico como você. A diferença, como você sabe, é que uma pessoa sentimental pensa que as coisas vão durar, ao passo que a criatura romântica espera desesperadamente que isso não aconteça.

(Essa era uma de suas grandes frases.)

– Epigramas – disse ela, friamente. – Vou para casa. Vamos sair desse monte de feno e caminhar até a encruzilhada.

Desceram, lentamente, de seu poleiro. Ela não quis que Amory a ajudasse a descer, e fazendo um sinal para que ele se afastasse, chegou num salto gracioso até à lama, onde ficou um momento sentada, rindo de si própria. Depois, pôs-se de pé de um salto, deu a mão para ele e saiu, na ponta dos pés, pelo campo, saltando de um lugar seco para outro. Uma transcendente delícia parecia cintilar em cada poça d'água, pois a lua surgira e a chuva se afastara para o oeste de Maryland. Quando o braço de Eleanor tocava o seu, Amory sentia sua mão esfriar, tomado de um receio mortal de que pudesse perder aquele leve roçar que fazia com que sua imaginação pintasse maravilhas a respeito dela. Olhava-a de soslaio, como sempre fazia quando estava com ela; Eleanor era uma festa e uma loucura, e ele desejava que seu destino tivesse sido permanecer para sempre sentado num monte de feno, vendo a vida através daqueles olhos verdes. Seu paganismo expandiu-se aquela noite, e quando ela desapareceu na estrada, como um fantasma cinzento, surgiram dos campos hinos triunfais que o acompanharam até a casa. Durante todo o restante da noite mariposas de verão adejaram para dentro e para fora da janela de Amory; durante todo o restante da noite grandes hinos de louvores se elevaram, em místicos devaneios, através dos trigais prateados – e ele permaneceu desperto na clara escuridão.

Setembro

Amory apanhou uma folha de relva e mordiscou-a filosoficamente:

– Jamais me apaixono em agosto ou setembro.

– Quando, então?

– No Natal ou na Páscoa. Sou litúrgico.

– Páscoa! – exclamou ela, torcendo o nariz. – Hum! A primavera de colete!

– A Páscoa *gera* a primavera, não gera? A Páscoa tem os cabelos trançados, usa *tailleur*.

– Calça as tuas sandálias, ó, tu, de pés ligeiros.

Sobre o esplendor e a rapidez de teus pés... – citou, baixinho, Eleanor, acrescentando: – Acho que o Halloween é um dia de outono mais belo do que o Dia de Ação de Graças.

– Muito melhor... E a véspera de Natal vai muito bem com o inverno, mas o verão...

– O verão não tem dia algum – disse ela. – Não é possível ter um amor de verão. Tanta gente já o tentou que o nome se tornou proverbial. O verão é apenas a promessa irrealizada da primavera, um charlatão em vez das cálidas e balsâmicas noites com que sonho em abril... É uma estação triste, de vida sem crescimento... Não há dia.

– O 4 de Julho! – sugeriu, zombeteiro, Amory.

– Não se faça de engraçado! – disse ela, fulminando-o com o olhar.

– Bem... o que poderia cumprir a promessa da primavera?

Eleanor refletiu um momento.

– Oh, acho que o céu poderia, se houvesse céu – respondeu finalmente. – Uma espécie de céu pagão... Você deveria ser materialista – acrescentou de forma enfática.

– Por quê?

– Porque você se parece muito com os retratos de Rupert Brooke.

Até certo ponto, Amory procurou, enquanto conviveu com Eleanor, desempenhar o papel de Rupert Brooke. O que dizia, sua atitude em relação à vida, em relação a ela e a si próprio, tudo era reflexo das atitudes literárias do falecido inglês. Ela costumava sentar-se na relva, um vento preguiçoso brincando nos cabelos curtos, a voz rouca percorrendo toda a escala, desde Grantchester até Waikiki. Havia algo extremamente apaixonante na leitura em voz alta a que Eleanor se entregava. Ambos tinham a impressão de que estavam mais perto um do outro, mental e fisicamente, quando liam – mais perto do que quando ela estava nos braços de Amory, o que acontecia com frequência, pois ambos, desde o começo, começaram a se apaixonar. Mas seria Amory capaz de amar agora? Podia, como sempre, passar, em meia hora, por todas as emoções, mas quando ambos se entregavam, deliciados, a suas fantasias, percebiam que já não podiam sentir como antes – e era por isso, talvez, que se voltavam para Brooke, Swinburne e Shelley. Era a oportunidade de tornar tudo belo, requintado, rico, imaginativo; podiam estender da imaginação dele minúsculos e dourados tentáculos que se alongaram até a imaginação dela, ocupando o lugar do grande, do profundo amor que jamais estivera tão perto e que, não obstante, jamais se assemelhara tanto a um sonho.

Liam e reliam um poema de Swinburne, "Triumph of Time", do qual quatro versos soavam depois na memória de Amory nas noites quentes em que via os vaga-lumes adejando entre os penumbrosos troncos das árvores e ouvia o profundo coaxar de muitas rãs. E, de repente, Eleanor parecia surgir da noite e ficar a seu lado – e ele ouvia sua voz gutural, profunda, repetindo:

> Vale uma lágrima, vale uma hora,
> Pensar nas coisas já exauridas?
> No joio inútil e na fugitiva flor,
> No sonho passado e na ação já extinta?

Foram formalmente apresentados dois dias depois, e a tia de Amory contou-lhe a história de Eleanor. Eram apenas dois os Ramilly: o velho Sr. Ramilly e sua neta Eleanor. Ela vivera na França em companhia de uma mãe irrequieta, que Amory imaginava ter sido como sua própria mãe; morta a mãe, Eleanor fora mandada para a América, para viver em Maryland. Fora para Baltimore primeiro, para ficar com um tio solteirão, e, uma vez lá, aos 17 anos, insistira em ser apresentada como debutante. Teve um inverno desenfreado e chegou ao campo em março, após discutir furiosamente com todos os seus parentes de Baltimore, escandalizando-os e despertando neles ferozes protestos. Viera à tona a história de um grupo de estroinas que tomava coquetéis em limusines e conviviam de forma promíscua e condescendente com pessoas mais velhas, enquanto Eleanor, com um espírito que lembrava vivamente os *boulevards*, conduzia muitos inocentes, ainda rescendendo a St. Thimothy e Farmington, por caminhos de perversa boêmia. Quando tal história chegou aos ouvidos do tio, cavalheiro esquecido de uma era mais hipócrita, houve uma cena da qual Eleanor saiu subjugada, mas rebelde e indignada, procurando refúgio na casa do avô, que vivia no campo, quase à beira da senilidade. Isso até onde ia a história; o resto ela própria contou a Amory, mas isso foi mais tarde.

Nadavam juntos com frequência, e enquanto Amory boiava preguiçosamente, fechava o espírito a todos os pensamentos, exceto aos que se referiam a brumosas terras de bolhas de sabão, onde a luz do sol era filtrada através de árvores balançadas pelo vento. Como alguém poderia pensar ou preocupar-se, ou fazer qualquer outra coisa que não espirrar água, mergulhar e ficar ali indolente, à margem do tempo, enquanto passavam os meses floridos? Que transcorressem os dias... A tristeza, a lembrança e o sofrimento iam se repetir no mundo de fora, e ali, uma vez mais, antes de ir ao encontro deles, ele desejava deixar-se levar e ser jovem.

Havia dias em que Amory lamentava que sua vida tivesse mudado e que sua marcha regular por uma estrada que se estendia sempre à vista, com cenários que surgiam e se misturavam, convertendo-se numa rápida sucessão de cenas desconexas... dois anos de suor e sangue... aquele súbito e absurdo instinto de paternidade que Rosalind despertara nele, e agora o que havia de meio sensual, meio neurótico, naquele outono com Eleanor. Sentia que levaria todo o tempo, mais do que ele poderia dispor, para colar aqueles estranhos e desajeitados retratos no álbum de recortes de sua vida. Tudo aquilo era como um banquete do qual ele participasse naquela meia hora de sua juventude, procurando desfrutar de magníficas e epicúreas iguarias.

Prometeu vagamente a si mesmo que chegaria um momento em que tudo aquilo seria fundido num todo. Parecia-lhe que, havia meses, alternava-se entre flutuar numa corrente de amor ou fascinação, ou ser levado por um torvelinho, e ele não queria pensar em torvelinhos, queria ser levado ao topo de uma onda e trazido de novo à praia.

– Oh, o desesperador, agonizante outono e o nosso amor!... Quão bem eles se harmonizam! – disse um dia Eleanor, quando estavam deitados, molhados, junto à água.

– O veranico do nosso amor... – concluiu Amory.

– Diga-me uma coisa – indagou ela após uma pausa –, ela era loura ou morena?

– Loira.

– Era mais bonita do que eu?

– Não sei – respondeu, lacônico, Amory.

Certa noite, caminhavam juntos enquanto a lua surgia e derramava um grande fardo de beleza sobre o jardim, até transformá-lo numa terra encantada, com Amory e Eleanor, vagos vultos fantasmais, exprimindo a beleza eterna de um modo amoroso, curioso, élfico. De repente, afastaram-se do luar e mergulharam na escuridão de um parreiral onde havia fragrâncias tão queixosas que pareciam quase musicais.

– Acenda um fósforo – murmurou ela. – Quero vê-lo.

O riscar do fósforo! A pequena chama!

A noite e as árvores cheias de cicatrizes lembravam o cenário de uma peça teatral, e estar ali com Eleanor, vaga e irreal, parecia-lhe, de certo modo, algo estranhamente familiar. Amory perguntou-se por que só o passado parecia sempre estranho e inacreditável. O fósforo se apagou.

– Está escuro como breu.

– Somos apenas vozes – sussurrou Eleanor. – Pequenas vozes solitárias. Acenda outro.

– Era o meu último fósforo.

Subitamente, ele a tomou nos braços.

– Você é minha... sabe que é minha! – exclamou, arrebatado.

O luar contorceu-se por entre os galhos, escutando... Os vaga-lumes pairavam sobre os sussurros que trocavam, como se quisessem conquistar um olhar de Amory, desviando-o do brilho que havia nos olhos de ambos.

O fim do verão

– "Vento algum agita a relva; não sopra vento algum... As águas, nos lagos esquecidos, refletem, como espelhos, a lua cheia e, assim, o testemunho dourado penetra em suas massas veladas" – cantou Eleanor para as árvores que se erguiam como esqueletos no corpo da noite. – Não há aqui algo de fantasmagórico? Se você conseguir controlar o seu cavalo, podemos entrar pelo bosque e encontrar as lagoas esquecidas.

– Ele vai desembestar por aí e nós iremos para o diabo – objetou ele. – Ademais, não entendo bastante de cavalos para dirigi-lo nesta escuridão.

– Cale-se, seu tolo – murmurou Eleanor bruscamente e, inclinando-se, deu-lhe umas suaves pancadinhas com o relho. – Você pode deixar o seu velho pangaré no nosso estábulo, e eu mandarei que o levem amanhã à sua casa.

– Mas o meu tio tem de levar-me amanhã às sete horas à estação com este velho matungo.

– Não seja um desmancha-prazeres... Lembre-se de que você tem uma tendência para a hesitação que o impede de ser a luz completa da minha vida.

Amory impeliu sua cavalgadura para perto dela e, inclinando-se, tomou-lhe a mão.

– Diga, *depressa*, que eu o sou. Do contrário, puxo-a para cá e faço com que você vá na garupa.

Ela o olhou e balançou a cabeça, excitada:

– Oh, faça isso!... Ou melhor, não! Por que todas as coisas excitantes são tão incômodas, como combater, realizar explorações e esquiar no Canadá? A propósito, vamos subir a cavalo até Harper's Hill. Penso que isso entra no nosso programa lá pelas cinco da tarde.

– Sua diabinha! – resmungou Amory. – Vai fazer com que eu passe a noite toda em claro e, depois, amanhã, durma no trem como um imigrante ao voltar para Nova York.

– Silêncio! Alguém se aproxima pela estrada... Vamos! Upa! Upa!

E com um grito que provavelmente causou arrepios ao viajante tardio, virou seu cavalo para os bosques enquanto Amory a seguia lentamente, como vinha fazendo todos os dias nas últimas três semanas.

O verão terminou, mas ele ficou lá mais três dias, como um Manfredo gracioso e dócil, observando Eleanor enquanto ela construía pirâmides intelectuais e fantasiosas, ao mesmo tempo em que se deliciava com seus artificialismos de garota temperamental... Além disso, escreviam versos à mesa do jantar.

Quando a Vaidade beijou a Vaidade, há cem junhos felizes já passados, ele ficou a meditar sobre ela, ofegante, e para que todos os homens pudessem saber, rimou seus olhos com a vida e com a morte:

"Através do tempo, salvarei o meu amor!" – disse ele, mas a Beleza se extinguiu com a sua respiração e, com seus amantes, ela morreu...

– Sempre o espírito dele e não os olhos dela, sempre a sua arte e não os cabelos dela:

"Quem aprendeu o ardil das rimas seja sensato e detenha-se diante de seus sonetos"...E, assim, todas as minhas palavras, embora verdadeiras, devem cantar-te em milhares de junhos, e ninguém *jamais* saberá que foste a Beleza por uma tarde.

Assim escreveu ele um dia, ao meditar sobre quão friamente se pensava na "Dark Lady of the Sonnets", e em quão pouco se lembrava dela como o grande homem queria que ela fosse recordada, pois o que Shakespeare *devia* ter desejado, para ter escrito com tão divino desespero, é que a tal dama "vivesse"... E hoje ela não nos desperta nenhum interesse verdadeiro... A ironia disso tudo é que, se ele tivesse se interessado *mais* pelo poema do que pela dama, o soneto seria apenas óbvia e imitava retórica, e ninguém jamais o teria lido após vinte anos...

Essa foi a última noite em que Amory viu Eleanor. Ele deveria partir na manhã seguinte, e concordaram em dar um longo passeio de despedida à luz fria do luar. Ela queria conversar, disse a Amory; talvez pela última vez em sua vida pudesse ser razoável... (o que significava para ela assumir uma postura estudada confortavelmente). Haviam, pois, enveredado pelos bosques e cavalgado meia hora sem quase proferir palavra, exceto quando ela murmurou uma imprecação contra um galho incômodo – e fez isso de um modo como nenhuma outra moça jamais seria capaz. Depois, começaram a galgar Harper's Hill, conduzindo seus animais cansados.

– Santo Deus! – sussurrou Eleanor. – Como é quieto isso aqui! Muito mais solitário do que os bosques.

– Detesto bosques – respondeu Amory, sentindo um arrepio. – Detesto toda espécie de folhagem ou vegetação à noite. Aqui é tão amplo, o espírito respira mais livremente.

– A longa encosta de um longo monte.

– E a fria lua despejando sua luz sobre ele.
– E você e eu, ainda mais importante.

A noite estava, de fato, muito quieta... O caminho pelo qual seguiam, e que terminava num precipício, raramente era trilhado. Via-se apenas, de vez em quando, uma cabana de negro, isolada, cinza-prateada pelo luar que iluminava as rochas, interrompendo a longa extensão de chão nu; além, erguia-se a longa orla dos bosques, como um glacê escuro sobre um bolo branco, e mais ao longe ainda, o nítido e amplo horizonte. Fazia muito mais frio – um frio tão intenso que os envolvia por completo e afastava do espírito de ambos todas as lembranças de noites cálidas.

– O fim do verão – comentou, baixinho, Eleanor. – Ouça o ruído dos cascos dos cavalos: "ploque, ploque, ploque, ploque". Você alguma vez teve febre e sentiu que todos os ruídos pareciam dividir-se em "ploques-ploques-ploques", a ponto de você ser capaz de jurar que a eternidade era divisível em outros "ploques"? É assim que eu sinto... Velhos cavalos fazendo "ploque-ploque". Acho que essa é a única coisa que nos diferencia dos cavalos e dos relógios. As criaturas humanas não conseguem suportar esse "ploque-ploque" sem enlouquecer.

A brisa arrefeceu ainda mais, e Eleanor, arrepiada, jogou a capa sobre os ombros e tremeu.

– Está com muito frio? – perguntou Amory.
– Não. Estou pensando em mim... no meu velho e negro ego, o verdadeiro, dotado da honestidade fundamental que me impede de ser absolutamente má ao fazer com que eu tenha consciência dos meus próprios pecados.

Cavalgavam rente ao penhasco, e Amory olhou para baixo. Onde o rochedo terminava, uns 30 metros abaixo, um negro curso d'água traçava uma linha nítida, interrompida por minúsculas cintilações na corrente rápida.

– Podre... podre o velho mundo – disse subitamente Eleanor. – E a coisa mais infeliz de todas... *Por que* nasci mulher? Por que não nasci estúpida? Olhe para você; você é mais estúpido do que eu, não muito, mas um pouco, e pode andar por aí, ficar entediado, ir depois para algum outro lugar, divertir-se com as garotas sem se envolver em sentimentalismos, pode fazer o que quiser e ser justificado... Enquanto aqui estou eu, com inteligência para fazer tudo, mas presa, não obstante, ao navio naufragado de um futuro casamento. Se eu nascesse daqui a cem anos, tudo estaria muito bem, mas agora, que é que está reservado para mim? Tenho de casar, isso nem é preciso dizer. Mas com quem? Sou inteligente demais para a maioria dos homens; não obstante, terei de descer ao nível deles e deixar que tratem com superioridade o meu intelecto, a fim de merecer sua atenção. Cada ano que passa sem que eu me case, menor é a chance de eu encontrar um homem de alto nível. Na melhor das hipóteses, tenho de limitar minha escolha a uma ou duas cidades e, claro, terei de me casar com um homem vestido a rigor. Ouça – prosseguiu ela, inclinando-se na direção dele –, gosto de homens inteligentes e bonitos, e certamente ninguém se interessa mais do que eu por homens dotados de personalidade. Oh, apenas uma pessoa em cada cinquenta tem ideia do que é o sexo. Eu me interesso por Freud e tudo mais, mas acho medonho que todo o amor *verdadeiro* existente no mundo se constitua 99 por cento de paixão e apenas uma pitada de ciúme. – Terminou tão abruptamente quanto havia começado.

– Você tem razão, claro – concordou Amory. – É uma força dominante bastante desagradável que faz parte do mecanismo por trás de tudo. É como um ator que deixasse o público perceber os seus truques! Espere um momento, até que eu reflita sobre isso...

Deteve-se e procurou encontrar uma metáfora. Tinham se afastado da beira do penhasco e seguiam agora pela estrada, uns 15 metros à esquerda.

– Como você vê, todos têm de ocultar isso sob uma capa. Os intelectos medíocres, os Platões de segunda classe, empregam o que ainda resta do cavalheirismo romântico, diluído num certo sentimento vitoriano... enquanto nós, que nos consideramos intelectuais, o ocultamos, fingindo que se trata apenas de outro lado da nossa personalidade, algo que nada tem a ver com os nossos brilhantes cérebros; fingimos que o fato de o percebermos nos absolve de ser uma presa disso, mas a verdade é que o sexo está bem no meio das nossas mais puras abstrações, tão perto que nos obscurece a visão... Posso beijá-la agora, e é o que vou fazer... – Inclinou-se para ela sobre a sela, porém ela se afastou:

– Não posso... Não posso beijá-lo agora... Sou mais sensível que você.

– Então, é também mais estúpida – declarou ele, impaciente. – O intelecto não é uma proteção contra o sexo, não mais do que as convenções...

– Então, qual é essa proteção? – inflamou-se Eleanor. – A Igreja Católica ou as máximas de Confúcio?

Amory fitou-a, apanhado de surpresa.

– Essa é a sua panaceia, não é? – gritou ela. – Você também não passa de um velho hipócrita! Milhares de padres ameaçadores fazendo com que os italianos degenerados e os irlandeses analfabetos se arrependam por meio de lenga-lengas a respeito do sexto e do nono mandamentos. Isso tudo não passa de disfarces, de sentimentalismo, de máscaras espirituais e de panaceias! Eu vou lhe dizer que *não existe* Deus, nem mesmo uma forma clara e abstrata de bondade... e que tudo tem de ser produzido pelo indivíduo e para o indivíduo aqui em cima, em mentes claras como a minha... Mas você é demasiado presumido para aceitar esse fato.

Soltou as rédeas e ergueu o pequeno punho para as estrelas:

– Se existe Deus, que me fulmine... que me fulmine!

– Falando de Deus à maneira dos ateus – comentou Amory, ríspido.

Seu materialismo, que fora sempre uma capa tênue, fez-se em pedaços diante da blasfêmia de Eleanor... Ela sabia, e irritava-o que ela soubesse.

– E como a maioria dos intelectuais que acham que a fé não lhes convém – prosseguiu ele, friamente. – Como Napoleão, Oscar Wilde e o restante das pessoas do seu tipo, você vai pedir aos berros um sacerdote na hora de sua morte.

Eleanor deteve bruscamente o cavalo, e ele parou a seu lado

– Então vou fazer isso, não é? – indagou ela, num tom estranho, que o amedrontou. – Então vou fazer, não é? Veja! *Vou me atirar daquele precipício!*

E antes que ele pudesse interferir, esporeou o animal, cavalgando a toda velocidade em direção ao fim do platô.

Amory lançou-se em seu encalço, o corpo congelado, os nervos em um grande clangor. Não havia chance de detê-la. Uma nuvem cobria a lua, e o animal despencaria cegamente. De repente, a 3 metros da beira do penhasco, Eleanor deu um grito súbito e agudo e caiu para o lado. Rolou duas vezes sobre si mesma e foi tombar num monte de arbustos, a um metro do precipício. O animal caiu no vazio, soltando um relincho frenético. Num minuto Amory estava ao lado de Eleanor, e notou que ela tinha os olhos abertos.

– Eleanor! – gritou ele.

Ela não respondeu, mas seus lábios se moveram, os olhos marejados de súbitas lágrimas.

– O meu cavalo morreu?

– Santo Deus! É claro!

– Oh! – gemeu ela. – Achei que eu também ia despencar. Não pensei...

Amory a ajudou, delicadamente, a levantar-se e subir na sela de seu animal. E assim voltaram para casa, Amory a pé e ela debruçada sobre a parte mais alta da sela, soluçando amargamente.

– Tenho uma tendência à loucura – disse, a voz entrecortada. – Duas vezes antes já fiz coisas assim. Quando eu tinha 11 anos, minha mãe... enlouqueceu... ficou completamente louca. Estávamos em Viena...

Durante todo o caminho de volta ela falou, hesitante, a respeito de si própria – e o amor de Amory desvaneceu-se lentamente com o luar. À porta da casa dela, fizeram menção, por puro hábito, de despedir-se com um beijo, mas Eleanor não conseguiu aninhar-se em seus braços, que não se estenderam para ela como na semana anterior. Durante um minuto permaneceram parados, odiando-se com amarga tristeza. Mas, assim como Amory havia amado a si próprio em Eleanor, agora também o que odiava era apenas um reflexo no espelho. As atitudes de ambos estavam espalhadas pela pálida alvorada como cacos de vidro. As estrelas já haviam desaparecido fazia muito, restando entre eles apenas as ligeiras rajadas gementes de vento e o silêncio... Mas as almas nuas são sempre pobres coisas, e logo Amory voltou para casa e deixou que novas luzes entrassem em sua vida com o sol.

Poema que Eleanor enviou a Amory
alguns anos depois

Aqui, Mortais, sobre a ondulação da água,
A murmurar a sua música e a suportar um fardo de
                                                                       luz,
Recebendo o dia como uma filha radiante e alegre...
Aqui podemos sussurrar sem que nos ouçam, sem
                                                           medo da noite.
Caminhando a sós... era esplendor ou o que, aquilo a
                                                         que nos dirigíamos
Mergulhados no tempo, quando o verão soltava os
                                                         seus cabelos?

Sombras que amávamos e os desenhos que cobriam o
chão de Tapeçarias místicas, desfalecentes no ar
abafado.

Esse foi o dia... e a noite para outra história,
Pálida como um sonho e sombreada por árvores
traçadas a lápis...
Fantasmas de estrelas acercavam-se dos que haviam
buscado a glória,
E sussurrantes falavam-nos de paz na lamuriante
brisa,
E das velhas crenças mortas que o nosso tempo
destroçou,
E do jovem escrevinhador que comprava delícias
da lua;
Esse era o anseio que conhecíamos e a linguagem que
importava,
Esse era o débito que pagávamos ao usurário junho.

Eis aí o mais profundo dos sonhos, junto às águas, que
não trazem
Do passado nada que não precisemos saber.
Que importa se a claridade não é senão o sol e que os
regatinhos não cantem!
Estamos juntos, parece, e eu o amei tanto!...
O que encerrava a passada noite, já terminando o
verão,
Arrastando-nos de volta para casa pela transformada
vereda?
O que nos olhava de soslaio em meio à escuridão, por
entre os trevos fantasmais?
Ó Deus!... Até você se agitava no sono... e ficava
morto de medo...

Bem... passamos... e somos agora crônica para os
medrosos.
Curiosos metais de meteoros que desvaneceram no
céu;
Criatura da terra, a infatigável está estendida junto à
água, extenuada.
Perto dessa criança abandonada e incompreensível
que sou eu...
O medo é um eco que traçamos para a filha da Certeza;
Agora, somos rostos e vozes... e menos que isso
dentro em breve.
A sussurrar palavras de quase amor sobre a ondulação
da água...
O jovem escrevinhador que comprava delícias da
lua.

POEMA QUE AMORY ENVIOU A ELEANOR E QUE SE INTITULAVA "TEMPESTADE DE VERÃO"

Leves rajadas de vento, e uma canção a extinguir-se, e
folhas a cair;
Leves rajadas de vento e, ao longe, um riso a esvair-se...
E chuva, e pelo campo uma voz a chamar...

Nossa grande nuvem cinzenta passa apressada e avoluma-
se no alto,
Desliza sobre o sol e paira no ar,
A chamar suas irmãs. A sombra de uma pomba
Cai sobre a choupana, e as árvores enchem-se de asas;
Embaixo, no vale, por entre as árvores chorosas,
Paira o corpo mais negro da tormenta, trazendo
Consigo o hálito de mares submersos
E o ribombar fraco e distante de trovões...
Mas eu aguardo...

Aguardo as névoas e as chuvas mais negras –
Ventos mais fortes que agitem o véu do destino,
Ventos mais felizes que revolvam os cabelos dela;
                          Novamente
Me dilaceram, me ensinam, espalham o ar pesado
Sobre mim, esses ventos que conheço, e a tormenta.

Houve um verão em que toda a chuva era preciosa;
Houve uma estação em que todo vento era cálido.
E agora você passa por mim em meio à névoa...
   os cabelos
Soprados pelo vento em torno de você, os lábios úmidos
   outra vez contraídos
Naquela feroz ironia, naquele alegre desespero
Que a envelhecia quando nos encontramos
Como uma aparição, você flutuava antes da chuva
Pelos campos varridos pelo vento, com as flores sem
   caule,
Com suas velhas esperanças, folhas mortas e novos
   amores...
Vaga como um sonho e exangue pela fadiga das horas
   passadas.
(Sussurros rastejarão pela crescente escuridão...
E o tumulto se extinguirá sobre as árvores.)
                          Agora, a noite
Rasga em seu seio molhado a borrifada blusa
Do dia, desliza pelas colinas sonhadoras, brilhantes
   de lágrimas,
Para cobrir com seus cabelos o estranho verde...
Amor da escuridão... Amor pelo que brilha depois;
Quietas, as árvores, até os últimos ramos de suas
   copas... serenas...

Leves rajadas de vento, e ao longe um riso que se
   extingue...

4
O sacrifício desdenhoso

Atlantic City. Amory caminhava ao entardecer pelo deck de madeira, no embalo eterno das ondas, respirando a fragrância quase melancólica do vento salgado. O mar, pensava, armazenara suas lembranças de um modo mais profundo do que a terra incrédula. Parecia ainda sussurrar recordações de galeras nórdicas sulcando as águas do mundo sob bandeiras de piratas; recordações de couraçados ingleses, baluartes cinzentos de civilização, navegando em meio à névoa, num dia escuro de julho, pelo Mar do Norte.

– Amory Blaine!

Amory olhou para a rua abaixo. Um automóvel esporte acabara de parar, e um rosto alegre e familiar apareceu atrás do volante.

– Desça daí, *goopher!** – exclamou Alec.

Amory retribuiu o cumprimento e, descendo um lance de degraus de madeira, aproximou-se do carro. Ele e Alec vinham se encontrando intermitentemente, mas Rosalind se erguera para sempre entre ambos como uma barreira. Amory lamentava que isso acontecesse; detestava a ideia de perder a companhia de Alec.

– Sr. Blaine, apresento-lhe a Srta. Waterson, a Srta. Wayne e o Sr. Tully.

– Prazer em conhecê-los.

– Amory – disse com exuberância Alec –, se você entrar aqui conosco, nós o levaremos a um recanto isolado e lhe daremos uma pequena dose de Bourbon.

---

*Roedor americano da família dos Geomiídeos, semelhante a uma ratazana. (*N. do T.*)

Amory refletiu por um segundo.

– É uma boa ideia.

– Então entre... Afaste-se um pouco, Jill, e Amory vai lhe dar o melhor dos seus sorrisos.

Amory espremeu-se no assento de trás, ao lado de uma loura afetada, de lábios muito vermelhos.

– Olá, Doug Fairbanks – disse ela, com ar petulante. – Caminhava como exercício ou estava à procura de companhia?

– Eu estava contando as ondas – respondeu, com ar grave, Amory. – Vou me dedicar à estatística.

– Não brinque comigo, Doug.

Ao chegarem a uma rua transversal pouco frequentada, Alec parou o carro em meio a profundas sombras.

– O que você está fazendo aqui nesses dias frios, Amory? – indagou enquanto procurava uma garrafa de Bourbon embaixo do tapete de pele.

Amory fugiu à pergunta. Na verdade, fora para a costa sem motivo algum.

– Você se lembra daquelas nossas festas durante o segundo ano? – perguntou, por sua vez, Amory.

– Se me lembro! Quando dormimos nos pavilhões em Asbury Park...

– Deus do céu, Alec. É difícil pensar que Jesse, Dick e Kerry estão mortos.

Alec sentiu um arrepio.

– Não fale nisso. Para que eu fique deprimido, já bastam esses horríveis dias de outono.

Jill parecia concordar.

– Seja como for, o nosso Doug aqui está um tanto melancólico – comentou ela. – Diga a ele para beber um bom trago, pois isso, hoje em dia, é coisa boa e escassa.

– O que realmente desejo perguntar, Amory, é onde você está...

– Ora essa! Em Nova York, acho...
– Refiro-me a esta noite, porque, se ainda não tomou um quarto, talvez pudesse me tirar de uma dificuldade.
– Com prazer.
– Como vê, Tully e eu temos dois quartos, com banheiro comum, no Hotel Ranier, e ele precisa voltar para Nova York. Não quero ser obrigado a me mudar. A questão é: você quer ocupar um dos quartos?

Amory respondeu que sim, se pudesse ocupá-lo imediatamente.

– Vai encontrar a chave no balcão da recepção; os quartos estão em meu nome.

Declinando da condução e do novo estímulo alcoólico, Amory deixou o automóvel e caminhou de volta, pelo deck de madeira, rumo ao hotel.

Estava de novo num torvelinho, diante de um profundo e letárgico sorvedouro, sem desejo de trabalhar, escrever, amar ou dedicar-se a dissipações. Pela primeira vez na vida quase desejava que a morte envolvesse sua geração, acabando com suas mesquinhas febres, suas lutas e suas exultações. Sua juventude jamais lhe parecera tão extinta como agora, no contraste existente entre a extrema solidão de sua visita e a ruidosa e alegre festa de quatro anos antes. Coisas que constituíram os mais simples lugares-comuns de sua vida, dormir bem, uma sensação de beleza em tudo que o cercava, todos os desejos se haviam dissipado, e as lacunas deixadas eram preenchidas apenas pela grande inquietude de sua desilusão.

"Para prender um homem, a mulher tem de apelar para o que de pior existe nele." Essa frase era a tese de quase todas as suas noites de insônia, como, sentia, iria ser aquela. Sua mente já havia mesmo começado a explorar algumas variações do assunto. Paixão incansável, ciúme feroz, desejo de possuir e esmagar... eis o que restava de todo o seu amor por Rosalind!

O que lhe restava como pagamento pela perda de sua juventude: amargo calomelano sob a tênue camada de açúcar da exaltação amorosa.

Em seu quarto, despiu-se e enrolou-se nos cobertores, a fim de expulsar o ar gelado de outubro enquanto dormitava numa poltrona diante da janela aberta.

Lembrou-se de um poema que lera meses antes:

Oh, constante e velho coração que tanto sofreste por mim,
Desperdiço a minha vida a singrar os mares...

No entanto, não tinha sensação de desperdício algum, nenhuma sensação da esperança presente que o desperdício implicava...

– Rosalind! Rosalind!

Murmurou o nome baixinho na semiobscuridade; até o quarto parecia impregnado de sua presença; a brisa marinha enchia o ar de umidade; a orla da lua queimava o céu e tornava as cortinas leves e fantasmagóricas. Amory adormeceu.

Quando despertou, era muito tarde e tudo estava em silêncio. O cobertor escorregara-lhe do ombro; ele tocou a pele e sentiu-a úmida e fria.

De repente, percebeu um murmúrio tenso, a menos de 3 metros de distância.

Ficou hirto.

– *Não faça barulho!* – dizia uma voz, que reconheceu como sendo a de Alec. – *Jill, está me ouvindo?*

– Estou... – respondeu a jovem, num sussurro muito baixo, muito assustado.

Estavam no banheiro.

Depois, ouviu sons mais fortes, vindos de alguma parte do corredor externo. Eram homens que falavam em voz baixa; ouviam-se ruídos abafados de passos. Amory jogou as cobertas para longe e aproximou-se da porta do banheiro.

– Meu Deus! – chegou até ele, de novo, a voz da moça. – Você vai ter de deixá-los entrar.

– Silêncio!

Súbito, alguém começou a bater firme e insistentemente na porta do pequeno vestíbulo que dava para o quarto de Amory, ao mesmo tempo em que Alec saía do banheiro, seguido da garota de lábios pintados. Ambos vestiam pijamas.

– Amory! – chamou-o, num sussurro, uma voz ansiosa.

– Qual é o problema?

– São os detetives do hotel. Meu Deus, Amory... eles tentando dar um flagrante...

– Bem, é melhor deixá-los entrar.

– Você não entende. Eles podem me processar baseados na Lei Mann...

A moça seguia-o lentamente, uma figura inteiramente infeliz, patética, em meio à escuridão.

Amory tentou arquitetar algum plano rapidamente.

– Faça um grande barulho e deixe-os entrar no seu quarto – sugeriu, ansioso. – Enquanto isso, vou fazer com que ela saia por essa porta.

– Eles também estão aí. Vão vigiar a sua porta.

– Você não pode dar um nome falso?

– Impossível. Eu me registrei usando o meu próprio nome. Além disso, eles vão anotar a placa do carro.

– Diga a eles que vocês são casados.

– Jill me disse que um dos detetives do hotel a conhece.

A jovem aproximara-se furtivamente da cama e caíra sobre ela – e lá ficara, com ar miserável, atenta às batidas que aumentavam gradualmente de intensidade até transformarem-se em murros. Chegou, então, até eles, uma voz masculina, irada e imperativa:

– Abram ou poremos a porta abaixo!

No silêncio depois que a voz cessou, Amory percebeu que havia outras coisas no quarto além de gente... Por cima e em torno da figura encolhida na cama, pairava uma aura, como uma teia de aranha formada de raios de luar, mas de um matiz de vinho fraco, aguado, algo horroroso já se estendia difusamente sobre eles três... e junto à janela, entre as cortinas que se moviam, havia mais, algo impreciso, indiscernível, mas, não obstante, estranhamente familiar... Simultaneamente, duas situações se apresentaram, lado a lado, diante de Amory; tudo o que se passou em sua mente, porém, não ocupou mais do que dez segundos do tempo real.

O primeiro fato que brilhou, radiante, em sua compreensão, referia-se ao caráter grandemente impessoal do sacrifício; percebeu que o que chamamos amor e ódio, recompensa e castigo tinha tanto a ver com isso quanto o dia do mês. Recapitulou rapidamente a história de um sacrifício de que ouvira falar na faculdade. Um aluno trapaceara num exame, e seu companheiro de quarto, num arroubo de sentimentalismo, assumira toda a culpa do que ocorrera... Por causa disso, todo o futuro do inocente parecia envolto num manto de pesar e malogro, ao que se acrescentava ainda a ingratidão do verdadeiro culpado. Mas ele finalmente reencontrou a própria vida, pois vieram à luz os fatos reais. Na ocasião, essa história não só intrigou como preocupou Amory. Agora ele compreendia a verdade: o sacrifício não era uma compra da liberdade. Era como um importante cargo eletivo, uma herança de poder – e para certas pessoas, em determinadas ocasiões, um luxo essencial, que implicava não uma garantia, mas uma responsabilidade, não uma segurança, mas um risco infinito. O próprio impulso momentâneo poderia levá-lo à ruína; o passar da onda emocional que tornava isso possível bem poderia colocá-lo para sempre numa árida ilha de desespero... Amory sabia que depois Alec o odiaria secretamente por haver feito tanto por ele...

Tudo isso se desenrolou em sua frente como um pergaminho, enquanto alheias a ele e espetando-o especulativamente ali estavam aquelas duas forças atentas, imóveis: a luminosa teia de aranha que envolvia a moça e aquela coisa familiar junto à janela.

O sacrifício, por sua própria natureza, era arrogante e impessoal; todo sacrifício devia ser eternamente arrogante.

Não choreis por mim, mas por vossos filhos.

Seria assim, de certo modo, pensou Amory, que Deus me falaria.

Sentiu-se tomado de súbita alegria e, de repente, como um rosto num filme, a aura sobre a cama dissipou-se; a sombra dinâmica junto à janela, tão perto dele quanto poderia estar, permaneceu ainda ali um instante, até que o vento pareceu arrancá-la subitamente do quarto. Apertou as próprias mãos em rápido arroubo... E os dez segundos passaram...

– Faça o que lhe digo, Alec... faça o que lhe digo. Está me ouvindo?

Alec fitava-o, aparvalhado, o rosto refletindo toda a angústia que o assaltava.

– Você tem família – prosseguiu lentamente Amory. – Você tem família e é importante que se livre disso. Está me ouvindo? – indagou, repetindo claramente o que já dissera. – Está me ouvindo?

– Estou... – respondeu Alec, a voz estranhamente tensa, sem despregar um segundo sequer os olhos de Amory.

– Alec, você vai se deitar aqui. Se alguém entrar, finja-se de bêbado. Faça o que lhe digo, pois, se não o fizer, eu provavelmente vou matá-lo.

Ficaram ainda um momento olhando um para o outro. Depois, Amory dirigiu-se rapidamente à escrivaninha, apanhou a carteira e fez um sinal peremptório para a jovem. Ouviu dos lábios de Alec uma palavra que lhe soou como "penitenciária", e em seguida ele e Jill entraram no banheiro, fechando a porta atrás de si.

– Você está aqui comigo – disse-lhe, com ar severo. – Esteve toda a noite em minha companhia.

Ela fez um aceno afirmativo com a cabeça, abafando um gritinho.

Num segundo, abriu a porta do outro quarto e três homens entraram. Houve uma imediata inundação de luz elétrica, e ele permaneceu parado, piscando.

– Você se meteu numa brincadeira demasiado perigosa meu jovem!

Amory riu.

– E daí?

O chefe do trio fez um sinal autoritário para um homem corpulento, de roupa axadrezada.

– Muito bem, Olson.

– Eu bem que lhe disse, Sr. O'May – disse Olson, acenando com a cabeça.

Os dois outros lançaram um olhar curioso a suas vítimas e depois se retiraram, batendo a porta com raiva.

O homem corpulento fitou Amory com ar desdenhoso.

– Nunca ouviu falar na Lei Mann? Vir até aqui na companhia dela – e indicou a moça com o polegar –, no seu carro com placa de Nova York... Trazê-la a um hotel como *este*.

Balançava a cabeça, dando a entender que procurara defender Amory, mas que agora nada podia fazer.

– E então? – indagou Amory, um tanto impaciente. – O que quer que façamos?

– Vistam-se depressa... e diga à sua amiguinha para não fazer estardalhaço.

Jill soluçava ruidosamente sobre a cama, mas ao ouvir essas palavras parou de chorar e, amuada, apanhou suas coisas e retirou-se para o banheiro. Enquanto colocava as roupas de Alec, Amory achou que sua atitude diante daquela situação era agradavelmente jocosa. A virtude ofendida do homem corpulento dava-lhe vontade de rir.

– Há mais alguém aqui? – perguntou Olson, procurando parecer perspicaz e inquiridor.

– Há o sujeito que reservou os quartos – respondeu Amory displicentemente. – Mas está bêbedo como um gambá. Está dormindo desde as seis.

– Depois vou dar uma olhada.

– Como foi que o senhor descobriu? – perguntou-lhe, curioso, Amory.

– O empregado da noite o viu subir com essa mulher.

Amory moveu a cabeça com ar de quem compreendia. Nesse instante, Jill saiu do banheiro, já completamente vestida, embora revelasse um certo desalinho.

– Agora, vejamos... – começou Olson, tirando do bolso um caderno de notas. – Quero os seus nomes verdadeiros... Nada de John Smith ou Mary Brown.

– Um momento! – disse Amory, tranquilo. – Vamos parar com toda essa encenação. Fomos apenas apanhados, nada mais.

Olson dirigiu-lhe um olhar feroz.

– Nome? – indagou, ríspido.

Amory deu-lhe seu nome e endereço em Nova York.

– E a moça?

– Srta. Jill...

– Vamos deixar de lado essas rimas de jardim de infância! – exclamou, indignado, Olson. – Como é o seu nome? Sarah Murphy? Minnie Jackson?

– Oh, meu Deus! – disse a jovem, cobrindo com as mãos o rosto manchado de lágrimas. – Não quero que a minha mãe saiba. Não quero que a minha mãe saiba.

– Desembuche!

– Cale-se! – gritou Amory, voltando-se para Olson.

Breve pausa.

– Stella Robbins – disse ela finalmente. – Posta Restante, Rugway, New Hampshire.

Olson fechou bruscamente o caderno de notas e fitou-os atentamente.

– Este hotel poderia enviar as provas à polícia e você iria parar na penitenciária por ter levado uma moça de um estado a outro com propósitos imorais. – Fez uma pausa para que a majestade de suas palavras penetrasse bem no espírito de ambos. – Mas... o hotel vai deixá-los ir em paz.

– Não querem que a coisa saia nos jornais! – exclamou, feroz, Jill. – Deixar-nos ir em paz... Essa é boa!

Um grande alívio envolveu Amory. Percebeu que estava a salvo, e só então se deu conta devidamente da dimensão do problema em que poderia ter se envolvido.

– Existe, porém – continuou Olson –, uma associação de proteção mútua entre os hotéis. Houve muitos casos desses ultimamente e fizemos um acordo com os jornais, de modo que vocês vão ter um pouco de publicidade gratuita. Nada do nome do hotel, naturalmente, mas apenas algumas linhas dizendo que vocês se meteram numa pequena complicação em Atlantic City. Entendeu?

– Entendi.

– Você está se livrando muito facilmente dessa encrenca... mas...

– Vamos! – interrompeu vivamente Amory. – Vamos dar o fora daqui. Não precisamos de sermões.

Olson atravessou o banheiro e deu uma olhada apressada no vulto imóvel de Alec. Depois apagou a luz e fez um sinal para que eles o seguissem. Ao entrarem no elevador, Amory pensou numa pequena fanfarronice... e cedeu finalmente a ela.

Estendeu o braço e deu uma palmadinha no braço de Olson.

– O senhor se importaria de tirar o chapéu? Há uma dama no elevador.

A contragosto, Olson tirou o chapéu. Transcorreram uns dois minutos um tanto contrafeitos, sob as luzes do saguão, onde alguns hóspedes retardatários fitaram-nos com curiosidade. Uma jovem vestida espalhafatosamente... Um rapaz bem-apessoado, o queixo erguido com arrogância... A inferência era bastante óbvia. Depois, o frio de fora, onde o ar salgado era ainda mais fresco e vivo, nos primeiros prenúncios da manhã.

– Vocês podem tomar um daqueles táxis e dar o fora – disse Olson, apontando a sombra imprecisa de dois automóveis em cujo interior os motoristas provavelmente dormiam.

– Adeus – ajuntou Olson, procurando sugestivamente algo no bolso.

Como resposta, Amory deu apenas um riso desdenhoso e, tomando o braço da moça, afastou-se.

– Para onde você vai dizer ao chofer para nos levar? – indagou ela enquanto seguiam pela rua escura.

– Para a estação.

– Se aquele sujeito escrever para a minha mãe...

– Não vai escrever. Ninguém jamais terá conhecimento disso... exceto os nossos amigos e inimigos.

A alvorada rompia sobre o mar.

– Está ficando azul – comentou ela.

– Ainda bem – concordou Amory, em tom de crítica. Depois, pensando melhor: – Já é quase hora do café da manhã. Quer comer alguma coisa?

– Comida... – disse ela, com um riso alegre. – Foi por causa de comida que se estragou a festa. Às duas horas, pedimos que mandassem para o nosso quarto uma grande ceia. Alec não deu gorjeta para o garçom, e acho que foi por isso que o patife nos dedurou.

A depressão de Jill parecia ter-se dissipado mais depressa do que as últimas sombras da noite.

– Permita-me lhe dizer uma coisa – continuou ela enfaticamente. – Quando você quiser se entregar a essa espécie de divertimento, afaste-se das bebidas, e quando quiser embriagar-se, afaste-se dos quartos de dormir.

– Vou me lembrar disso.

Deu umas batidas no vidro e o táxi parou à porta de um restaurante que permanecia aberto a noite toda.

– Alec é muito seu amigo? – perguntou ela, quando se empoleiraram em dois bancos altos, apoiando os cotovelos no balcão encardido.

– Costumava ser. Provavelmente, não será mais, e nunca vai compreender por quê.

– Foi meio maluco isso de você arcar com toda a culpa. Ele é assim tão importante? Mais importante do que você?

Amory riu.

– Isso ainda vamos descobrir – respondeu. – Eis a questão.

O desmoronamento de vários pilares

Dois dias depois, de volta a Nova York, Amory encontrou num jornal o que vinha procurando: doze linhas que anunciavam, a quem pudesse interessar, que o Sr. Amory Blaine, que "deu o seu endereço como sendo" etc., fora convidado a retirar-se de seu hotel em Atlantic City por estar entretendo em seu quarto uma dama que *não* era sua esposa.

Então, teve um sobressalto e seus dedos tremeram, pois logo acima havia um longo parágrafo que começava com as seguintes palavras:

"O Sr. e Sra. Leland R. Connage anunciam o noivado de sua filha Rosalind com o Sr. J. Dawson Ryder, de Hartford, Connecticut..."

Largou o jornal e deixou-se cair sobre a cama, com uma assustadora sensação de frio na boca do estômago. Ela se fora, afinal, para sempre. Até então, alimentara inconscientemente, no fundo de seu coração, a esperança de que algum dia ela precisasse dele e o mandasse chamar, dizendo-lhe aos prantos que tudo não passara de um equívoco, que seu coração só sofria pela dor que ele lhe causara. Nunca mais poderia dar-se nem mesmo ao sombrio luxo de desejá-la... não aquela Rosalind, mais dura, mais velha, nem a mulher derrotada, acabada que sua imaginação colocava às portas dos 40 anos... Amory desejara-lhe a juventude, o fresco esplendor de sua mente e de seu corpo, aquilo que ela estava agora vendendo para sempre. No que dizia respeito a ele, Rosalind estava morta.

No dia seguinte, chegou uma carta concisa e polida de seu advogado, o Sr. Barton, de Chicago, comunicando-lhe que já que mais três companhias de bondes tinham ido parar nas mãos de depositários de massas falidas, ele não deveria esperar no momento qualquer remessa de numerário. Como se tudo isso não bastasse, numa noite de domingo recebeu, desorientado, um telegrama dando-lhe ciência da morte súbita de monsenhor Darcy, ocorrida na Filadélfia, cinco dias antes.

Compreendeu, então, o que percebera entre as cortinas do quarto em Atlantic City.

5
O egocêntrico converte-se em personagem

Uma braça mergulhado no sono aqui estou
Com meus velhos desejos, antes refreados,
A erguer para a vida o meu clamor,
Enquanto negras moscas saem pela porta acinzentada;
E, assim, em busca de novas crenças,

De novo procuro assertivos dias...
Mas eis aqui a velha monotonia:
Infindáveis avenidas de chuva.

Oh, pudesse eu tornar a erguer-me! Pudesse eu
Expulsar o calor daquele velho vinho,
Ver a nova manhã encher o céu
De maravilhosas torres, uma a uma;
Encontrar em cada miragem do amplo espaço
Um símbolo, e não de novo um sonho...
Mas eis aqui a velha monotonia:
Infindáveis avenidas de chuva.

Abrigado debaixo da marquise de vidro de um cinema, Amory observava as primeiras grandes gotas de chuva tamborilarem e converterem-se em manchas escuras sobre a calçada. O ar tornou-se cinzento, opalescente; uma luz solitária recortou subitamente uma janela do outro lado da rua; depois outra se acendeu; decorrido um momento, centenas de janelas iluminadas tremeluziam diante de seus olhos. Sob seus pés, uma espessa claraboia de vidro, guarnecida de retângulos de ferro, fez-se amarela; na rua, as luzes dos táxis lançavam cintilantes feixes luminosos sobre o asfalto já negro. A indesejável chuva de novembro roubava perversamente a última hora do dia, empenhando-a a essa antiga receptadora, a noite.

O silêncio no cinema atrás dele terminou com um curioso estalido, seguido dos ruídos de uma multidão que se erguia, misturada ao burburinho de vozes. Terminara a matinê.

Ele ficou de lado, empurrado um pouco para a chuva, a fim de dar passagem à multidão. Um rapazinho saiu correndo, farejou o ar úmido e levantou a gola do paletó; saíram três ou quatro casais muito apressados; saiu uma nova leva dispersa de gente, cujos olhos fitavam, invariavelmente, primeiro, a rua molhada, depois, o ar cheio de chuva e, por último, o céu sombrio; finalmente, saiu uma densa e vagarosa massa humana, que o deprimiu com seu forte odor, constituído do cheiro de fumo dos homens e da fétida sensualidade do pó de arroz das mulheres. Depois da espessa multidão, saíram novos grupos esparsos; em seguida, uma meia dúzia de pessoas dispersas, seguidas de um homem de muletas – e, finalmente, o ruído matracolejante das cadeiras que se dobravam no interior do cinema anunciou que os lanterninhas estavam em atividade.

Nova York parecia que estava não tanto despertando, mas virando na cama. Homens pálidos passavam apressados, segurando as golas dos paletós levantadas; um grande enxame de moças cansadas, tagarelas, saiu de um grande estabelecimento comercial e passou por ele em meio a risos estridentes três debaixo de cada guarda-chuva; um pelotão de policiais desfilou à sua frente, já miraculosamente protegidos por capas impermeáveis.

A chuva dava a Amory uma sensação de isolamento, e os numerosos e desagradáveis aspectos da vida citadina sem dinheiro ocorreram-lhe ao espírito em ameaçadora sucessão. Havia o medonho, o fedorento aperto do metrô... criaturas que se lançavam sobre as pessoas, desferindo olhares ferozes e segurando-as pelo braço como esses indivíduos monótonos e maçantes que fazem questão de nos contar a última anedota; havia as pessoas rabugentas, sempre preocupadas em evitar que os outros se encostassem nelas; um homem decidido a não ceder seu lugar a uma mulher e odiando-a por isso; a mulher odiando-o por ele não o fazer; na pior das hipóteses, uma horrível fantasmagoria de hálitos humanos, de roupas velhas sobre corpos humanos e o cheiro dos alimentos que os homens comiam, bons sujeitos, afinal de contas, sentindo muito calor ou muito frio, cansados, preocupados.

Imaginou os aposentos em que aquela gente vivia, onde os desenhos do papel de parede eram constituídos de uma pesada repetição de girassóis em fundo verde e amarelo; onde havia banheiras de zinco, sombrios saguões e pátios sem plantas, frios, no fundo dos edifícios; onde até o amor tinha forma de sedução, um sórdido assassinato atrás da esquina, maternidade ilícita no apartamento de cima. E havia sempre o abafamento econômico do inverno portas adentro, e os longos verões, pesadelos de transpiração entre paredes envolventes e pegajosas... restaurantes sujos, nos quais pessoas descuidadas, cansadas, serviam-se de açúcar com as próprias colheres usadas, deixando duras manchas marrons no açucareiro.

A coisa não era tão má onde havia apenas homens ou apenas mulheres, mas quando estavam tão odiosamente amontoados que tudo se tornava lamentável. Era uma pena que as mulheres não se importassem que os homens as vissem cansadas e pobres; era um certo desgosto o que os homens sentiam pelas mulheres cansadas e pobres. Aquilo era mais *sujo* do que qualquer campo de batalha que ele já vira, mais duro de contemplar que qualquer provação feita de lama, suor e perigo; era uma atmosfera na qual o nascimento, o casamento e a morte eram coisas repugnantes, secretas.

Lembrou-se do dia em que um mensageiro entrou no metrô carregando uma grande coroa mortuária de flores frescas... de como sua fragrância purificou subitamente o ar, dando aos passageiros uma momentânea animação.

"Detesto gente pobre", pensou de repente Amory. "Detesto-as pela sua pobreza. Pode ser que a pobreza já tenha sido bela, mas hoje em dia é lamentável. É a coisa mais feia do mundo. No fundo, é mais limpo ser corrupto e rico do que inocente e pobre." Parecia que tornava a ver a figura cuja importância certa vez o impressionara: um jovem bem-vestido olhando através da janela de um clube na Quinta Avenida, dizendo algo ao companheiro com ar de extrema aversão. Provavelmente, pensou Amory, o que ele disse foi: "Santo Deus! Como as criaturas são horríveis!"

Jamais em sua vida Amory pensara nos pobres. Refletia, cinicamente, que lhe faltava por completo qualquer sentido de compaixão humana. O. Henry encontrara nessa gente romance, *páthos*, amor, ódio... Amory via apenas grosseria, imundície física e estupidez. Jamais se acusou por isso; jamais se censurou por experimentar sentimentos que lhe eram naturais e sinceros. Aceitava todas as suas reações como parte dele próprio, imutável, amoral. Aquele problema da pobreza, modificado, ampliado, ligado a alguma atitude mais elevada e mais digna, talvez viesse a ser mesmo, algum dia, seu problema; no momento, porém, despertava-lhe somente profunda aversão.

Caminhou pela Quinta Avenida, desviando-se da negra e cega ameaça dos guarda-chuvas e, detendo-se diante do Delmonico's, fez sinal para um ônibus. Abotoando bem o paletó, subiu para o teto, onde viajou, solitário, em meio à chuva fina, persistente, sendo trazido à realidade, de quando em quando, pela fria umidade em seu rosto. Em algum lugar em sua mente começou uma conversa que ocupou, de certo modo, sua atenção. Não era composta de duas vozes, mas de apenas uma, que agia como interpeladora e respondedora:

PERGUNTA: – Bem, qual é a situação?
RESPOSTA: – A de que disponho de apenas cerca de 24 dólares.
P.: – Você tem a sua propriedade de Lake Geneva.
R.: – Mas pretendo conservá-la.
P.: – E conseguirá viver?
R.: – Não consigo imaginar que isso não me seja possível.

Há quem ganhe dinheiro escrevendo livros, e verifiquei que sempre posso fazer o que as pessoas fazem neles. Na verdade, são as únicas coisas que sei fazer.

P.: – Seja claro.

R.: – Não sei o que vou fazer... nem isso me desperta grande curiosidade. Amanhã, vou deixar Nova York para sempre. É uma cidade má quando a gente não está por cima.

P.: – Deseja muito dinheiro?

R.: – Não. Tenho apenas medo de ser pobre.

P.: – Muito medo?

R.: – Não. Apenas um passivo receio.

P.: – Para onde você se dirige?

R.: – Não o pergunte a *mim*!

P.: – Você não se importa?

R.: – Muito. Não pretendo me suicidar moralmente.

P.: – E não sobrou nada digno do seu interesse?

R.: – Nada. Não tenho mais nenhuma virtude a perder. Assim como um refrigerador dispersa calor, assim também durante a adolescência e a juventude dispersamos as calorias da virtude. Isso é o que se chama talento inventivo.

P.: – Eis aí uma ideia interessante.

R.: – É por isso que um "bom sujeito que se extravia" atrai as pessoas. Elas o cercam e literalmente se aquecem com as calorias de virtude que ele produz. Sarah faz um comentário nada sofisticado e os rostos que a cercam sorriem, afetadamente, de puro encanto... "Oh, como a pobrezinha é inocente!" Estão se aquecendo diante de sua virtude. Mas Sarah vê os sorrisos alvos e jamais torna a fazer tal comentário. Só que se sente um pouco mais fria depois disso.

P.: – Todas as suas calorias já se foram?

R.: – Todas. Estou começando a me aquecer na virtude dos outros.

P.: – Você é um sujeito corrupto?

R.: – Acho que sim. Não tenho certeza. Não tenho mais certeza alguma no que se refere ao bem e ao mal.

P.: – Isso, por si só, é um mau sinal?
R.: – Não necessariamente.
P.: – Qual seria o melhor teste de corrupção?
R.: – Tornarmo-nos realmente insinceros... Achar que não somos, afinal de contas, "sujeitos assim tão maus", pensar que lamentamos a perda da própria juventude quando não se está fazendo outra coisa senão sentir inveja das delícias perdidas. A juventude é assim como se estivéssemos diante de um grande prato de doce. Os sentimentalistas pensam que gostariam de se encontrar no estado de pureza e simplicidade em que se encontravam antes de comer o doce. Mas estão enganados; apenas desejam o prazer de comer tudo de novo. A matrona não deseja reviver a sua juventude; deseja repetir a sua lua de mel. Eu não quero reviver a minha inocência. Quero o prazer de tornar a perdê-la.
P.: – Para onde você está se deixando levar?

Esse diálogo se misturou grotescamente com o estado de espírito que lhe era mais familiar: uma ridícula mistura de desejos, preocupações, impressões exteriores e reações físicas.

Rua 127... ou rua 137... O 20 e o 30 se parecem... Não, não se parecem tanto assim. Assento molhado... Estariam suas roupas absorvendo a umidade do assento ou o assento estava absorvendo o que havia de enxuto em suas roupas? Sentar no molhado dava apendicite, dizia a mãe de Froggy Parker. Bem, ele já tivera apendicite... "Vou mover uma ação contra a companhia de barcos a vapor, dissera Beatrice, mas o meu tio possui um quarto das ações..." Será que Beatrice fora para o céu? Provavelmente, não. Ele representava a imortalidade de Beatrice, bem como os casos de amor de numerosos homens já falecidos que certamente jamais haviam pensado nele... Se não apendicite, gripe talvez. O quê? Rua 120? Aquela devia ser a rua 112. Algo estava errado. Rosalind não era como Beatrice; Eleanor era como Beatrice, só que mais selvagem e mais cerebral. Os apartamentos ali eram caros, provavelmente 150 dólares por mês... talvez 200. Meu tio pagava apenas 100 dólares mensais por um casarão inteiro em Minneapolis. Pergunta: as escadas ficavam à esquerda ou à direita quando se entrava? De qualquer modo, lá onde eu morava, ficavam bem ao fundo e à esquerda. Que rio sujo... Preciso descer até lá e ver se é de fato sujo... Os rios franceses eram todos barrentos ou negros... assim como os rios do Sul. Vinte e quatro dólares significavam 408 *doughnuts*. Poderia viver de *doughnuts* por três meses e dormir no parque. Onde estaria Jill? Jill Bayne, Fayne, Sayne... Com os diabos! Dói-me o pescoço... Raio de banco incômodo! Nenhum desejo de dormir com Jill. O que Alec teria visto nela? Alec tinha mau gosto para mulheres; mas o seu era o que havia de mais apurado: Isabelle, Clara, Rosalind, Eleanor. Todas bem americanas. Eleanor seria, em beisebol, uma arremessadora, provavelmente canhota. Rosalind era uma jogadora de fora do quadrado, rebatedora maravilhosa... Clara ocuparia a primeira base, talvez. Como estaria agora o corpo de Humbird? Se ele, Amory, não tivesse sido um instrutor de baioneta, teria seguido para a frente de combate três meses antes – e provavelmente teria sido morto. Onde está a maldita campainha...

Os números das ruas em Riverside Drive estavam ocultos pela neblina e pelas árvores gotejantes, mas Amory conseguiu, em certo momento, ter um rápido vislumbre de um deles: rua 127. Saltou do ônibus e, sem destino certo, seguiu por uma calçada sinuosa e descendente, chegando até o rio, ou, mais particularmente, a um longo ancoradouro repleto de estaleiros de minúsculas embarcações: pequenas lanchas, canoas, botes e catraias. Dobrou para o norte, seguiu pela margem do rio, saltou uma pequena cerca de arame e encontrou-se num grande pátio em desordem, junto a um desembarcadouro. Viu-se cercado pelos cascos de muitos botes em várias fases de reparação; sentiu nas narinas o cheiro de serragem e de tinta, e o odor invariável e quase imperceptível do Hudson. Um homem aproximou-se dele, vindo da densa escuridão.

– Olá – cumprimentou-o Amory.
– Tem passe?
– Não. Isto aqui é particular?
– Este é o Hudson River Sporting and Yacht Club.
– Oh! Eu não sabia. Estou apenas descansando.
– Bem... – começou o homem, com ar de dúvida.
– Se quiser, eu vou embora.

O homem emitiu um ruído gutural neutro e seguiu seu caminho. Amory sentou-se num barco virado e inclinou-se, pensativo, para a frente, até pousar o queixo na mão.

– O infortúnio é capaz de me transformar num sujeito tremendamente mau – disse, lentamente.

Horas de depressão

Enquanto a chuva fina caía, Amory evocava inutilmente o curso de sua vida, todas as suas cintilantes e sórdidas superficialidades. Para começar, sentia-se ainda amedrontado – não mais fisicamente amedrontado, mas temeroso das pessoas e dos preconceitos, da pobreza e da monotonia. No entanto, perguntava a si mesmo, no fundo de seu amargurado coração, se afinal de contas era pior do que seus semelhantes. Sabia que poderia ser levado, por pura sofisticação, a dizer que sua própria franqueza era apenas resultado das circunstâncias e do ambiente; que, com frequência, quando se voltava furioso contra si mesmo, acusando-se de egoísmo, algo lhe sussurrava lisonjeiramente: "Não. Talento!" Aquilo era uma manifestação de medo, aquela voz que lhe murmurava que ele não podia ser, ao mesmo tempo, grande e bom, que o talento era a combinação exata daquelas ranhuras e daqueles desvios de sua mente, que qualquer disciplina dobraria seu espírito, levando-o à mediocridade. Provavelmente, mais que qualquer de seus vícios concretos ou malogros, Amory desprezava sua própria personalidade: detestava saber que no dia seguinte e nos milhares de dias subsequentes ficara pomposamente inchado diante de um elogio e amuado diante de uma palavra desfavorável como um músico de terceira classe ou um ator de primeira classe. Envergonhava-o o fato de que as pessoas muito simples e honestas, em geral, não confiavam nele; de ter sido, não raro, cruel para com os que anulavam suas personalidades diante dele – várias moças e um ou outro rapaz sobre os quais exerceu, durante os anos de faculdade, má influência; pessoas que o seguiram, aqui e acolá, em aventuras intelectuais das quais somente ele acabara por sair incólume.

Habitualmente, em noites como aquela – que ultimamente se sucediam com frequência –, ele conseguia fugir àquela devoradora introspecção, pensando em crianças e em suas infinitas possibilidades... Ficava atento e ouvia o despertar sobressaltado de um bebê na casa do outro lado da rua, emprestando um leve choramingar à quietude da noite. Rápido como um corisco, afastava-se, perguntando a si mesmo, com um leve toque de pânico, se algo de seu soturno desespero não teria levado um pouco de escuridão àquela minúscula alma. Estremecia. E se algum dia houvesse um desequilíbrio na balança e ele se tornasse algo que assustasse as crianças e penetrasse nos quartos, estabelecendo uma vaga comunhão com aqueles fantasmas que sussurravam sombrios segredos ao louco daquele negro continente existente na lua?

Amory esboçou um ligeiro sorriso.

– Você anda muito ensimesmado – ouviu alguém dizer.

E ainda:

– Mexa-se e dedique-se a algum trabalho de verdade...

– Deixe as preocupações de lado...

Imaginou um futuro e um possível comentário de sua parte:

– Sim... fui talvez um egoísta na juventude, mas logo descobri que pensar demasiado em mim mesmo me tornava mórbido.

Sentiu, de repente, um esmagador desejo de deixar-se ir para o diabo... Não violentamente, como competia a um cavalheiro, mas mergulhar segura e sensualmente na obscuridade. Imaginou-se numa casa de adobe no México, meio reclinado num divã recoberto com uma manta, os dedos esguios, artísticos, segurando um cigarro, ouvindo, dedilhados em guitarras, os melancólicos acordes de uma velha endecha de Castela, enquanto uma jovem de tez azeitonada e lábios carminados lhe acariciava os cabelos. Lá poderia viver uma estranha litania, liberto do bem e do mal e da perseguição do céu e de todos os deuses (exceto do exótico Deus mexicano, que era, ele próprio, bastante condescendente e muito inclinado a fragrâncias orientais), liberto do sucesso, da esperança e da pobreza e entregue ao abismo das longas indulgências que conduziam, no fim das contas, apenas ao lago artificial da morte.

Havia tantos lugares onde era possível apodrecer agradavelmente: Port Said, Xangai, partes do Turquestão, Constantinopla, Mares do Sul – todos, terras de músicas tristes e obsedantes, e de muitos odores, onde a luxúria podia ser um modo e uma expressão de vida, onde as sombras dos céus noturnos e dos crepúsculos pareciam refletir apenas apaixonados estados de alma: cores de lábios e de papoulas.

Ainda extirpando ervas daninhas

Em outros tempos, ele conseguia farejar miraculosamente o mal, como um cavalo que percebe, à noite, uma ponte quebrada, mas o homem que caminhava com estranhas pisadas pelo quarto de Phoebe se reduzira à aura que pairava sobre Jill. Seu instinto percebeu o fedor da pobreza, mas já não investigava os males mais profundos do orgulho e da sensualidade.

Não mais existiam homens sábios; não existiam mais heróis; Burne Holiday desaparecera como se jamais tivesse vivido; monsenhor Darcy estava morto. Amory crescera aferrado a milhares de livros, a milhares de mentiras; ouvira avidamente criaturas que fingiam saber, mas que nada sabiam. Os devaneios místicos dos santos, que antes o enchiam de respeitoso temor nas horas mortas da noite, agora lhe causavam vaga repugnância. Os Byrons e os Brookes, que do topo de montanhas haviam desafiado a vida, não eram, no fim, senão *flaneurs* e *poseurs*, e, na melhor das hipóteses, sombras enganadoras da coragem em busca da substância da sabedoria. O cerimonial de sua desilusão adquiriu a forma de um desfile, velho como o mundo, de profetas, atenienses, mártires, santos, cientistas, Don Juans, jesuítas, puritanos, Faustos, poetas, pacifistas; como colegiais em seus trajes característicos, desfilavam diante dele, enquanto seus sonhos, suas personalidades, suas crenças, iam, por sua vez, lançando luzes coloridas em sua alma; cada qual procurara exprimir a glória da vida e a tremenda importância do homem; cada qual se jactava de sincronizar em suas próprias e vacilantes generalidades o que ocorrera antes; cada qual dependia, afinal de contas, do cenário já existente e das convenções do teatro, o que significa que o homem, em sua ânsia de fé, nutre seu espírito com os alimentos mais convenientes que tem à mão.

As mulheres... de quem ele tanto esperava! As mulheres, cuja beleza ele esperava transmudar em expressões de arte, cujos insondáveis instintos, maravilhosamente incoerentes e mudos, ele pensara perpetuar em termos de experiência, se haviam convertido simplesmente em consagradoras da posteridade delas mesmas. Isabelle, Clara, Rosalind, Eleanor foram todas afastadas, por sua própria beleza – em torno da qual havia enxames de homens –, da possibilidade de contribuir para sua vida com outra coisa que não um coração enfermo e uma página de palavras confusas.

Amory baseava sua perda de fé na ajuda de outrem, em vários e lacrimosos silogismos. Reconhecendo que sua geração, embora ferida e dizimada por aquela guerra vitoriana, era a herdeira do progresso; deixando de lado mesquinhas diferenças de conclusões que, embora pudessem ocasionalmente causar a morte de vários milhões de jovens, talvez pudessem ser explicadas; supondo que, afinal de contas, Bernard Shaw e Bernhardi, Bonar Law e Bethmann-Hollweg eram herdeiros mútuos do progresso, quanto mais não fosse por se mostrarem contra a perseguição às bruxas; pondo de lado as antíteses e aproximando individualmente esses homens, que pareciam ser líderes, causavam-lhe aversão as discrepâncias e contradições existentes nesses próprios homens.

Havia, por exemplo, Thornton Hancock, respeitado por meio mundo intelectual como uma autoridade em assuntos referentes à vida; um homem que testara e acreditava no código sob o qual vivia um educador de educadores, um conselheiro de presidentes – e, no entanto, Amory sabia que esse homem havia, em seu coração, se voltado para um sacerdote de outra religião.

E monsenhor Darcy, sobre quem pairava um chapéu cardinalício, tinha momentos de estranha e horrível insegurança – algo inexplicável numa religião que explicava até as descrenças segundo sua própria fé: se duvidávamos da existência do demônio, era o próprio demônio que fazia com que duvidássemos de sua existência. Amory vira monsenhor Darcy frequentar a casa de obstinados filisteus, ler furiosamente novelas populares, saturar-se ele próprio de rotina a fim de escapar a esse horror.

E esse sacerdote, um pouco mais sábio, um pouco mais puro, não era, Amory bem o sabia, essencialmente mais velho que ele.

Amory estava só; escapara de uma pequena prisão e penetrara num grande labirinto. Encontrava-se onde estava Goethe quando começou *Fausto*; onde se encontrava Conrad ao escrever *Almayer's Folly* (A loucura de Almayer).

Amory disse a si mesmo que havia no fundo duas espécies de pessoas que, devido a uma clareza de espírito natural ou à desilusão, deixavam a prisão e procuravam o labirinto. Havia homens, como Wells e Platão, que possuíam, meio inconscientemente, uma estranha e oculta ortodoxia, e aceitavam para si somente o que poderia ser aceito por todos os homens – românticos incuráveis que, apesar de todos os seus esforços, não conseguiam penetrar no labirinto como almas completas; havia, por outro lado, personalidades pioneiras e penetrantes como punhais, como Samuel Butler, Renan, Voltaire, que progrediam muito mais lentamente e que no fim, às vezes, chegavam muito mais longe, não na direção diretamente pessimista da filosofia especulativa, mas no que se referia à tentativa eterna de atribuir à vida um valor positivo...

Amory se deteve. Começava, pela primeira vez na vida, a desconfiar vivamente de todas as generalidades e de todos os epigramas. Estes eram demasiado fáceis, demasiado perigosos para a mente do público. No entanto, todas as ideias geralmente chegavam ao público, após trinta anos, da seguinte forma: Benson e Chesterton haviam popularizado Huysmans e Newman; Shaw açucarara Nietzsche, Ibsen e Schopenhauer. O homem da rua ouvia as conclusões dos gênios mortos por meio de hábeis paradoxos e epigramas didáticos de terceiros.

A vida era uma trapalhada dos diabos... um jogo de rúgbi com todos os jogadores *off side* e o juiz expulso do campo, todos gritando que o juiz estaria do seu lado...

O progresso era um labirinto... Pessoas arremetendo cegamente e depois recuando alucinadamente, bradando que haviam encontrado... o rei invisível... o *élan* vital... o princípio da evolução... e pondo-se a escrever um livro, a iniciar uma guerra, a fundar uma escola...

Mesmo que não tivesse sido um egoísta, Amory teria começado todas as pesquisas com ele próprio. Ele era o seu melhor exemplo – ali, sentado na chuva, uma criatura humana dotada de sexo e orgulho, privado pelo destino e por seu próprio temperamento do bálsamo do amor e dos filhos, preservado para ajudar a construir a consciência viva da raça.

Censurando-se, mergulhado na solidão e no desengano, chegou à entrada do labirinto.

Outra alvorada lançou-se sobre o rio; um táxi retardatário passou apressado pela rua, as luzes ainda brilhando como olhos ardentes num rosto lívido após uma noite de farra. Uma sirene melancólica soou, ao longe, no rio.

Monsenhor

Amory não cessava de pensar que monsenhor Darcy teria apreciado seu próprio funeral. Foi uma cerimônia magnificamente católica e litúrgica. O bispo O'Neill oficiou a solene missa cantada e o cardeal deu a absolvição final. Thornton Hancock, a Sra. Lawrence, os embaixadores inglês e italiano, o delegado papal e uma legião de amigos e sacerdotes estavam presentes... Não obstante, a foice inexorável cortara todos os fios que monsenhor Darcy reunira em suas mãos. Para Amory, era um sofrimento obsedante vê-lo ali estendido em seu ataúde, as mãos cruzadas sobre as vestes roxas. O rosto não mudara, e como ele não soubesse que estava agonizando, não revelava dor nem medo. Era o querido amigo de Amory e dos outros que ali estavam – pois a Igreja estava repleta de gente de fisionomia apalermada e atônita, pensando, talvez, que os mais exaltados eram os que, com frequência, caíam fulminados.

Como um arcanjo de pluvial e mitra, o cardeal aspergia água benta; o órgão rompeu em sons e o coro começou a cantar o *Requiem Eternam*.

Toda aquela gente sofria porque dependera, até certo ponto, de monsenhor Darcy. Sua dor era mais do que um simples pesar pela "dissonância em sua voz ou uma certa vacilação no andar", para usar uma expressão de Wells. Aquela gente se apoiara na fé do monsenhor, em sua maneira de encontrar o contentamento, de fazer da religião uma coisa de luz e sombra, de transformar a luz e a sombra em simples aspectos de Deus. As pessoas sentiam-se seguras quando ele estava perto.

Da tentativa de sacrifício de Amory nascera unicamente a plena percepção de seu desengano, mas do funeral de monsenhor Darcy nascia o elfo romântico que com ele iria penetrar no labirinto. Encontrou algo que desejava, que sempre desejara e sempre haveria de desejar: não ser admirado, como temera; não ser amado, como se esforçara por acreditar que ocorria, mas ser necessário aos outros, ser indispensável. Lembrou-se da sensação de segurança que encontrara em Burne.

A vida abria-se em sua frente numa de suas surpreendentes irrupções de esplendor, e Amory, súbita e permanentemente, rejeitou um velho epigrama que lhe vinha ocorrendo apaticamente ao espírito: "Pouquíssimas coisas importam, e nada tem grande importância."

Pelo contrário, Amory sentia imenso desejo de dar aos outros uma sensação de segurança.

O "figurão" com óculos de proteção

No dia em que Amory iniciou sua caminhada a pé rumo a Princeton, o céu era uma abóbada incolor, fria, alta, sem ameaça de chuva. Era um dia cinzento, a menos carnal de todas as condições meteorológicas; um dia de sonhos, grandes esperanças e visões nítidas. Um dia facilmente associável àquelas verdades e purezas abstratas que se dissipam ao sol ou se desfazem ao som de um riso zombeteiro à luz da lua. As árvores e as nuvens estavam esculpidas numa severidade clássica; os sons campestres haviam se harmonizado numa tautofonia, metálica como um clarim, exânime como uma urna grega.

Aquele dia pusera Amory num estado de espírito tão contemplativo que causou aborrecimentos a vários motoristas, forçados a diminuir grandemente a marcha de seus veículos para que não o atropelassem. Tão mergulhado ia em seus pensamentos que pouca surpresa lhe causou um estranho fenômeno – ocorrido a 80 quilômetros de Manhattan –, quando um automóvel que passava se deteve a seu lado e uma voz o convidou a entrar. Ergueu os olhos e viu um magnífico Locomobile, no qual estavam dois homens de meia-idade, um deles pequeno e de ar preocupado, aparentemente um apêndice artificial do outro, corpulento, de aspecto imponente e que usava óculos de proteção.

– Quer carona? – indagou o que parecia uma excrescência do outro, lançando um olhar de soslaio ao imponente companheiro de viagem, como se esperasse uma silenciosa e habitual corroboração.

– Pode acreditar! Obrigado.

O motorista abriu a porta e, entrando no carro, Amory acomodou-se entre os dois no banco de trás, examinando-os com curiosidade. A principal característica do homenzarrão parecia ser uma grande autoconfiança, que se destacava do tremendo tédio que parecia lhe provocar tudo que o cercava. A parte de seu rosto que surgia por baixo dos óculos de viagem era o que se costumava chamar "vigorosa"; dobras de gordura, que não deixavam de ter certa dignidade, tinham se formado junto do queixo; um tanto mais acima, uma boca larga, de lábios finos, e o tosco modelo de um nariz romano, e, abaixo, ombros que descaíam, sem luta, sobre um volumoso tórax e uma respeitável barriga. Trajava-se com meticuloso apuro e discrição. Amory notou que ele se inclinava para fitar fixamente a nuca do motorista, como se procurasse resolver, firme mas inutilmente, algo de difícil solução.

Quanto ao homenzinho, nada tinha de notável, exceto sua completa submersão na personalidade do outro. Pertencia a um tipo secretarial inferior que aos 40 anos manda imprimir em seus cartões comerciais: "Assistente do Presidente" e que, sem um suspiro, consagra o resto da vida a maneirismos de segunda mão.

— Vai para longe? — indagou em tom agradável e desinteressado o homenzinho.

— Ainda um bom pedaço.

— Está indo a pé para fazer exercício?

— Não — respondeu, lacônico, Amory. — Viajo a pé porque não posso pagar uma condução.

— Oh!

E após uma pausa:

— Está procurando trabalho? Há muito trabalho — prosseguiu, um pouco para pôr Amory à prova. — Não passa de baboseira toda essa conversa sobre falta de trabalho. O Ocidente necessita particularmente de mão de obra.

Referiu-se ao Ocidente com um gesto largo, lateral. Amory concordou delicadamente com um aceno de cabeça.

— O senhor tem uma profissão?

Não. Amory não tinha profissão.

— Empregado de escritório, não é?

Não. Amory não era empregado de escritório.

— Seja lá qual for o seu trabalho — disse o homenzinho, parecendo sensatamente concordar com algo que Amory dissera –, a verdade é que esta é uma época de grandes oportunidades e de novos empreendimentos.

Lançou de novo um olhar para o figurão, como um advogado que, involuntariamente, durante um júri, quer prender a atenção de uma testemunha.

Amory achou que devia dizer algo, mas só conseguiu pensar numa coisa:

– Desejo, é claro, ganhar muito dinheiro...

O homenzinho riu sem nenhuma graça, mas conscienciosamente.

– É o que todos desejam hoje em dia, mas ninguém quer trabalhar para conseguir.

– Um desejo muito natural, muito saudável. Quase todas as pessoas normais querem ser ricas sem grande esforço... A não ser os financistas nas peças teatrais de fundo social, que querem "abrir caminho à força". O senhor não deseja dinheiro fácil?

– Claro que não! – respondeu, indignado, o secretário.

– Mas – prosseguiu Amory, sem lhe dar atenção –, como me encontro, no momento, muito pobre, estou pensando que talvez o socialismo seja o meu forte.

Ambos os homens o fitaram com curiosidade.

– Esses lançadores de bombas...

O homenzinho calou-se ao ouvir tais palavras saírem ponderosamente do peito do figurão.

– Se achasse que o senhor era um lançador de bombas, eu o levaria para a cadeia, em Newark. Eis o que penso dos socialistas.

Amory riu.

– Quem é o senhor? – indagou o homenzarrão. – Um desses bolchevistas de salão, um desses idealistas? Devo dizer-lhe que não consigo ver a diferença. Os idealistas andam por aí vagabundeando e escrevendo coisas que agitam os imigrantes pobres.

– Bem – respondeu Amory – se ser um idealista é, ao mesmo tempo, seguro e lucrativo, eu bem poderia experimentar.
– Qual é o seu problema? Perdeu o emprego?
– Não exatamente, mas... bem, pode-se dizer que sim.
– O que você fazia?
– Escrevia anúncios para uma agência de publicidade.
– A publicidade dá muito dinheiro.
Amory sorriu discretamente.
– Admito que a publicidade, eventualmente, dê dinheiro. O talento não morre mais de fome. Até mesmo as artes conseguem o suficiente para comer hoje em dia. Os artistas traçam as capas de suas revistas, escrevem seus anúncios, compõem *ragtime* para seus teatros. Por meio da grande comercialização dos prelos, os senhores encontraram uma ocupação delicada, inofensiva, para todos os gênios que, de outro modo, poderiam ter talhado seus próprios nichos. Mas cuidado com aquele que, além de artista, é também um intelectual. O artista que não se adapta, um Rousseau, um Tolstoi, um Samuel Butler, um Amory Blaine...
– Quem é esse último? – indagou, desconfiado, o homenzinho.
– Bem... – respondeu Amory –, é um... é um personagem intelectual ainda não muito conhecido no momento.
O homenzinho voltou a dar, conscienciosamente, um risinho, mas deteve-se de súbito quando os olhos ardentes de Amory se voltaram para ele.
– Do que está rindo, senhor?
– Esses *intelectuais*...
– Sabe, por acaso, o que isso significa?
– Ora essa! *Significa*, em geral...
– Significa *sempre* inteligência e boa instrução – interrompeu-o Amory. – Significa ter um conhecimento ativo da experiência da raça. – Amory resolveu ser bastante rude.

E voltou-se para o figurão: – Esse jovem – disse, indicando com o polegar o secretário e proferindo a palavra "jovem" como alguém que dissesse "mensageiro de hotel", não com uma implicação de "juventude" – tem, como é habitual, uma ideia bastante confusa da conotação de todas as palavras populares.

– O senhor faz objeção ao fato de que o capital controle os meios editoriais? – perguntou o figurão, fitando-o através dos óculos de viagem.

– Faço... e faço objeção também ao fato de realizar o trabalho mental dessa gente. Pareceu-me que a raiz de todos os negócios que vi ao meu derredor consistia em explorar o trabalho e em pagar mal um bando de idiotas que se submetem a isso.

– Um momento! – disse o figurão. – O senhor tem de admitir que o homem trabalhador é muito bem pago... Cinco ou seis horas diárias... É ridículo! Não se pode conseguir um dia de trabalho honesto de um homem que pertença a um sindicato.

– Foram os senhores que criaram tal situação – insistiu Amory. – Jamais fizeram quaisquer concessões até que elas lhes foram arrancadas à força.

– Os senhores... quem?

– A sua classe... a classe a que eu pertencia até recentemente. Aqueles que, por meio de herança, diligência, inteligência ou desonestidade se converteram na classe endinheirada.

– Então acha que aquele homem que está consertando a estrada estaria mais disposto, se tivesse dinheiro, a abrir mão dele?

– Não, mas o que isso tem a ver com o assunto?

O figurão refletiu.

– Admito que não tem, mas soa como se tivesse.

– Na verdade – prosseguiu Amory –, ele seria pior. As classes inferiores têm espírito mais acanhado, são menos agradáveis e individualmente mais egoístas... E são mais estúpidas, sem a menor dúvida, mas tudo isso nada tem a ver com a questão.

– E qual é exatamente a questão?

A essa altura Amory teve de fazer uma pausa e considerar qual era exatamente a questão.

Amory cunha uma frase

– Quando a vida toma conta de um homem inteligente e regularmente instruído – começou lentamente Amory –, isto é, quando ele se casa, torna-se, nove vezes em dez, um conservador no que se refere às condições sociais existentes. Pode ser que ele não seja egoísta, tenha bom coração e seja até mesmo justo, à sua maneira, mas o seu principal empenho é precaver-se e agarrar-se ao que possui. A sua mulher o impele para a frente, e ele passa de 10 mil a 20 mil dólares anuais, e assim por diante, numa rotina sem fim. Está liquidado! A vida tomou conta dele! Não tem mais remédio! É um homem espiritualmente cansado.

Fez uma pausa e achou que aquela não era uma frase assim tão má.

– Alguns homens – continuou – escapam a tal sujeição. Talvez as suas mulheres não alimentem ambições sociais; talvez tenham topado, em algum "livro perigoso", com uma ou duas frases que lhes tenha agradado; talvez tenham começado a rotina, como eu, mas tenham sido postos para fora. Seja como for, há representantes do povo insubornáveis; presidentes que não são políticos; escritores, conferencistas, cientistas, estadistas que não são apenas uma fonte de renda para meia dúzia de mulheres e filhos.

– Esse homem é por acaso o radical verdadeiro?

– Perfeitamente – respondeu Amory. – Pode variar, indo desde o crítico desiludido, como o velho Thornton Hancock, até um Tolstoi. Ora, esse homem espiritualmente solteiro não tem poder direto, pois infelizmente o homem espiritualmente casado, como subproduto da classe endinheirada, à qual pertence, atulhou os grandes jornais, as revistas populares, o semanário influente, de modo que a Sra. Jornal, a Sra. Revista, a Sra. Semanário podem ter uma limusine melhor do que aquela gente do outro lado da rua que lida com óleo, ou aqueles sujeitos depois da esquina que vendem cimento.

– E por que não?

– Isso faz dos homens ricos os mantenedores da consciência intelectual do mundo e, claro, um homem que tem dinheiro sob um determinado conjunto de instituições sociais não pode, naturalmente, arriscar a felicidade da sua família, deixando que o clamor por outra ordem de coisas apareça em seu jornal.

– Mas aparece – disse o figurão.

– Onde? Em meios desacreditados. Em semanários vagabundos, impressos em péssimo papel.

– Muito bem... Prossiga.

– Bem, o que quero dizer, antes de mais nada, é que, devido a uma mistura de condições em que a família vem em primeiro lugar, existem essas duas espécies de cérebro. Uma delas, de certo modo, aceita a natureza humana como ela é, vale-se da sua timidez, da sua fraqueza e da sua força para a realização de seus próprios fins. Por outro lado, existe o homem que, sendo espiritualmente solteiro, busca continuamente novos sistemas, que controlarão e neutralizarão certas tendências da natureza humana. Seu problema é mais árduo. Não é a vida que é complicada; é a luta para direcionar e controlar a vida. Eis a sua luta. Esse homem é parte do progresso, enquanto o homem espiritualmente casado não é.

O figurão tirou do bolso três grandes charutos e os ofereceu na imensa palma da mão. O homenzinho apanhou um; Amory balançou a cabeça e procurou um cigarro.

– Continue falando – disse o figurão. – Tenho desejado ouvir um de vocês.

Mais depressa

– A vida moderna – recomeçou Amory – já não muda de século em século, mas de ano em ano, dez vezes mais depressa do que em qualquer outra época: populações que se duplicam, civilizações ligadas mais estreitamente a outras civilizações, interdependência econômica, questões raciais... Mas estamos *perdendo tempo*. A minha ideia é que temos que avançar muito mais depressa.

Acentuou ligeiramente as últimas palavras, e inconscientemente o motorista aumentou a velocidade do automóvel. Amory e o figurão riram; o homenzinho também riu após uma pausa.

– Cada criança – disse Amory – deveria ter um começo igual. Se o pai pode dotá-lo de um bom físico e a mãe de algum senso comum no início da sua educação, essa deveria ser a sua herança. Se o pai não pode dar-lhe um bom físico, se a mãe desperdiçou na caça aos homens os anos durante os quais deveria ter se preparado para educar os filhos, tanto pior para ele. O filho não deveria ser artificialmente amparado com dinheiro, enviado a esses terríveis colégios internos, arrastado pela faculdade... Todo menino deveria ter um começo igual.

– Muito bem – disse o figurão, sem que seus óculos de viagem indicassem aprovação ou objeção.

– Em seguida, eu daria ao governo uma boa oportunidade de realizar uma experiência como proprietário de todas as indústrias.

– Já ficou demonstrado o fracasso disso.

– Não... isso simplesmente falhou. Se as indústrias pertencessem ao governo, teríamos no governo as melhores inteligências analíticas do mundo dos negócios, trabalhando por algo mais que apenas para si próprios. Teríamos Mackays em vez de Burlesons, teríamos Morgans no Departamento do Tesouro, teríamos Hills dirigindo o comércio interestadual. Teríamos no Senado os melhores advogados.

– Eles não dariam o melhor de si a troco de nada. McAdoo...

– Não – disse Amory, balançando a cabeça. – O dinheiro não constitui o único estímulo para trazer à tona o que de melhor existe num homem, nem mesmo na América.

– O senhor disse, ainda há pouco, que constituía.

– Constitui no momento. Mas se fosse ilegal possuir mais do que determinada soma, os melhores homens acorreriam em bandos em busca de outro galardão que atrai a humanidade: a fama.

O figurão emitiu um som que se assemelhava muito a um *bu*!

– Essa é a coisa mais tola que disse até agora.

– Não, não é tola. É inteiramente plausível. Se o senhor fosse a uma universidade, constataria, surpreso, que alguns estudantes trabalham duas vezes mais para obter mil e uma honrarias insignificantes do que aqueles que se esforçam para fazer por onde.

– Coisas de rapazes... criancices! – zombou seu antagonista.

– De modo algum... a menos que sejamos todos crianças. Já viu um homem adulto quando procura entrar para uma sociedade secreta... ou uma família em ascensão cujo nome é enaltecido em algum clube? Seus membros pulam de alegria ao ouvir o som dessa palavra. A ideia de que para fazer um homem trabalhar é preciso segurar um punhado de ouro diante de seus olhos é algo inventado, não um axioma. Vimos fazendo isso há tanto tempo que nos esquecemos de que há outra maneira. Construímos um mundo em que isso é necessário. Permita que lhe diga – ajuntou Amory, tornando-se enfático –

que se houvesse dez homens que tivessem um seguro contra a fome ou a riqueza e lhes fosse oferecida uma fita verde em troca de cinco horas de trabalho diário e uma fita azul em troca de dez horas de trabalho por dia, nove em cada dez se esforçariam por conquistar a fita azul. O instinto competitivo deseja apenas uma condecoração. Se o tamanho de suas casas constitui essa honraria, vão trabalhar como mouros para obtê-la. Se se tratar apenas de uma fita azul, acredito, com toda a sinceridade, que trabalharão do mesmo modo para consegui-la. Já o fizeram, em outras épocas.

– Não concordo com o senhor.

– Eu sei – disse Amory, balançando tristemente a cabeça. – Mas isso já não importa. Acho que essa gente vai receber logo o que deseja.

O homenzinho deu um grande assobio.

– *Metralhadoras!*

– Ah, mas os senhores os ensinaram a usá-las.

O figurão balançou a cabeça:

– Neste país há proprietários suficientes para impedir que isso aconteça.

Amory gostaria de ter dados estatísticos sobre os que possuíam propriedades e os que não possuíam. Como não os tinha, mudou de assunto.

– Quando falam em "apoderar-se das coisas", estão pisando em terreno perigoso.

– Como poderão consegui-las se não for assim? Durante anos o povo foi mantido a distância por meio de promessas. O socialismo talvez não constitua um progresso, mas a ameaça da bandeira vermelha é certamente a força inspiradora de todas as reformas. E precisa ser sensacional para conseguir atenção.

– Imagino que o seu exemplo de violência benéfica seja dado pela Rússia.

– É bem possível – admitiu Amory. – Claro que ela está se excedendo, como aconteceu com a Revolução Francesa, mas não tenho dúvida de que se trata realmente de uma grande experiência... e uma experiência que valeu a pena.

– O senhor não acredita na moderação?

– Os senhores não darão ouvidos a moderados, e já é quase tarde demais. A verdade é que o público fez uma dessas coisas surpreendentes e espantosas que só acontecem uma vez em cada século. Apreendeu uma ideia.

– Qual é ela?

– Que por mais que a inteligência e as habilidades dos homens possam diferir, seus estômagos são essencialmente iguais.

O homenzinho recebe o seu

– Se o senhor reunisse todo o dinheiro do mundo – disse, de maneira profunda, o homenzinho – e o dividisse igualmen...

– Ah, cale-se! – exclamou Amory vivamente e, sem dar atenção ao olhar enfurecido do homenzinho, prosseguiu em sua argumentação.

– O estômago humano... – recomeçou.

Mas o figurão o interrompeu de modo um tanto impaciente:

– Como veem, estou deixando que falem, mas, por favor, evite referir-se a estômagos. Senti o meu o dia todo. De qualquer modo, não concordo com uma palavra do que o senhor disse. A propriedade das indústrias pelo governo constitui a base de toda a sua argumentação... e isso, invariavelmente, é uma colmeia de corrupção. Os homens não vão trabalhar em troca de fitas azuis... Isso é uma tolice completa.

Quando ele se calou, com um movimento de cabeça o homenzinho pôs-se a falar, resoluto, como se tivesse resolvido, dessa vez, fazer-se ouvir.

– Há certas coisas que fazem parte da natureza humana – afirmou, com ar de coruja. – Sempre foi e sempre será assim. Coisas que não podem ser mudadas.

Com expressão de desânimo, Amory desviou o olhar do homenzinho e fitou o figurão.

– Vejam só! *Isso* é o que me faz desanimar do progresso. *Ouçam* isso! Eu poderia citar, logo de início, mais de uma centena de fenômenos naturais que foram modificados pela vontade do homem... uma centena de instintos humanos obliterados e dominados pela civilização. O que esse homem acaba de dizer vem sendo, há mil anos, o último refúgio dos idiotas do mundo. Nega os esforços de todos os cientistas, estadistas, moralistas, reformadores, doutores e filósofos que dedicaram a vida a servir a humanidade. É uma impugnação manifesta de tudo que é digno de apreço na natureza humana. Toda pessoa de mais de 25 anos que declara tal coisa a sangue-frio deveria ser privada dos seus direitos de cidadão.

O homenzinho recostou-se de novo no assento, o rosto rubro de cólera. Amory prosseguiu, dirigindo suas observações ao figurão:

– Esses homens que dispõem apenas de um quarto de instrução e que possuem mentes rançosas como esse seu amigo aqui, essas criaturas que *pensam* que pensam em todas as questões que surgem, são tipos que vivem, em geral, em tremenda confusão mental. Ora se referem à "brutalidade e desumanidade desses prussianos", ora afirmam que "deveríamos exterminar todo o povo alemão". Acreditam sempre que "as coisas não estão nada boas agora", mas "não têm confiança alguma nesses idealistas". Hoje, dizem que Wilson "não passa de um sonhador, sem espírito prático"; daqui a um ano esbravejam contra ele por converter seus sonhos em realidade. Não têm qualquer ideia clara ou lógica acerca de nenhum assunto, exceto uma atoleimada oposição a qualquer espécie de mudança. Não acham que as pessoas incultas devam receber um salário elevado, mas não percebem que se tais pessoas não recebem um bom salário, seus filhos também não poderão ser educados, e caímos assim num círculo vicioso. Eis o que é a grande classe média!

O figurão, um grande sorriso a estampar-se-lhe no rosto, inclinou-se e sorriu para o homenzinho.

– Você está recebendo grossa pancadaria, Garvin. Como se sente?

O homenzinho esforçou-se por sorrir e agir como se todo aquele assunto fosse tão ridículo que não merecesse sequer atenção. Mas Amory ainda não havia terminado.

– A teoria de que o povo tem capacidade para governar a si próprio reside nesse homem. Se se puder instruí-lo, para que pense clara, concisa e logicamente... para que possa libertar-se do seu hábito de refugiar-se em vulgaridades, preconceitos e sentimentalismos, então sou um socialista militante. Se não se puder fazê-lo, então acho que pouco importa o que venha a acontecer a esse homem ou aos seus sistemas, agora ou futuramente.

– Estou não só interessado como me divertindo muito – disse o figurão. – O senhor é muito jovem.

– O que significa apenas que não fui corrompido nem me tornei tímido diante da experiência contemporânea. Eu possuo a mais valiosa das experiências, a experiência da raça, pois apesar de ter frequentado uma universidade consegui adquirir uma boa instrução.

– Fala com desembaraço.

– Mas não digo apenas tolices – exclamou Amory apaixonadamente. – Esta é a primeira vez na vida que discuto socialismo. É a única panaceia que conheço. Sinto-me inquieto. Estou enojado com um sistema em que o sujeito mais rico consegue a garota mais bela se a desejar, em que o artista que não dispõe de renda tem de vender seu talento a um fabricante de botões. Mesmo que eu não tivesse talento, não me agradaria trabalhar dez anos, condenado ao celibato ou a prazeres furtivos, para que o filho de alguém tivesse um automóvel.

– Mas se não está tão certo...

– Isso não importa – bradou Amory. – A minha situação não poderia ser pior. Uma revolução social talvez pudesse dar-me uma boa oportunidade. Claro que sou egoísta. Parece-me que tenho sido um peixe fora d'água no meio de tantos sistemas já excessivamente gastos. Eu era, provavelmente, um dos poucos alunos da minha classe na faculdade que havia recebido uma educação decente; no entanto, eles deixavam qualquer paspalhão que tivesse instrução jogar rúgbi, enquanto *eu* era considerado inelegível, porque alguns velhos estúpidos achavam que todos nós lucraríamos com a aplicação das seções cônicas. Detestei o exército. Detestei o mundo dos negócios. Estou apaixonado pela transformação social, e matei a minha consciência...

– De modo que vai sair por aí dizendo que precisamos ir mais depressa.

– Isso, pelo menos, é verdade – insistiu Amory. – A reforma não vai atender às necessidades da civilização, a menos que se faça com que atenda. Uma política de *laissez-faire* é o mesmo que mimar uma criança dizendo-lhe que no fim ela vai se sair bem. Só vai se sair bem se procurar fazer com que isso aconteça.

– Mas o senhor não acredita em toda essa lenga-lenga socialista de que fala.

– Não sei. Até falar com o senhor, eu ainda não havia pensado seriamente a respeito. Não estava convencido nem da metade do que disse.

– O senhor me intriga – disse o figurão. – Mas os senhores todos se parecem. Dizem que Bernard Shaw, apesar de todas as suas doutrinas, é o mais rigoroso de todos os teatrólogos no que se refere aos seus direitos autorais. Exige até o último centavo.

– Bem – disse Amory –, o que afirmo é que sou o produto de um espírito versátil em meio a uma geração inquieta... e que tenho todos os motivos para colocar a minha mente e a minha pena a serviço dos radicais. Mesmo que no fundo do meu coração eu pensasse que éramos todos átomos cegos num mundo tão limitado como o oscilar de um pêndulo, eu e os sujeitos como eu lutaríamos contra a tradição. Procuraríamos, ao menos, substituir as velhas cantilenas por outras novas. Em várias ocasiões, julguei que estava certo a respeito da vida, mas a fé é algo difícil. De uma coisa estou certo: se viver não é lutar por algo que valha a pena, a vida pode tornar-se um jogo extremamente divertido.

Durante um minuto ambos permaneceram calados. Depois, o figurão perguntou:

– Qual era a sua universidade?

– Princeton.

O figurão mostrou-se subitamente interessado; a expressão de seus óculos de viagem alterou-se ligeiramente.

– Eu mandei o meu filho estudar em Princeton.

– É mesmo?

– Talvez o senhor o tenha conhecido. Chamava-se Jesse Ferrenby. Foi morto no ano passado, na França.

– Eu o conhecia muito bem. Na verdade, era um dos meus amigos mais íntimos.

– Ele era... um... um excelente rapaz. Éramos muito próximos.

Amory começou a perceber uma semelhança entre pai e filho morto, e disse para si mesmo que na verdade parecia ter havido durante todo o tempo uma sensação de familiaridade. Jesse Ferrenby, o sujeito que na universidade tomara a coroa à qual ele aspirava. Tudo aquilo já havia ficado muito para trás. Como tinham sido crianças, lutando por fitas azuis...

O automóvel deteve-se à entrada de uma grande propriedade, cercada por uma imensa sebe e por um alto portão de ferro.

– Não quer almoçar conosco?

Amory balançou a cabeça.

– Muito obrigado, Sr. Ferrenby, mas preciso continuar o meu caminho.

O figurão estendeu-lhe a mão. Amory viu que o fato de ele ter conhecido Jesse pesava mais do que qualquer desfavor que suas opiniões pudessem ter criado. Com que fantasmas as pessoas tinham de lidar! Até mesmo o homenzinho insistiu em apertar-lhe a mão.

– Adeus! – gritou o Sr. Ferrenby enquanto o carro dobrava para a direita e começava a subir a alameda. – Boa sorte para o senhor e má sorte para as suas ideias.

– O mesmo para o senhor – gritou Amory, sorrindo e acenando com a mão.

"Longe da lareira, longe da saleta"

A oito horas de distância de Princeton, Amory sentou-se à beira da estrada em Nova Jersey e pôs-se a observar os campos queimados pelo frio. A natureza, como um fenômeno um tanto grosseiro, composta em grande parte de flores que, quando examinadas atentamente, apareciam comidas por insetos e formigas que viajavam infindavelmente por folhas de relva, era sempre decepcionante; a natureza representada por céus, águas e horizontes distantes era mais simpática. A geada e a promessa de inverno de repente o emocionaram, fazendo-o pensar numa violenta competição entre St. Regis e Groton que tivera lugar havia séculos... sete anos antes, e num dia de outono na França, doze meses antes, em que ele se estendera no meio de alto relvado, com todo o seu pelotão deitado em torno dele, aguardando o momento de acionar sua metralhadora automática. Via os dois quadros juntos, experimentando, de certo modo, a mesma sensação primitiva – dois jogos de que participara, diferindo apenas na aspereza, ligados entre si de uma maneira que os diferenciava de Rosalind e da questão dos labirintos, que constituía, afinal de contas, um assunto relacionado com a vida.

"Sou um egoísta", pensou.

"Isto não é algo que vai mudar quando eu 'vir o sofrimento humano', 'perder os meus pais' ou 'ajudar os outros'.

"Esse egoísmo não é apenas uma parte de mim. É a parte mais viva. Somente superando de algum modo esse egoísmo, e não apenas evitando-o, é que poderei conseguir segurança e equilíbrio na vida.

"Não existe virtude de altruísmo que eu não possa empregar. Posso fazer sacrifícios, ser caridoso, dedicar-me a um amigo, sofrer por um amigo, expor a minha vida por um amigo – e tudo isso porque essas coisas talvez sejam a melhor expressão possível de mim mesmo. Contudo, não possuo sequer uma gota de bondade humana."

O problema do mal convertera-se em Amory no problema do sexo. Começava a identificar o mal com o poderoso culto fálico existente em Brooke e no Wells dos primeiros tempos. Inseparavelmente ligada ao mal estava a beleza – a beleza, ainda um constante e crescente tumulto; suave na voz de Eleanor, numa velha canção que se ouve à noite, tumultuando delirantemente ao longo da vida como imponentes cataratas, meio ritmo, meio escuridão. Amory sabia que, cada vez que tentara aproximar-se ansiosamente dela, ela zombara dele com a fisionomia grotesca do mal. A beleza da grande arte, a beleza de todas as alegrias e, acima de tudo, a beleza das mulheres.

Afinal de contas, a beleza tinha demasiadas ligações com a licenciosidade e a devassidão. As coisas doentias tinham, às vezes, beleza, mas jamais eram boas. E naquela nova solidão que ele escolhera, tendo em vista qualquer grandeza a que pudesse chegar, a beleza devia ser relativa ou, em si própria, uma harmonia para que não houvesse nenhuma nota dissonante.

Em certo sentido, essa renúncia gradual à beleza era o segundo passo, depois que sua desilusão se tornara completa. Sentia que estava deixando para trás a oportunidade de vir a ser um certo tipo de artista. Parecia-lhe muito mais importante ser um certo tipo de homem.

De repente, seu espírito dobrou uma esquina e ele viu-se pensando na Igreja Católica. Havia nele a forte convicção de que existia uma certa falha intrínseca naqueles para quem a religião ortodoxa era uma necessidade – e religião, para Amory, significava a Igreja de Roma. Tratava-se, de forma bastante concebível, de um ritual vazio, mas era, ao que parecia, o único baluarte tradicional, assimilativo, contra a decadência da moral. Até que as grandes multidões pudessem ser educadas num sentido moral, alguém devia bradar: "Não farás!" Contudo, era-lhe impossível no momento qualquer aceitação. Ele queria dispor de tempo e da ausência de pressão ulterior. Queria conservar a árvore sem enfeites, compreender plenamente a direção e o impulso de sua nova arrancada.

A tarde passava pela purificação das três horas e penetrava na beleza dourada das quatro. Depois, ele caminhou em meio à dor vaga de um pôr de sol em que mesmo as nuvens pareciam sangrar, e chegou, já no crepúsculo, a um cemitério. Havia uma fragrância triste, melancólica, de flores, o fantasma de uma lua nova no céu e, por toda parte, sombras. Levado por um impulso, pensou em tentar abrir a porta de uma enferrujada cripta de ferro, construída na encosta de um monte – uma cripta lavada pelas águas e coberta de flores azuis, tardias e aquosas, que bem poderiam ter nascido de olhos mortos, pegajosas ao tato e com um odor enjoativo.

Amory queria *sentir* "William Dayfield, 1864".

Pensou que os túmulos sempre levavam as pessoas a considerar a vida uma coisa vã. De certo modo, ele não conseguia achar nada de ruim no fato de alguém ter vivido. Todas aquelas colunas partidas, mãos dadas, pombas e anjos significavam romances. Imaginou que gostaria que dali a cem anos criaturas jovens perguntassem a si mesmas se seus olhos tinham sido castanhos ou azuis, e esperava ardentemente que sua sepultura tivesse um ar assim, de coisa construída havia muitos, muitos anos. Parecia-lhe estranho que, numa fileira de túmulos de soldados da União, dois ou três lhe fizessem pensar em amores e amantes mortos, quando eram exatamente iguais aos outros até mesmo no musgo amarelado.

MUITO DEPOIS DA MEIA-NOITE, as torres e as cúspides de Princeton tornaram-se visíveis, percebendo-se aqui e acolá uma ou outra luz ainda acesa. Como num sonho infindável, aquilo continuava, o espírito do passado meditando sobre uma nova geração, a juventude eleita de um mundo perturbado e impuro, ainda romanticamente alimentando-se dos erros e dos sonhos já quase esquecidos de estadistas e poetas mortos. Ali estava uma nova geração gritando os velhos brados, aprendendo as velhas crenças através dos devaneios de longos dias e noites – uma geração destinada, finalmente, a meter-se naquele sujo e cinzento torvelinho, impelida por amor e por orgulho; uma nova geração dedicada, mais do que a anterior, ao medo da pobreza e ao culto do êxito; uma geração criada para encontrar todos os deuses mortos, todas as guerras terminadas, toda a fé no homem abalada...

Lamentando por elas, ainda assim Amory não lamentava por si mesmo – arte, política, religião, qualquer que pudesse ser seu meio, ele sabia que estava agora em segurança, livre de toda histeria. Podia aceitar o que fosse aceitável, vagabundear, desenvolver-se, rebelar-se, dormir profundamente durante muitas noites...

Não havia Deus em seu coração, ele o sabia; suas ideias estavam ainda tumultuadas; haveria sempre a dor da recordação, o pesar da juventude perdida... Não obstante, as águas da desilusão haviam deixado sedimentos em sua alma – um senso de responsabilidade e amor pela vida, um leve agitar de antigas ambições e sonhos irrealizados. Mas... oh, Rosalind! Rosalind!...

– Na melhor das hipóteses, tudo não vai passar de um pobre substituto – disse tristemente.

E não saberia dizer por que aquela luta valia a pena, por que decidira valer-se o máximo de si mesmo e da herança que recebera das personalidades pelas quais passara...

Estendeu os braços para o céu cristalino, radiante.

– Eu me conheço – gritou –, mas isso é tudo.

fim

ATENDIMENTO AO LEITOR E VENDAS DIRETAS

Você pode adquirir os títulos da BestBolso através do Marketing Direto do Grupo Editorial Record.

- Telefone: (21) 2585-2002
  (de segunda a sexta-feira, das 8h30 às 18h)
- E-mail: mdireto@record.com.br
- Fax: (21) 2585-2010

Entre em contato conosco caso tenha alguma dúvida, precise de informações ou queira se cadastrar para receber nossos informativos de lançamentos e promoções.

Nossos sites:
www.edicoesbestbolso.com.br
www.record.com.br

EDIÇÕES BESTBOLSO

Alguns títulos publicados

1. *O grande Gatsby*, F. Scott Fitzgerald
2. *Suave é a noite*, F. Scott Fitzgerald
3. *Os belos e malditos*, F. Scott Fitzgerald
4. *Orgulho e preconceito*, Jane Austen
5. *A abadia de Northanger*, Jane Austen
6. *Razão e sensibilidade*, Jane Austen
7. *O amante de Lady Chaterlley*, D. H. Lawrence
8. *A época da inocência*, Edith Wharton
9. *O morro dos ventos uivantes*, Emily Brontë
10. *O mito de Sísifo*, Albert Camus
11. *A queda*, Albert Camus
12. *A peste*, Albert Camus
13. *O Lobo da Estepe*, Hermann Hesse
14. *O jogo das contas de vidro*, Hermann Hesse
15. *Mensagem*, Fernando Pessoa
16. *O diário de Anne Frank*, Otto H. Frank e Mirjam Pressler
17. *Pedro Páramo*, Juan Rulfo
18. *Pavilhão de mulheres*, Pearl S. Buck
19. *Uma mente brilhante*, Sylvia Nasar
20. *Amor de perdição*, Camilo Castelo Branco
21. *Robinson Crusoé*, Daniel Defoe
22. *Antologia de contos extraordinários*, Edgar Allan Poe
23. *Fim de caso*, Graham Greene
24. *O poder e a glória*, Graham Greene
25. *As vinhas da ira*, John Steinbeck
26. *A valsa inacabada*, Catherine Clément
27. *O príncipe e o mendigo*, Mark Twain
28. *A taça de ouro*, Henry James
29. *O primo Basílio*, Eça de Queirós
30. *O Gattopardo*, Tomasi di Lampedusa

EDIÇÕES
BestBolso

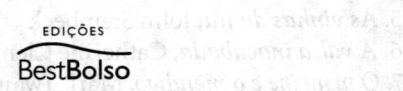

Este livro foi composto na tipologia Minion Pro Regular, em corpo 10,5/13, e impresso em papel off-set 56g/m² no Sistema Cameron da Divisão Gráfica da Distribuidora Record.